怪談実話傑作選

弔《とむらい》

黒木あるじ　著

竹書房文庫

まえがき　～これは、死者の書である～

　聞きかじったところによれば、人間は特定の食物を一定量以上摂取すると、アレルギーを発症する場合があるのだという。アレルギーの原因となる抗原物質、いわゆるアレルゲンは牛乳や卵、蕎麦《そば》など様々あり、それらを日常的に食べているうちに身体《からだ》の免疫機能が働き、異物を排除しようとアレルギー反応を引き起こすのだそうだ……と、突然の無関係な解説に驚いた方もいらっしゃるかもしれない。どうか頁《ページ》を閉じずに読み進めていただきたい。

　別に私は貴重な頁を割いて、うろおぼえの医学知識を披露したいわけではないのだ。「我が身に現在起こっている諸々の事柄が、まるでアレルギーのようだ」と伝えたいだけなのだ。

　気づけば、処女作を刊行してから六年あまりの月日が経っている。現在までに書き綴《つづ》った怪談実話は千を超える。未発表のものを含めれば、その数は倍では効かないだろう。

　恐怖の香りが漂い、不穏な気配に彩られ、怪しき影の跋扈《ばっこ》する怪談実話は「毒」である。

わずかな量であれば「薬」にも成り得るだろう。退屈な日々の刺激として大いに有効であり、生者と死者のかかわりを改めて問う材料になるかもしれない。

しかし、好物だった食材がある日を境に自らの身体を傷つけるアレルゲンとなるように、あまねくすべてには限界値が存在する。そして、私が集めた怪談実話は「毒と薬」の例えに則るならば、その致死量をはるかに超えてしまったような気がするのだ。

むろん実際に経口摂取しているわけではないから、健康を害することはない。まんがいち身体に差し障《さわ》りがあったとしても、それは単なる不摂生、自堕落な生活のツケなのだろう。

だが、心はどうか。

千話を凌駕《りょうが》する話を聞き、記憶に留め、書き記す。その繰り返しのなかで精神はゆっくり蝕《むしば》まれ、壊れていく……いや、もうまわりくどい言葉は避けよう。正直に告白しよう。

私はいまや「何が怖いのか」が、判らなくなりはじめているのだ。

「それは単に書きすぎて麻痺しているだけじゃないか」と笑う方もいるだろう。

「要するに聞き飽きた、書き飽きたというだけの話だ」と憤る方もいるだろう。

本当にそうなのだろうか。それほど、単純な話なのだろうか。

もしや私は「怪異」の中心に、光の届かぬ奥底にいるのではないか。自身の立ち位置も解らぬほど、俯瞰《ふかん》できぬほど浸っているのではないのか。背後に何かが忍び寄っていても、それに気づかぬほど「彼ら」との距離を縮めてしまっているのではないか。私の心はすでに「彼ら」とほぼおなじ場所にあるのではないか。この世には、ないのではないか。ならば、私はもうすでに「死者」ではないか。


本書は、それをいま一度たしかめるための一冊である。過去に書き記してきた怪談実話を改めて編み直し、そこから答えを導きだすための道しるべ、「死者の書」なのである。

もっとも、それは作者である私にとっての理屈に過ぎない。読者諸兄においては鬱屈《うっくつ》した日常生活の憂《う》さ晴《ば》らしとして、うんざりする毎日のスパイスとしてお楽しみいただければ、書き手としてこれに勝る喜びはない。

ただし、服用する量にはくれぐれもご注意願いたい。過ぎたるはなんとやら、どんな薬も毒となるように、過剰に摂取すれば身も心も「あちら側」へ誘われかねないのだから。

では、どうかお気をつけて続く頁をめくっていただきたい。

黒木あるじ

目次

監死

Dさんは、ある大手映像機器メーカーの子会社に勤務している。

「コンプライアンスってヤツでね、会社の名前や仕事の中身は言えないんだけどさ。ま、ざっくり説明するなら〝監視カメラの監視〟が、ウチらの仕事かなあ」

全国いたるところに数えきれぬほど設置されている監視カメラ。それらの故障や不備を検証し、親会社へ報告するのが業務なのだそうだ。

「クレームはいろいろだよ。画面が真っ暗で何も映らないだの、カメラが複数台あるのに切り替わらないだの。ま、ありがちなトラブルなら話は簡単なのさ。配線の問題だったり、風で飛ばされてきたビニールがカメラを覆っていたりと、理由が明快だからね。報告書に原因と対処法を書いて本社へ送付でオシマイ。ただ……問題になるのは〈原因不明〉ってヤツでね。たとえば……」

深夜の高速道路を和装の花嫁行列が行進している、とか。

閉店後の衣料品店でマネキンがひと晩中くるくる回っている、とか。

無人の商店街を〈犬の形をした煙〉が何十回も往復している、とか。

そのようなわけの解らない映像が、何万件にひとつかふたつの割合で届くのだという。

「まあ、コッチだって対処のしようなんてないからねえ。あんまりクライアントが怖がってる場合には、〈通信障害による映像の混線〉とか〈サーバの故障による過去データの消去ミス〉とか書いた報告書をあげるよ。うん、もちろん全部デタラメだけど。ははは」

近年の設置台数増加に比例して〈その手の報告〉は増える一方なのだ、とDさんは言う。

「ま、もう俺には関係ないけどね。だって、今月いっぱいで辞めるんだもん」

数週間前、Dさんはいつものように送付されてきた映像をチェックしていたのだという。

「そしたら……そのうちの一件が、過去に何度となく問題になっている映像……つまりは〈常連さん〉だったのよ」

問題の映像は、国道沿いの十字路に設置された監視カメラの記録だった。

午前二時過ぎ、赤信号が点滅する横断歩道の上に人影があらわれる。しかし、その姿は全体的に白みがかっており、明らかに生身の人間ではない。手足の動きは早送りのようにやたらと忙しなく、よく見ると頭部も異様に細長い。

やがて、人影は数歩足を進めるやいなや、地面へ前のめりに倒れこみ、そのまま消えてしまう。あとには、再び誰もいない深夜の交差点が延々と映しだされている。時間にしてわずか五、六秒。あっという間の出来事である。

親会社の担当者が教えてくれたところでは、過去にこの交差点で老人がひき逃げ事故に遭っているのだそうだ。暴走した自動車に自転車ごと巻きこまれて、金具で頭部を轢断《れきだん》。発見された時には〈大の字〉ならぬ〈犬の字〉になっていたとの話だった。

場所の謂《いわ》れも含め、なんとも不気味な映像である。だが意外なことにDさんはこの白い謎の物体を、あまり問題視していなかったのだという。

「こちとら、もっと説明がきかない〈キツめ〉なヤツを見ているからね。それに比べりゃ交差点の人影なんて〝車のヘッドライトの照り返しです〟とか〝近くのコンビニの光源が反射しているんです〟とか、いくらも理由がでっちあげられるレベルだったのよ」

その日送られてきた映像も、以前と同様の内容だった。

横断歩道に浮かびあがる薄白い輪郭。緩慢な歩行速度とは裏腹に、ばたつく手足。唯一いつもと違ったのは、普段なら数秒で倒れこむ人影が消えなかったことだ。

「あれ」

どうして消えないのかと戸惑うDさんの前で、モニタに映しだされている白い人影が、不意に歩みを止めて、わずかに動いた。

頭をもたげている。街灯の高い位置に据えられた、カメラを見つめている。

すっかりと潰れて水気の失せた眼球と視線が合った瞬間、

「こっぢも、みでるぞ」

がらがらとした声がスピーカーから響き、直後に画面が暗くなった。

「聞こえるわけないんだよ。だってそのカメラ……マイクが付いてないんだもの」

あんなものを耳にしちゃったら、ちょっと続けられないよね。

灰皿の底で煙草をもみ消すと、Dさんは「もううんざりだ」という表情で頷《うなず》いた。

退職後は実家の農業を継ぐ予定だという。理由は「カメラがないから」だそうだ。

外壁

Mさんの町内にはすこしばかり変わった家が一軒、建っている。

家族のあいだでの呼び名は、〈クレヨンハウス〉。

「造りは普通の建売住宅なんだけどね。外壁の色が、毎月のようにころころ変わるんだよ。まるでクレヨンみたいだから、クレヨンハウス。ウチのカミさんが命名したんだわ」

クリーム色、薄紫、黄土《おうど》色、ピンク、鮮やかな青、落ち着いた燕脂《えんじ》色……彼が記憶しているだけでも、六、七回は塗り替えられているのだそうだ。

「住んでいるのは普通の一家だよ。旦那さんと奥さんと、あと娘らしき中学生の女の子。あ、犬もいたかな。決して変な感じの人たちじゃないから、なおさら不思議でね。まあ、金持ちの道楽なのかな、くらいに考えていたんだけどさ」

ある晩のこと。

消防団の寄り合いを終えて帰路についていたMさんは、千鳥足でクレヨンハウスの前を通りかかったのだという。

ええと、今って何色なんだっけ。

なにげなく家屋へ視線を移すなり、「うひ」と妙な声が漏れた。

焦茶色に塗られた壁の二階部分に、人の形そっくりの染みが浮きあがっている。

まるで雪に倒れこんだかのように明瞭《はっき》りとした輪郭だが、場所や高さを考えれば人間の仕業でないのは一目瞭然だった。

見れば、屋根から人型の頭部めがけて滴を垂らしたような染みが垂直に伸びている。

雨漏りが壁を伝って広がったのかな。

そうだ、きっとそうだ。

「自分に言い聞かせてはみたものの、なんだか気味が悪くてね。すっかり酔いも醒めて、早足で帰宅したよ」


その、翌週。

煙草を買いに表へ出たMさんは、クレヨンハウスの前を通るなり愕然とした。

外壁が、深緑色に塗り替えられている。

呆然と眺めているうちに、はたと気がついた。

あの、一直線の染み。

あれはもしかして、縄じゃないのか。

人型は、首を吊っていたのではないか。

「ぞっとしちゃって、煙草も買わずに家へ戻ったよ。もしかして、あの染みを消すために何度も塗り替えているのかと思ったけどさ。なんとなく……悪化させているだけのような気がするんだよねえ」

そう言うと、彼は両腕で自らの身体を抱いて身震いした。

クレヨンハウスは、今も健在だそうだ。

網目

　T君には、腑《ふ》に落ちない記憶がある。

「二十年以上前……小学校四年か、五年の夏休みじゃなかったかなあ。家族で湖畔へキャンプに行ったんさ。テント張って一泊、二日目はサイクリングって予定でね。ところが」

　帰っちゃったんだよ。

　彼の説明によれば二日目の早朝、仏頂面をした父親に「帰るぞ」と起こされ、そのまま車に乗せられて帰宅したというのである。

「病人や怪我人が出たわけでも急用が発生したわけでもないんだよ。だって、帰ってからオヤジってば〝映画でも行くか〟つって、弟と俺を連れて駅前の映画館に行ったんだもん。普段は絶対そんなことしない人間なのに、だよ」

　キャンプ中止の罪滅ぼしだったようにしか思えないが、ではいったい何があったのか。

　何度聞いても父は答えをはぐらかすばかりで、ついぞ真実は藪《やぶ》の中だったのだという。

「と、まあここで終われば〈幼少時の不思議な思い出〉として、美しいまま記憶に留めておけたんだろうけどさ。ついこないだ……聞いちゃったんだよね」

実家へ帰省した、大晦日《おおみそか》の夜であったそうだ。

久々の再会を祝し、T君は父と弟の三人で酒を酌《く》み交《か》わしていた。

と、ふとした流れから話題が兄弟の幼い頃の話になった矢先、父が「そういえば、あのキャンプは大変だったなあ」と、しみじみ漏らしたのだという。

「え、キャンプなんか行ったっけ」

弟が手酌でビールを注ぎながら答える。

「そうか……お前はまだ小さかったから、あんまり記憶にないか」

「いやいや、俺は憶えてるって。ずっと気になってたもの」

すかさず、T君は手を挙げた。

「二日目の朝に突然帰っちゃってさ。映画見に行って、理由聞いても教えてくれなくて」

「あ、映画、行った行った。思いだした、ビオランテ。あれ怖くってさ、夜中に……」

「ちょ、黙ってろ。お前良いから黙ってろ」

話の腰を折ろうとする弟を静止して、T君は身を乗りだした。

「なあ、あれってどうして急に中止したの。何があったの」

食いつかんばかりの勢いで訊ねる息子とテーブルの年越し蕎麦《そば》を交互に見ながら、父はしばらく迷っていたが、やがて覚悟を決めたという表情で話しはじめた。

「あの日の夕食、バーベキューしたろ」

「おお、そうだよそうだよ。テントの近くにブロックで竈《かまど》を作って、火を起こして肉だのイカだの焼いたんだっけ」

「ええ、マジで。俺ちっとも記憶にないけど。ビオランテしか憶えてないわ」

「だからお前ちょっと口閉じてろって、肝心なところなんだから」

「それで、そん時に金網使っただろ。ホームセンターで買ったヤツ」

「そう……だったかな。どこで買ったかは忘れたけど」

「うん、ホームセンターで買ったんだよ。で、晩飯が終わって、お前たちが花火やってる間に水かけて、タワシでざっと洗ってな。竈の上に置いといたんだわ」

「う、うん」

「そしたら、翌朝な」

そこで父は言葉を切り、ふう、と溜息をついてから再び口を開いた。

「乾いただろうと思って車に積んでおこうと近づいたらさ……目が細かいんだよ」

「は」

「ど、どういうこと」

「だから、金網の目がやけに細かいんだ。遠目に見ても網目が細かかったんだよ」

T君は、思わず弟と顔を見合わせた。意味がさっぱり解らない。

「それは……夜中に別な金網と取り替えられてたって話なの？」

「違う」

「じゃあ、汚れが落ちてなくて、目詰まりしていたとか」

「違う、全然違う」

「なんだよ親父、きちんと説明しろよ」

立腹する兄弟を意に介さず、父は再度息を漏らした。

「それでな、俺も〝なんだこれ〟と不思議に思ってよく見たら……網じゃなかったんだ。何十本もの髪が、網目を埋めるように、きれいな十字に結ばれていたんだよ」

「か……み」

T君の言葉に頷くと、父は空中へ指で漢字の《田》という字を書き、髪の結ばれているさまを無言で伝えた。

「あの日、キャンプ場には俺たち家族しかいなかった。もし誰か来たんだとしても物音で気づかないはずがない。第一、あれだけ真っ暗な中で網目すべてに、あれだけきっちりと髪を結んでいくなんて……普通の人間にできるわけがないんだよ」

ふつうの、にんげん。唖然としながら父の台詞《せりふ》を輪唱する。

「俺もちょっとしたパニック状態だったが、ひとつだけ直感したんだ。〝これは、絶対に良くないしるしだ。警告だ〟ってね。だから、すぐに帰ったんだよ。これ……お母さんはまだ知らないからな、教えるなよ」

父が小声で囁《ささや》いたと同時に、パートを終えた母が「なにアンタら、紅白見てないの」と帰ってきた。話は、それでうやむやになってしまったという。

「酔ったオヤジにからかわれたのかな、って今でも半信半疑なんだけどね。なんとなく、〝俺か弟が何かやらかしたんじゃないのかな〟って気がするんだよ」

まあ確かめようもないし、あそこには二度と行くつもりはないけどね。

T君は、そんな台詞で話を終えた。

くだんのキャンプ場は現在もある。近年はトイレや上水道を整備したらしく、以前にも増して人気のスポットになっているらしい。

主張

アパレルショップに勤務するBさんは、花も実もある乙女盛りの三十二歳（ちなみに、この紹介文は本人のたっての希望で記した旨を、あらかじめお伝えしておきたい）。

「ちょっと、そんな事まで書かなくても良いでしょ。とにかく今が旬、適齢期バリバリで準備万端、オールオッケーの花嫁予備軍だって伝えたかったの」

と、あっけらかんとした性格の彼女だが、現在のところ結婚の予定はない。本人いわく、「仕事に情熱を燃やしているうちに、時だけが過ぎていた」のだという。過去には結婚を前提としたおつきあいも数回あったらしいが、喜びの報告とまではいかなかったようだ。

「交際したての頃は、カレシも〝働く女の人って良いね〟とか〝今は共働きが普通だよ〟なんて寛容なんだけどね。ウチの業界って季節の節目ごとにバーゲンがあるでしょ。その準備で徹夜なんてザラだし、ようやく終わってもすぐに次の準備。で、連休や年末年始は忙しいからデートなんて夢のまた夢……そのうち相手から〝もっと俺を大切にしてくれる人と一緒に生きたい〟なんてメールが届いて、ジ・エンドってワケ。その繰り返しよ」

ふられるたびにヤケ酒を煽《あお》り「もっと良い男を見つけてやる」と息巻いていたBさんで

あったが、三十歳を越え、周囲の友人が一人また一人と結婚していくのを見るにおよんで、さすがに危機感を抱きはじめたのだそうだ。

「待っていてもチャンスは来ないと思ってね……それで、覚悟を決めて申しこんだのよ」

婚活パーティーに。


彼女が参加を申請したのは、ＮＰＯ団体が主催する市内在住者限定の婚活パーティー、いわゆる「街コン」だった。

「開始時間が遅くて、かつウチの店から会場が近かったんで、そのイベントに決めたの。〝アタシってばホントに仕事中心の生活だよなあ〟って、我ながらウンザリしちゃった」

受付を済ませてホールに入ると、四十名ほどの男女が会場のあちこちに置かれている丸テーブルに陣取っていた。開場前とあって言葉こそ交わしていないものの、全員がちらちらと異性を観察しては、こっそり値踏みしているのが容易に解ったという。

「前に見学した、朝市でおこわれているマグロの競《せ》りを思いだしたわ。唯一違うとすれば、街コン会場では〈マグロ自身〉も高値で売れようと必死にアピールしていたとこかしら。特に、女性の参加者が凄かったわね」

友人同士誘い合わせてやってきたとおぼしき女子三人組は、談笑しつつも横目で絶えず男性陣をチェックしている。「四十歳以下」という参加規定に抵触しているとしか思えない〈強引な若づくり〉の女性は、ひたすら笑顔を振りまいているものの、目がまるで笑っていない。会場の隅では、地味な服装の女性が参加者の輪から離れてぽつんと立っていた。誰かの誘いで無理やり連れてこられたのかと思ったが、よく見れば彼女は男性陣の特徴を掌《てのひら》に隠したメモ帳へ書き記しているのだった。

「もう全員がハンターよ。マタギと釣り師と賞金稼ぎが集まった、みたいな雰囲気でね。それに比べて男の人たちは……全員が悪い意味での〈草食系〉、牙のない小動物だったわ」

ちぐはぐなブランドで上下をあしらった小太りの男性。「目立てば勝ち」と思ったのか、真っ青なスーツで身を固めた中年の紳士は男性陣からも距離を置かれている。入り口脇にぼうっと立っている男は、「オシャレな会話入門」という本を一心不乱に読んでいた。

なんだか……凄まじいところに来ちゃったな。

帰ろうかどうしようかと迷っていたその矢先、壇上の司会者が開演を告げた。

「しょうがないから〝これも社会勉強だ〟と思って参加したわよ。ところが、これがまあ忙《せわ》しないの。最初の一時間は、五分ごとにテーブルを入れ替わらなくちゃいけなくてね。人気のある異性に集中しないための措置らしいんだけどさ。ようやっと話が盛りあがってきたと思ったところで〝交替でぇす〟だもの。もう疲れちゃって」

後半の一時間は各自が自由に話せる〈フリータイム〉だったが、すでにやる気を失っていた彼女は、トイレに行くふりをして廊下に出たのだという。

「最後の最後、気に入った相手と連絡先を交換する時間まで隠れていようと思ったのよ。会話しなきゃお気に入りに選ばれることもないよなと考えたわけ。そしたら……後ろから〝くたびれますよね〟って声をかけられて」

振り向いた先には、一人の男性が立っていた。

なみいる〈草食系〉のなかで唯一「あ、良いかも」と感じた、ハーフのような顔立ちの男性だった。

「どうにも皆さん目が血走っていて……もっと、おおらかに楽しめると思ったんですが」

「本当にそうですよね、私もなんだか驚いちゃいました」

「これだったら、お気に入りのショットバーでマスターとジャズ談義でもしていたほうが楽しかったかな……なんて、こんな調子だから僕は結婚できないんだなあ」

「そんな……でも、私もそう思いますよ」

Bさんの言葉に、男性が白い歯を見せて微笑《ほほえ》む。

あ、この人、好きになっちゃうかも。

そんな態度を察したように、男性が「あの」と囁《ささ》いた。

「もし良かったら、そのバーにこれから行きませんか」

「え、でもまだパーティーが」

「カップル成立が目的なんだから、問題ありませんよ」

男性が、Bさんの指にそっと手を伸ばす。

突然の展開にうっとりしながら「はい」という台詞《せりふ》が、口から漏れそうになる。

その、直後だった。

「え」

男性の肩口に、指が乗っていた。

安い干し芋のように、細長く黒ずんだ指だった。

爪に塗られたマニキュアの赤だけが、やけに鮮やかであったという。

驚く彼女の目の前で、細い手は男性の首筋へゆっくりと指を伸ばし、喉をがりがりがりがりがりがり、と掻き毟《むし》った。

男性に気づいた様子はない。あいかわらずBさんの手を握り、にこやかに見つめている。

「瞬間、ピンときたの。〝あ、この人は以前、女性にとんでもない事をしたんだ〟って」

手を振り払い、「会場に戻ります」と告げるなり、男性の顔から笑みが消えた。

「……んだよ、お前《め》ぇも見えんのか。俺には見えないのに、見えんのか」

舌打ちをひとつ鳴らしてから、男性は出口へ足早に去っていった。

「その時は〝彼を怨んでいる女性のものかな〟なんて思ったんだけどね。もしかしたら、あの手……彼を余所《よそ》の女に取られまいと、存在を〈主張〉していたのかもしれないわね。いずれにせよあの男がロクでもないのは確実なんだけどさ」

彼女はその一件で婚活パーティーの類にすっかり懲りてしまったという。

「出会いを求める人を否定はしないけど、やっぱ、ああいうイベントってひとりひとりの念が強いでしょ。あの空気に耐えるくらいなら、私は独身で良いやと思っちゃった」

現在、Bさんはこれまで以上に仕事に精を出している。

それが功を奏したのか、半年ほど前に本社から出向してきたチーフと最近になって良い雰囲気になってきたのだという。

「やっぱり、自分らしく生きてるのが一番って事よ」

高らかにそう言うと、彼女は私にVサインを突きだした。

砂利

Eさんの実家には、広々とした庭がある。

「都会の人に言うと〝お金持ちなんだね〟なんて驚かれますけどね。ウチの地元みたいな田舎は土地がべらぼうに安いので、庭つきの家は珍しくないんですよ」

事実、庭にはドラマでよく見るような松の名木も石灯籠《いしどうろう》も錦鯉《にしきごい》の泳ぐ池も存在しない。あるのは父が趣味でおこなっている家庭菜園と、母が植えたツツジばかりだった。

「だから……一年ぶりに帰省した時は驚きましたよ。だって」

庭いちめん、砂利になっているんですから。


かつては草花が伸び放題に生え、農機具や園芸の道具が無造作に置かれていた庭には、端から端までびっしりと玉砂利が敷き詰められていたのだという。

「ほら、料亭の入口なんかにあるヤツです。ほんのすこし敷くのだって結構な値段がするはずなのに、それが広い庭を埋め尽くしているんですよ。普通はびっくりするでしょ」

混乱する息子に、父は「ここいらも最近、物騒でな」と告げた。

何者かが、夜中に庭を歩き回っているというのである。

「俺は見ていないんだが、母さんが何度か庭をうろつく人影を目にしたっていうんだよ。母さん、すっかり怯えてしまってなあ。内藤さんの家の件もあったものだから」

内藤さんとは、実家の三軒隣に建っているご近所さんだった。父によれば、その家では数ヶ月前にちょっとした事件が起きていたのだそうだ。

「知らない男が、敷地で自殺したんだよ」

亡くなったのは、隣県に住んでいた五十代の男性だった。職を失い、知人に金の無心をするためEさんの地元を訪れたがすげなく断られ、帰り道にたまたま建っていた内藤家へ忍びこんで、物干し台の竿に紐をかけて首を吊ったのだという。

「縁起でもないからお前には知らせなかったが、そりゃもう町内中が大騒ぎだったんだ。だからウチでも用心のために、踏むと派手に音が鳴る、防犯用の砂利を敷いたんだよ」

菜園は勿体なかったけどなあ。そう言いつつ顔を歪《ゆが》ませる父を見ながら、Eさんは内心「無意味じゃないの」と感じていたそうだ。

「だって、その男の人はもう死んじゃったわけですよ。こんな田舎にホイホイと侵入者が来るとも考え難いですから、本末転倒だよなと思いましたよ。まあ、それでも砂利程度で老いた両親が安心できるなら良いかと、何も言わずにおきましたけどね……ところが」

その、翌年。

再び一年越しで帰省した彼は、またも驚愕する羽目になった。

砂利がないのである。

あれほどきれいに敷き詰められていた玉砂利が、ひとかけも残さず消えていたのである。

「ねえ……庭、どうしたの。土が剥《む》きだしになってるんだけど。砂利がないんだけど」

玄関を開けるなり問いただす息子へ、父はやはり表情を曇らせながら、「見たんだよ」と弱々しく答えた。

「半年くらい前の夜中だったかなあ。トイレに起きたら、窓の向こうを誰かがうろうろと歩いていたんだ。庭の端から端まで、何度も何度も往復してるんだよ」

「ちょ、ちょっとヤバいじゃん。警察には言ったの」

慌てるEさんをちらりと見てから、父は首を横に振った。

「言わないよ。だって、庭中を歩いているのに……玉砂利が鳴ってないんだぞ」

「え」

「猫が歩いたって派手に響くはずが、わずかな音のひとつもしなかった。そんなものは、警察の出番じゃないだろう。それで母さんと話し合って、業者に撤去してもらったんだ」

砂利がなければ、鳴ったか鳴らないかも知らずに済むからな。

父は、それ以上何も話そうとはしなかった。

「根本的な解決にはなっていない気もしたんですけど……〝もう聞いてくれるな〟という父の表情を見ちゃったもんで、反論なんてできませんでした」

見えなかったり聞こえなかったりするほうが、怖い場合もあるんですねえ。

Eさんはひとり納得した様子で、何度も頷《うなず》いた。

遺影

五年前、Ｐさんの叔父が腎不全で亡くなった。

女癖の悪さで有名な叔父だった。妻子がいるにもかかわらず、浮いた話を聞かない時はなかった。Ｐさんの父によれば「ロマンチストをこじらせてバカになった」ような人物だった。

不法滞在のフィリピーナに惚れこんで目がくらむような額の借金をこしらえたり、友人の女房とただならぬ仲になったあげく、関係を知った友人に訴訟を起こされたりと、決して遊び上手とはいえなかった。その度に周囲の信頼を失くし、友人知人が一人また一人と離れていく。破滅を望んでいるような生き方だった。

いつ奥さんから三行半を突きつけられてもおかしくない。そう周囲では噂していたが、不思議と離婚話の類はいっさい聞こえてこなかった。隣町に住むＰさんの耳にまで噂が入っているのだから、夫の放蕩《ほうとう》を妻が知らぬ訳がない。

お節介な親戚が早く別れるように説得しても、

「あの人は優しいだけなんです。相手が傷つくのが怖くて、別れ話を切り出せないだけなんです」

奥さんはそう言って微笑《ほほえ》むばかりで、決して首を縦にふらない。

「夫婦というのは、なんとも一筋縄ではいかないもんだねえ」

いつしか、その台詞《せりふ》が親族一同の口癖になっていた。


叔父の葬儀は、小雨の降りしきる中でおこなわれた。

Pさんが香典の受付けをしていると、妹がこちらへ走ってくる。

「ねえ、あの人、叔父さんのコレだって」

小指を立てながら、妹が顎《あご》で式場を指し示す。

ホールの隅に、見慣れない女性が座っていた。伏せた顔に長い黒髪がばさりとかかっているため、表情はわからない。ただ、肩が震えているのが遠目にもわかった。

「女子大生だって。叔父さんが入院していた時も、叔母ちゃんの目を盗んで何度も見舞いに来てたみたいよ。しかし、芸術家崩れの馬鹿オヤジの何処《どこ》が良かったのかねえ」

どうやって情報を入手したものやら、彼女の詳細をまくし立てる妹に適当な相槌をうちながら、Pさんは女性を見つめた。

開始時刻にはまだ早く、椅子はまばらに空いている。座ろうと思えば真ん中に腰を下ろす事も可能なのに、彼女は目立たない場所を選び、縮こまるようにして座っていた。そんな風に気を使う性格が叔父のお気に入りだったのだろうか。女性の丸めた背中を見ながら、ぼんやりとそんな事を考えたという。


葬儀がはじまった。

僧侶の読経が響くなか、参列客が遺影の前へと進み、焼香して手を合わせる。

Pさんいわく、不謹慎を承知で言うなら「良い遺影」だった。優しさと頼りなさと物静かさと優柔不断さが一緒くたになった、叔父らしい顔をしていた。

やがて、順番の回ってきた例の女性が前へと歩き出して、うつむいていた顔をあげる。

艶のある、面長の顔だった。いかにも叔父の好みそうな、幸の薄い面立ちだった。

真っ白な肌の中で、泣き腫らして赤くなった目だけが浮いている。

焼香を済ませた女性が、ゆっくりと手を合わせた。


「ごめんね」

巨大なスピーカーを通したようにはっきりとした声が、場内に響いた。

明らかに叔父の声だった。

思わず僧侶の読経が止まる。同時に祭壇の遺影がぐらりと傾き、乾いた音を立てて前のめりに倒れた。

まるで、女性に向かって頭を下げたようだったという。

「どうして最後まで、お前はそうなんだよ！　謝るなら私にだろうが！」

突然、遺族席に座っていた奥さんが立ちあがると、倒れていた遺影をつかんで床に叩きつけた。

「私に言えよ！　最後の最後くらい謝れよ！　謝れよ！　謝れよ！」

枠が壊れてバラバラになるまで、奥さんは何度も何度も遺影を叩きつけた。

誰も近づけなかった。

女性は、いつの間にか姿を消していた。

一年後、奥さんは十五歳年下の男性と結婚した。

「夫婦というのは、本当にわからないもんだねえ」

今では、それが親戚の口癖になっている。

物音

フリーライターのNさんが、小学生の時の話である。

彼女には、Aちゃんという従姉妹がいた。

Aちゃんの父親は遠洋漁業を生業《なりわい》にしている。一回の操業で二、三ヶ月留守にする事も稀ではない。妻に先立たれてからは、ひとり娘に苦労をさせまいと今まで以上に仕事に精を出すようになったため、Aちゃんは一人ぼっちの時間が増えた。

見かねたNさんの母親が、夏休みや冬休みにはウチで預かると言い出してから数年。長い休暇にはAちゃんが泊まりに来るのが、Nさんの家では慣習となっていた。

年の離れた兄弟しかいなかったNさんにとっても、一歳違いのAちゃんと遊べる日々は楽しかった。

その年の夏休みも、Aちゃんは鈍行列車を乗り継いでNさんの町へとやって来た。

小さな駅舎まで迎えに行き、手をつないで家までの道を歩く。

Aちゃんの暮らす港町の話、Nさんが学校で飼っているウサギの話。ラジオ体操の鬱陶《うっとう》しさ、楽しみな来週の花火大会、その時に着る予定の色違いの浴衣《ゆかた》。他愛もないおしゃべりをしているうちに、時間はあっという間に過ぎていった。

「そろそろ寝なさい、明日もいっぱいお話すればええやろう」

母親にたしなめられて、二人はしぶしぶ蚊帳《かや》をくぐって布団に入った。電気を消したあともひそひそ話を続けていたが、やがてAちゃんの寝息が聞こえはじめると、Nさんもまぶたが重くなり、眠りに落ちていった。

奇妙な物音で、目が覚めた。

客用の布団をしまっている押入れの襖《ふすま》が、かたかたかたかたと揺れている。

鼠《ねずみ》かな。

かつて、鼠に米を食い荒らされて激怒していた祖父の顔を思い出す。米袋を逆さにして、びっしりと筵《むしろ》に広げた米の中から鼠の糞や毛を取り除くのは、Nさんの仕事だった。

またアレをやるのか、面倒くさいな。そう思いつつ、襖の音に聞き耳を立てながら、Nさんは再び眠りについた。

「昨日、あれほど鼠がうるさかったのに、よう平気で寝とったねえ」

翌朝、ねぼけ眼をこすっているAちゃんにそう告げた。

彼女は、まったく物音に気づいていなかった。ふだん暮らしている家は海のそばにあって、時化《しけ》の時には暴風と波で、テレビがまともに見られないほどやかましくなるのだという。

なるほど、そういう土地で育つとあれしきの音では動じなくなるものなのか。Nさんは妙に感心した。

Aちゃんの、どこかおっとりした性格は海育ちだからかもしれない。去年の冬休みも、帰る前日になって、宿題帳を実家に忘れてきちゃったと笑っていたっけ。

自分だったらあんなに悠長にしていられない、凄いねえ。感心するNさんに、ため息をつきながら母親は言った。

「あの子のお母ちゃんも、小さい頃、そっくりな性格だったわ」

次の晩も、その次の晩も、揺れる襖にNさんは起こされた。

心なしか、日に日に音が大きくなっているような気がする。

耳をすませば聞こえる程度だった物音が、今夜は襖全体を揺らしている。

どう考えても、鼠ではない。

そう思って、はじめて怖くなった。Aちゃんを起こそうと手を伸ばして隣の布団を揺さぶったが、いっこうに目覚める気配はない。

頭まで布団をかぶって、力いっぱい耳をふさいだ。聞くまいとするNさんを責めるように、揺れはますます大きくなる。

夜が白々と明けるころになって、ようやく音は止んだ。


このままでは、いずれ襖が外れてしまう。

開け放たれた押入れに何がいるのかを考えると、恐ろしくてたまらない。

しかし、一緒に寝ているAちゃんに話したら、脅えて帰ってしまうかもしれない。それは嫌だ。どうすればいいのだろう。


「あんた、なんか嫌なことでもあるの」

思い悩んだ娘の表情に気づいたのは、母親だった。

Nさんは、思い切ってこれまでの出来事を打ち明けた。話を聞き終えた母親はしばらく考えこんでいたが、やがて二人の寝ている部屋へと入っていった。

部屋ではAちゃんが寝転がって折り紙を折っていた。母親が、しゃがみこんで話しかける。

「Aちゃん、いっつも持ってくるアレ、今年はどうしたん」

その途端、Aちゃんは「あ！」と大声をあげて立ち上がり、押入れの襖を勢いよく開けた。

押入れの下段には、Aちゃんが持ってきた旅行用の大きなナップザックが転がっていた。

Aちゃんはナップザックを開き、中をごそごそと漁っている。やがて、よれよれの衣類がぽんぽんと畳に投げ出された。こっちにいる間に洗ってもらおうと詰めこんできたのだろう。

と、押入れに頭を突っこんでいたAちゃんが、何かを握りしめたまま這い出てきた。

「ここに、おる。忘れとった」

手にしていたのは、Aちゃんのお母さんの位牌《いはい》だった。

食べかけのまま取っておいたと思しき飴玉が、位牌にくっついてべっとりと固まっていた。

大きなため息をつくと、母親は思いっきりAちゃんの頭にげんこつを落とした。

「あんたなあ、独りにしとったら淋しいからって連れて来ておきながら、こんな扱いしたらあかんやろ。きったない洗濯物と一緒くたにされて飴ちゃんでべとべとになって、そらお母ちゃんも怒るに決まってるわ。持って来たんなら、ちゃんとおばちゃんに渡しなさい。仏壇に置くから」

そう言ってAちゃんから位牌を貰うと、母親は手にした布巾で溶けた飴をぬぐいながら優しい口調でAちゃんに語りかけた。

「頼むから、大切にしてあげて。これはAちゃんのお母さんでもあるけど、おばちゃんの妹でもあるんよ」

その言葉を聞いてはじめて、Aちゃんは大粒の涙を流しながら、ごめんなさいと頷《うなず》いた。

Aちゃんの頭を静かに撫でてから、母親は位牌に向かって笑った。

「それにしたって、アンタも相変わらずやな。来た初日からガンガン叩いとったら、すぐに見つけてあげたのに。どうせ帰るまでに気づいてもらったらいいか、なんて呑気に思っとったんやろ」

その夜から、奇妙な物音はいっさいしなくなったという。

今ではAちゃんも、立派な二児の母親になった。おっとりした性格は、昔のままである。

法事などで会うと、決まってこの話で笑いあう。

耳鳴

「奇妙な現象に遭遇したり幽霊らしきモノを目撃した事はあるんだが、金縛りってヤツだけは体験していないんだよ。なんだか基礎を学ばずに応用編を実践しているみたいな気分でさ。一度味わってみたいんだけどなあ」

不満を漏らす私に、知人のBがぽつりと呟いた。

「もし金縛りに遭っても、余計な好奇心は捨てたほうが良いぜ」


Bは、月に数回の頻度で金縛りに遭う性質《たち》だった。

最初に経験したのは大学生の時。

連日のアルバイトで疲れ果て、気を失うように布団へ倒れこんだ夜だったという。

耳の奥で沸騰したヤカンのような音がして目が覚めた。

なんだ、この音。布団から起きようとしたBは、頭のてっぺんから爪先まで、身体《からだ》中の自由がきかないのに気がついた。かろうじて目玉だけが動く。

毛穴から汗が滲《にじ》んだ。自分の荒い呼吸だけが耳に届いた。どうなるのかと身構えているうちに音が次第に遠ざかり、徐々に身体が動くようになった。

それからも、Ｂは何度となく金縛りに襲われる。

初めのうちは怖くてたまらなかったという。

「けれど、バイト先の先輩に相談したら、単なる生理現象だよと笑われてね」

医学生だった先輩は、金縛りとは睡眠麻痺と呼ばれる症状である事、疲労やストレスが原因で発生する事などを、訥々《とつとつ》と語った。

「結局、脳がもたらす悪戯《いたずら》に過ぎないんだよ。慣れている人の中には、思いどおりの幻覚を楽しむ輩《やから》もいるらしいぞ」

先輩の説明を聞きながら、今まで脅えていた自分が馬鹿みたいに思えてきた。

「それで、どうせなら自分も楽しんでやろうと考えを改めたんだ」


以来、Ｂは金縛りを心待ちにするようになった。

耳鳴りが聞こえると、眼球を右に左にと動かして隅々まで部屋を確かめる。

「聞いた話では、壁から小人が出てきたり、小さな女の子が天井を飛び回ったりするらしいんだけど」

そこまで明瞭《はっき》りしたモノは見えなかった。電灯がぐんにゃりと歪んだような気がしたり、窓の外をぼんやりとした人影が通る雰囲気を感じたりと、「なんとなく不思議な光景」を目にするのが関の山だった。

「最初は興奮したんだが、次第に飽きてきてさ。どうせなら、もっと刺激の強いヤツを見たいなあ。そう願っていた矢先の出来事だった」


その夜も、寝入りばなに耳鳴りがはじまった。

今夜こそ何かあるかもしれない。期待しながら待つ。一分、二分。

いつものように身体中がこわばる感覚はあるものの、やはり視界には何も映らない。

「そのうち、こんな現象にふり回されている自分に腹が立ってきた。身体だか脳だか知らないけれど、見たいものひとつ見せてくれないなら時間の無駄だと思って」

Ｂは強引に身体を動かして、力任せに寝返りをうった。


その視線の先に。

天井をまっすぐに見つめた女の顔が、畳から生えるように突き出ていた。

大きく開けた口には、歯が一本もなかった。

黒髪が、畳一面にばさばさ広がっている。

髪の隙間から見える喉には、赤黒い筋が輪になって走っていた。

ああ、この女は紐で絞め殺されたのか。Ｂは妙に納得した。

女が口を閉じるのと同時に、耳鳴りが止まる。

「今まで仰向けに寝ていたから視界に入らなかったんだ。あれ、耳鳴りじゃなかった。女の金切り声だったんだ」

女の顔が、ゆっくりとこちらを向く。

隠れていた頭部の半分が、スプーンで掬《すく》ったアイスクリームのように、ぽっかりと欠けていた。

いつのまにか再び金縛りに襲われていたＢは、目をそらす事ができない。

「ずっといるからね」

濁った声で女が笑う。Ｂは、失神した。

「夜中に耳鳴りみたいな音を聞いても何も見ようとするなよ。じゃないと俺みたいな目に遭うぞ、お前も。

Bは、寝る時に必ず耳栓をつけるようになったという。

形見

Mさんの祖母には、この世で一番大切にしているものがあった。

亡くなった祖父のスケッチブックである。

若い頃に画家を目指していた祖父は、スケッチが趣味だった。色鉛筆の入った鞄とスケッチブックを手に、祖母を連れて旅行するのを何より楽しみにしていた。

横浜の港や京都の古寺、紅葉の渓谷や満開の桜並木を淡いタッチで描いた、祖父いわく〝落書きに毛の生えたような〟スケッチを見せてもらった記憶がある。

「でもね、本当の宝物はたった一冊なのよ」

祖母は少女のように微笑《ほほえ》みながら、赤い表紙の古びたスケッチブックを愛おしそうに抱きしめる。

そのスケッチブックには、祖父が出会った頃の若い祖母が描かれているらしい。

らしい、というのは祖母が決して中を見せてくれないためだった。

「おじいさんから、誰にも見せちゃいけないよと言われたの」

祖母はそう繰り返すばかりで、詳しい理由は教えてはくれなかった。

「この絵を見て、私はおじいさんと結婚しようと決めたのよ。ああ、この人は将来すごい画家になるに違いないと思ったの。結局、私の勘は外れてしまったけれど、あんな素敵な人と出会えたんだもの、半分あたりで半分はずれって事だわね」

そう言って照れくさそうに笑う祖母は、本当に可愛らしかった。


その祖母が、亡くなった。九十を前にしての大往生だった。

四十九日も無事に終わり、Mさんが遺品を整理していると、押入れの奥から赤いスケッチブックが出てきた。

あのスケッチブックだ。

若い時の祖母はどんな顔をしていたのだろう。そして、祖父の目にはどんな風に映っていたのだろう。

誰にも見せるなってのは恥ずかしかったんだよね、おじいちゃん。おばあちゃんも死んじゃったもの、孫の私が見たって良いよね。

好奇心に負けたMさんは、表紙を結わえた紐をほどき、スケッチブックを開いた。

赤黒い絵の具で、首を斬られながら笑っている女が描かれていた。

どのページも同じ絵だった。

最後の一枚に、祖母の旧姓が朱筆で記されている。名前の下に大きく「没」と書かれていた。

「親には言ってません。どう説明すればいいのか、わからなくて」

スケッチブックはまだ、押入れの奥にあるという。

黒看

数年前、C恵さんが勤務していた私立病院に新しく看護師としてS子さんが入ってきた。ちょうどベテランの看護師が二人ほど辞めたばかりだったので、これで少しは楽になると、C恵さんはひそかに喜んだ。実際、ハキハキした性格の彼女は皆とすぐに打ち解け、患者たちにも評判が良い、まさに申し分のない看護師だった。

たったひとつ、頻繁に怪我をする事をのぞいては。

廊下で転んで痣《あざ》をこしらえる。

ガラス瓶を割って腕を切る。

階段で滑って足首をひねり、ドアに指を挟んで骨にヒビが入る。

最初は「ずいぶんと天然ちゃんだね」と笑っていたC恵さんも、血圧計を持っただけで脱臼し、翌日には謎の湿疹が顔中に広がった彼女を見て、尋常ではないと思いはじめた。

何か健康上、または精神上の問題があるのではないか、そう言って検査をすすめても、S子さんは大丈夫ですと笑うばかりで、そのくせ怪我の数はいっこうに減らない。

看護婦は体力勝負である。負傷ばかりしていたのでは、いずれ業務に差し障《さわ》りが出る。

ましてや傷口から感染でもしたら、院内中が大変な事になってしまう。

どうしたものかと悩んでいたある日、C恵さんは一人の患者に声をかけられる。

小児性喘息で入院している女の子だった。

彼女は、廊下の向こうで車椅子を押すS子さんを指差しながら、C恵さんに問いかけた。

「ねえ、どうしてあのカンゴフさんだけ、とっても真っ黒な服を着ているの」

体温が、すっと下がった。


翌日、S子さんの事を相談しようと、C恵さんは日勤明けの婦長を居酒屋に誘った。

セクハラ医師の悪口や、文句ばかり多い患者への愚痴で盛りあがった頃合を見計らって、S子さんの話を切り出す。

「知らなかったの？　あの人ね、〝クロカン〟で雇ったの」

赤ら顔であっさりと吐いた婦長の言葉が、最初は理解できなかった。

「黒い看護師だから通称クロカン、たぶんね。アタシも先輩から聞いたんで本当の名前は知らないけれど」

婦長は手酌で杯を満たしながら、言葉を続ける。

「アタシらの仕事って、常に死が傍らにあるでしょ。絶望とか無念、そんな要素が混ざった空気を絶えず吸っているようなもんなの。加えて、末期の患者さんの〝なんで俺はもうすぐ死ぬのにお前らは元気なんだ〟って行き場のない憤りや憎しみも病棟内に澱《よど》んでいる。そういうものは誰かが背負ってくれないと、ウチみたいな大所帯の病院って成り立たないのよ」

すっかり酔いのさめたC恵さんの表情に気づかないまま、クロカンになる方法は簡単なんだよ、と婦長は笑いながら教えてくれた。

末期患者の食事に、彼女の髪をこっそり混ぜる。

患者の尿を数滴、彼女の靴にたらしておく。

患者に使った血や膿のついたガーゼで、彼女のカップやポーチを磨く。

そんな小さな事を積み重ねて、やがてクロカンは成立するのだという。

「アタシが若い頃に見たクロカンさんも、美人でキレイな人だったけどね。毎日というよりも毎時間単位で怪我してたね。ストレスなのか背負いすぎたのか、半年くらいで髪が全部抜けて辞めてったっけ」

そんな、まるで時代錯誤な呪いじゃないですか。どうして院長先生に言わないんですか。

震えながら抗議するC恵さんをひと睨みして、婦長がゆっくり口を開いた。

「これ、院長の方針なんだよ。あの人が研修医時代に勤めていた病院の慣習を、そのまま採用したみたい。知ってる？　彼女のお給金、アタシの倍近くなんだって。つまりあの娘もわかったうえで採用されてるの。だから、これは他言無用」

ぺらぺらヨソで喋ったら、アンタがクロカンになるよ。

諭すような口調でささやきながら、婦長はジョッキを煽《あお》った。

ひと月後、C恵さんは看護師を辞めた。

クロカンの彼女がどうなったかは知らない。病院は、今でもあるという。

御縁

「二十代でずいぶん年寄りくさい趣味だね、なんて同僚からはよく笑われますよ」

Ｆさんの趣味は温泉めぐり。

それもテレビ番組で紹介されるような名湯ではなく、ひなびた湯治場をめぐるのが好きなのだという。農閑期になると近隣から爺さん婆さんがこっそりやって来る、そんな穴場を探し当てるのが何よりの楽しみだった。

「騒がしいのと過剰なサービスが嫌いなんです。せっかくのんびり寛《くつろ》ぎに行って、逆に気疲れして帰ってくるのは損ですよ」

そんな中、半年ほど前に東北の山あいで見つけた温泉は、久々の「当たり」だった。

素泊まりの民宿が二軒。食糧を買いこむ小さな商店に自炊設備と浴場のほかは、本当に何もない。近くに観光名所がないのも手伝ってガイドブックにも掲載された事がないという、奇跡のような場所だった。

そんな穴場中の穴場を、Ｆさんは心おきなく満喫した。

「とは言っても、さすがに三日も経つと飽きてきちゃって」

散策できる場所でもないかと、宿の主人に訊ねたのである。

主人が教えてくれたとおり、山道を二十分ほど登った先に、洞穴があった。

「地元の人は軽石穴なんて呼んでいるそうです。実際に見て、納得しました」

洞穴の壁面には、気泡でできたらしき無数の小さな孔《あな》がぶつぶつと空いており、確かに体をこする軽石を連想させた。

孔には、紙紐で結わえた五円硬貨がぶら下がっている。

その数が、尋常ではない。ぱっと見ても百は超えていた。

察するに、縁結びで有名な場所なのだろう。

記念に自分も結わえていこうかな。財布から五円玉を取り出して紐が貫通しそうな穴を探したが、ほとんどの孔が埋まっている。諦めて、お供えするつもりでお金を地面に置いた。

洞穴は、奥に十歩も歩けば行き止まりになる浅いものだった。

最初から期待はしていなかったが、まあ、こんなもんか。

引き返そうとしたFさんは、洞穴の入り口に人が立っているのに気がついた。

軽装の中年女性だった。湯治場では見かけなかった顔だ。

五円玉を結ぶために、わざわざここまで来たのか。なかば呆れながら、Fさんは彼女に会釈して声をかけた。

「こんにちは。どちらからいらしたんですか」

返事はなかった。

女は、Fさんに気づいていないのか、壁をじっと見つめていた。ぶつぶつと何事かつぶやきながら指を壁に這わせて、貫通している穴がないか黙々と探している。

汗ばんだ額に、髪が貼りついていた。長い爪の間に、びっしりと黒いかすが詰まっているのが見えた。

「あれほど執着される相手って、逆におっかないだろうな」

そんな事を考えながら、足早に脇をすり抜ける。女の髪からは、酢のような臭いがした。

洞穴を抜け出して、思わず「きもちわりい」と言葉が漏れた。

「あはははははは！　みいつけた！　みいつけた！」

Fさんの背後から、女の笑い声が聞こえた。

ぎょっとしながら振り返る。

洞の入り口から、女がこちらを見つめて、ぶんぶんぶんぶん手を振っていた。

大きく開けた口から、乱杭歯《らんくいば》がぞろりと覗いていた。

「あなたみつけたからね！　ごえんだよ！　むすんだよ、むすんだんだからね！」

二度と振り返らなかった。早くこの土地を離れたくてたまらなくなった。山を下りると宿の代金を払って、逃げるように湯治場をあとにした。


以来、ズボンやシャツのポケットから、入れた記憶のない五円玉が出てくるようになった。

「気になるのは、色がだんだん変わっている事なんですよ」

最初に見つけた時には金色に輝いていた硬貨は、発見するたび、徐々にくすんだ色あいに変化している。

昨日はクリーニングから戻ってきたばかりのジャケットから、青く腐食した五円玉が出てきた。

「まるで、あの女がじわじわと近づいているようで……。私はいったい、何と縁を結ばせられたんでしょうか」

お祓いを受けるべきか、悩んでいるという。

救援

「小さい頃から実の兄弟以上に仲が良くて。まあ、腐れ縁ってヤツですね」

Kさんには、J子という親友がいた。

家も近所、親同士も顔見知り。いわゆる幼なじみである。家庭環境が少し複雑だったJ子は、Kさんの家に入りびたっていた。小さい頃はよく姉妹に間違われるほど一緒に遊んでいたという。

そんなJ子が、通っていた高校を辞めた。

恋人の子を妊娠したすえの中退だった。

「結局、妊娠させた相手と結婚したんですが、そいつが最悪で」

鳶《とび》職、コンビニ、ガソリンスタンド。どんな仕事についても一ヶ月と持たない。しまいには誰に吹きこまれたものか、俺はパチプロの才能があると息巻いて、朝から晩までパチンコ屋に入り浸りはじめた。腕が良ければ文句もないのだが、たいていは有り金を巻きあげられて帰ってくる。

しかも、その苛立ちは暴力になってJ子に降りかかった。

料理、態度、言動。どれか少しでも旦那の癪《しゃく》に障《さわ》ろうものなら、茶の間は地獄に変わった。前歯が粉々になるまでガラスの灰皿で顔を殴る。髪の毛をつかんで、地肌ごとちぎれるまでJ子を振り回す。血が流れても掃除が楽だという理由で、風呂場に連れこんで木刀で滅多打ちにする。暴力はJ子が失神するまで続くのが常で、おかげでJ子は自分の意思で気を失う術をおぼえたという。

「たすけて、たすけて」

電話口で、J子はそう繰り返した。

旦那の目を盗んで再会したJ子の顔は、子供がこねた泥団子のように凹凸《でこぼこ》になっていた。いくら何でもひどすぎる。憤ったものの、高校生のKにできる事など限られている。ひとまずKさんは自分の家にJ子を連れて行き、かくまう事にした。Kさんの母もJ子の顔を見るなり、抱き合って号泣した。

夜になって、居場所をつきとめた旦那がやって来た。

警察沙汰になるのを覚悟していたKさんの予想に反し、旦那は泣きながら土下座すると、自分が悪かった、もう二度と手はあげない、真っ当な人間になるから戻ってきてくれと哀願した。

にわかには信じられなかったが、当のJ子も「頑張ろう、もう一度二人で頑張ろう」と泣きながら旦那の懇願を受け入れている。こうなっては他人である自分は口出しできない。二人が頭を下げながら帰っていくのを、黙って見送った。

「とんだ間違いでした。帰るなりバカ旦那は臨月だったJ子を、煙があがるほど熱したアイロンで殴りまくったみたいで。その衝撃でJ子は破水し、あやうく母子ともども命を落とすところだったんです」

その後も、似たような騒ぎが何度か繰り返された。

顔を腫らしたJ子から「たすけて」と連絡が入り、救出に向かう。けれども結局夜になって旦那が殊勝な顔をして訪れ、J子を連れ戻す。

「最近知ったんですが、ああいう状態を共依存と言うんですって。あの人は自分がいないと駄目になる、J子自身もそんな考えに支配されていたんだと思います。一種の自己暗示ですよね。そうでなきゃ、ペンチで指を折る亭主のもとに自分から帰るバカはいませんよ」

心配ではあったが、Kさん自身も人生の分岐点を迎えていた。

憧れの企業に就職が決まり、卒業してすぐに上京していたのだ。目まぐるしい日々が続き、故郷のあれこれを考える余裕はなかったという。

ようやく職場にも慣れてきた頃、ふと思い出したKさんはJ子に連絡を取った。

「だいじょうぶ、だいじょうぶ」

電話口からは明るいJ子の声が聞こえてきた。

「また友達ヅラしたあいつに騙されやがって、って旦那が暴れるからKちゃんには電話ができないんだよ。あの人、誰彼かまわずヤキモチ焼くんだよね」

ヤキモチと呼ぶにはあまりにも行き過ぎたふるまいじゃないかとは思ったが、自分が原因で暴力が再燃しては元も子もない。とにかく元気そうで安心したけれど、何かあったらすぐ連絡してねと伝えて電話を切った。

「その時は、子供が生まれてバカ旦那も良きパパになったのかな、なんて楽観視していました。自分は、大甘《おおあま》でしたね」


その電話からふた月ほど経った日の、明け方だった。

「た……て」

声が枕元で聞こえる。

「たす…て」

聞き覚えのある声だった。

「たすけて」

J子だ。Kさんは飛び起きた。

あたりを見回し、実家ではないのを思い出す。外はまだ暗い。部屋にはなんの変化もなかった。

夢か。

安堵して再び眠りに就くと、再び「たすけて、たすけて」という声が聞こえる。

空耳じゃない。Kさんは必死でJ子の名前を呼んだ。

「たすけて、たすけて……たす」

声が途切れ、部屋が静まりかえった。

何かあったに違いない。

時計を見ると朝の四時だったが、躊躇《ちゅうちょ》してはいられなかった。

J子に電話をかけたが、料金が未納なのか通じない。

不安になったKさんは実家に電話をして、寝ぼけまなこの母親に事情を説明した。

母親自身も、J子の近況を気にかけていたという。

「お母さん、これからJ子ちゃんのアパートに行ってみるね。何かあったら連絡するからアンタは寝てなさい。今日も仕事なんでしょ」

そう言って、電話は切れた。

結局、一時間後に母親からJ子の死を報せる電話が入り、Kさんは仕事を休んだ。

母親によると、アパートのドアの前で様子を伺ったものの、物音も聞こえず人の気配もしない。留守かもしれない、Kさんともども考えすぎだったのかもしれないと思い、引き返そうとした耳に、子供の泣き声が届いた。

J子の部屋から聞こえてくる。

ふと、嫌な思いにかられてドアノブをひねる。鍵はかかっておらず、すんなりと開いた。薄暗い室内から、生ぬるい腐臭が鼻についた。

ゴミ袋がそこらに散らばった廊下を進み、奥の襖を開ける。


骨と皮になったJ子が、事切れていた。

「警察の話によると、母が尋ねた時刻とJ子が息を引き取った時刻はほぼ一緒だったそうです。……救えなかったとショックを受けぬよう、母には伝えてませんが」

Ｊ子の両手両足は粉々に折れていたという。動けないＪ子と幼い子供を放って、旦那はパチンコに出かけたきり、現在も行方不明である。

「地元の後輩から聞いたんですが、バカ旦那はヤミ金からずいぶん借りていたみたいです。払いきれずタコ部屋に送られたか、臓器目当てで潰されたんじゃないかって噂されてます」

Ｊ子の死因は、餓死だった。

冷蔵庫にあるわずかな食べ物を、全部子供に与えていたらしい。キッチンと和室の間には、血と糞便でできた這い跡がいくつも残されていた。

亡くなった時、Ｊ子の手には通じないはずの携帯電話が握られていた。

最後にプッシュした番号は、Ｋさんのものだった。

「どうして、Ｊ子さんが亡くなったのをご存知だったんですか」

東京にやって来た県警は、Ｋさんが事件に関与していると見て、しつこく事情聴取をおこなった。しかし、夢に彼女が現れた事を伝えると、拍子抜けするほどあっさりと彼女を解放した。

「その手の話を鵜呑《うの》みにすると下手コキますけどね、かといって全否定しても見誤るものなんですよ」

別れ際に中年の刑事が漏らしたひと言が、忘れられないそうだ。

「生き残ったＪ子の娘が、来年小学生になるんです。母は、本当の孫みたいに可愛がって、毎日Ｊ子の実家に様子を見に行ってますよ」

婚期を逃した実の娘を見限ったのかもしれませんね。

そう言うと、出会ってから初めて、Ｋさんは白い歯を見せて笑った。

今年の夏は、Ｊ子の墓を訪ねるつもりだという。

青痣

「何処《どこ》でぶつけたのかちっとも記憶にない痣《あざ》って、時々できるでしょ」

それはね、ヤバい印だから。

H美さんは、私をひと睨みすると、十代の頃に体験した出来事を語りはじめた。


塾帰りだったという。

その日は期末試験が間近で、色々と講師に聞いているうちに、塾を出るのがいつもより一時間以上も遅くなってしまった。

帰ってから夕飯を食べて、お風呂に入って、寝る前には塾の復習もしなければいけない。

普段なら商店街をぬけて家路に着くのだが、早く家に帰らなきゃと焦っていた。

家と塾の間にある大きな公園を横切れば、かなり時間が短縮できる。

真ん中に大きな競技場をしつらえた公園は、昼間は散歩の人々やランニングする運動部員でにぎやかだが、日が暮れると途端に寂しさを増す。

実際、学校や塾からの帰宅には通らないようにと通達が出ていた。

でも、今日は特別。

自分に言い聞かせるように呟いて、H美さんは入り口をくぐった。

水銀灯が、ぽつりぽつりと砂利道を照らしている。広大な敷地を照らすには圧倒的に数が足りない。かえって、影が浮きあがって見える。足早に芝生の上を駆けた。

ブロックを積みあげただけの公衆便所を過ぎ、噴水の止まった池の脇を小走りで通り過ぎる。やがて、彼方に小さく出口が見えてきた。

あと、少しだ。ほっとして、道脇にあるテニスコートに目を向ける。

何かが、動いたように見えた。

こんな時間にコートを利用する人間はいない。いたとしても、照明くらいは点けるはずだ。変質者、痴漢、強盗。厭な想像が頭をよぎる。足がすくむ。

けれども、今から引き返して明るい通りを帰るとなれば、家に到着する時刻は大幅に遅れてしまう。

大丈夫、猫か何かだよ。それよりも、まずは早く帰って、食事して、お風呂に入って、復習して。

自分に何度も言い聞かせ、歩き出した彼女のふくらはぎに、何かがぶつかった。

靴紐がほどけたかな。視線を落とす。

足と足の間に、赤ん坊の首がはさまっていた。

ドリブルされたバスケットボールのように、首は細かく足にぶつかっては跳ね返る動作をくり返している。

ころん、と足の間から赤ん坊の首が転がると、彼女の目の前で動きを止めた。目を細めて首が笑う。くすくすくすくすと笑いながら、赤ん坊がささやいた。

「おかあしゃん」

声をあげて、H美さんは走り出した。

公園を抜け出てから振り返ってテニスコートのあたりを眺めたが、水銀灯が砂利道を照らしているばかりで、他には何も見当たらなかった。

「疲れていたせいで幻を見た、って無理やり思う事にしたんだけれど」

家に到着して靴を脱いでいると、出迎えに来た母親の言葉がその願いを打ち消した。

「あんた、内腿《うちもも》どうしたの。ボールでもぶつけたみたいに真っ青じゃない」

母親の言葉どおり、ふくらはぎを中心に青痣がぽこぽこと浮いていた。

それから時々、気づかぬうちに体の何処かに痣ができるようになったという。

「ああ、ぶつかっちゃったんだな、と今ではすっかり諦めています。私以外にも、知らない間に痣ができている人がいたら、気をつけるように言ってくださいね」

そう語る彼女の二の腕に、小さな痣がぽつぽつと残っているのを、私は見つけた。

寝言

Oさんが、数年前に体験した話である。

深夜、ちびりちびりと寝酒を楽しみながら小説を読んでいると、中学生になる娘の部屋から声が聞こえる。

最初は、友達と携帯電話でお喋りをしているのだと思っていたが、漏れ聞こえてくる内容がどうもおかしい。まるで目の前にいる誰かと会話しているような口調だ。

まさか、彼氏でも連れこんだか。

半信半疑で扉を開ける。

娘は、真っ暗な部屋で空中に向かって何事かをつぶやいていた。

「こんな夜中にどうした、明日も早いんだから寝なさい」

不意に娘のお喋りが途切れたかと思うと、彼女の頬を、涙がころころと落ちた。

「かわいそう」

唖然としているOさんに向かって、娘は言葉を続ける。

「×××ダムに車が沈んじゃったの。中にね、男の人がまだいるの。そのままだとかわいそう。箕輪《みのわ》さんに知らせてあげて」

泣きながら、娘が懇願する。

箕輪さんとは妻の親戚の男性で、現在は県警本部に勤めている。しかし、娘は幼い頃に会ったきりで親しい訳でもないのだが。

×××ダムの名前が出た事にも、Oさんは驚いた。×××ダムとは、山奥にある小さな貯水用の池である。Oさんも、家族でキャンプ場に向かう途中、何度か立ち寄った覚えがある。

でも、なぜ、そんな場所の名前が。

戸惑うOさんの前で同じ台詞《せりふ》を三度ほどくり返すと、娘はぱたりと横倒しになり、すやすやと寝息を立てはじめた。

翌朝、娘に「昨日のアレ、どうしたの?」と聞いたが、本人はきょとんとするばかりで、いくら問いただしてもそんな記憶は一切ないという。

変な寝ぼけ方をしたねえと、家族で笑いあった。

ところが、娘は翌晩も、その次の晩も同じ寝言を繰り返した。

あのダムに車があるから探してほしい、箕輪さんに知らせてほしい。

ひととおり言い終えると失神するように眠りについて、翌朝にはすべてを忘れている。

三日も続くとは、どう考えてもただ事ではない。

気になったOさんは、娘に言われたとおり箕輪さんに電話をかけた。

「実はね、信じられないだろうが……」

Oさんが一昨日からの娘の言動を伝えると、不思議な話だねえと笑いながらも、箕輪さんは快くダムの捜索を引き受けてくれた。

「本格的な潜水はできないけど、地元の警官に連絡して、ちょっと調べてもらうから」

何かあったら報告するよ。何もないとは思うがねえ。

そう言って電話を切った箕輪さんから連絡が届いたのは、その日の夕方。

湖底から車が引き揚げられたという報せだった。


車内には娘の言葉どおり、男性の遺体があった。数ヶ月前から捜索願の出ていた男性だった。借金を苦にした自殺だったらしいが、箕輪さんもあまり詳しくは教えてくれなかった。

ただ、どうしてわかったのかと上層部から尋ねられて、返答に困ったという。

その後、何度となく娘に寝言について聞いたが、やはり記憶にないと言うばかりだった。

半月ほどして、離島に住む妻の祖母から電話があった。

地元訛《なま》りで話していた妻が、受話器を置くとOさんに告げた。

「オバアがね……あの子をウチに遺《のこ》したほうが良いよぉ、って。あの子は血が濃いから、二十歳までに作法を学ばないと、一人で抱えきれなくなるって。カミサマに全部もってかれるって……」

「どうやって本人に伝えるべきか、今もって悩んでいるんですよ」

来年、娘さんは二十歳を迎える。

彼女はまだ、何も知らない。

幸子

「かれこれ十年以上前になるから、もう話しても良いかなと思ってね」

当時を思い出しているのだろうか、ぼんやりと遠くを見つめながらN女史が語ってくれた、とある人物にまつわる出来事である。


N女史は当時、大阪の出版社に勤めていた。

ある日、彼女の部署に一人の女性がアルバイトとして配属される。

彼女は、サチコと名乗った。

「幸福のコウに子供のコで、サチコ。自分の苗字が嫌いなので下の名前を呼んでくださいって。そんな挨拶を聞いたのは初めてだったから、すぐに覚えちゃった」

変わった娘だなと思いつつ、年齢が近かったN女史とサチコさんはすぐに打ち解け、こっそりと世間話をする間柄になった。

「ただ……女の子同士の会話って、普通ならあそこのケーキ屋さんが美味しいだの昨日カレシがこんな文句言って腹が立っただの、他愛もない、五分も経てば忘れるようなものでしょ」

ところがサチコさんが口にするのは、どれも聞き終えたあとに心が重くなるような内容ばかり。大半は、家族に関する話題だった。

彼女の父親は暴力で家庭を支配しようとする、今でいうDV男であったらしい。

「ちゃぶ台をひっくり返す家長とか、平手で頬を叩く亭主なら理解の範疇《はんちゅう》だけど……妻の顔面をノコギリの刃で殴ったり、娘めがけてダルマストーブを蹴りつける人間が現実に存在するなんてね。最初に聞いた時は信じられなかったわよ」

しかし、時おりサチコさんの身体のところどころに黄土色《おうど》の痣《あざ》や生傷を見つけると、彼女の話が嘘や妄想ではないと改めて感じ、N女史はますます厭な気持ちになった。

「それで、あんまりヒドかったらウチの部屋へ逃げておいでって言ったのよ」

N女史の心配とは裏腹に、サチコさんは「大丈夫です、そろそろ来ますから」と、笑いながら答えた。

「言われた意味が理解できなくて。まあ、ヨソの家庭事情を詮索するのも悪いかなと思って、曖昧《あいまい》に話を終わらせたんだけれど」

翌日、サチコさんから二、三日バイトを休ませてほしいと電話が入った。

事情を問うN女史に、父親が脳溢血《のういっけつ》で倒れて半身不随になったんです、とサチコさんは返した。受話器から聞こえる口調が、やけに明るかった。

数日後、出勤してきたサチコさんに事情を聞くと、いつものように母親を蹴りあげようとしていた父親が突然苦しみだしてその場に倒れたのだという。病院に搬送され、脳に出血が見られたためにすぐさま手術。幸い一命は取り留めたものの、父親は下半身がまったく動かなくなってしまったらしい。

「でも、父ってば腰から上は支障がないから、かえって文句ばかり増えちゃって。看護婦さんに手をあげたりしなきゃいいねって、家族は心配しているんですけれど」

サチコさんの不安は的中する。

執刀医にポットの沸騰したお湯をかけたのが決定打となり、父親は強制的に退院させられてしまった。

「でも、身体《からだ》が不自由なぶん、おとなしくなると思うでしょ。ところが」

暴力は、悪化した。

父親は畳を這いずりながら、手にした杖で家族を朝から晩まで殴るようになった。脛《すね》や爪先を器用に叩くものだから、何日かするとサチコさんの足は靴が履けないほど腫れあがってしまったそうだ。

そんな父の世話を、母親は献身的に務めた。看病の合間をぬって、夫の稼ぎがなくなった分を埋めるために夜中までパートに出かけ、近所の御用聞きをして回った。

「それで、親父さんの暴力の話に加えて、お袋さんの髪がごっそり抜けたとか杖でぶたれて前歯が無くなったとか、話す中身が過激さを増したと思っていたら」

母親は、あっさりと他界してしまった。

バイトに行くサチコさんを笑顔で送り出した直後に倒れて、そのまま亡くなったらしい。

残業を終えて帰宅したサチコさんが発見した時には、すでに死斑がうっすら浮き出た母が玄関先に転がっていた。奥の居間では、小便を漏らしながら父が怒鳴《どな》っていたという。

「結局、一人娘の彼女しかクソ親父の面倒を見る人間がいなくなって。大変だったらいつでも力になるからね、ってお通夜の席で励ますと」

大丈夫です、母がそばにいますから。

サチコさんはそう言って、にっこりと笑った。

以前と同じ笑顔だった。


「すいません、父が行方不明になったので、今日はバイトを休んでいいですか」

朗らかな声で、サチコさんから電話が入ったのは、彼女の母親が亡くなって半月ほど経った日の事だった。

「私もどこか麻痺していたのかもね。ああ、またかなんて思っちゃった」

ろくに動けないはずの父は、サチコさんが留守の間に姿を消していた。警察が捜索したが、足取りはまったくつかめない。

ようやく見つかったのは一週間後。近所にあるドブ川に浮いているところを発見された。

警察によれば、死体にタイヤ痕が見られる事から、轢き逃げに遭って証拠を隠すために川へ放りこまれたらしいという話だった。

「会社に刑事が来てね、ちょっとした騒ぎだったわ。死体の検分から帰ってきた彼女が、夏場ってすぐに死体が腐るんですね、なんだか崩れたお豆腐みたいなのと言っていたっけ」

事情を知らない周囲は、不幸が相次ぐ彼女を哀れんだ。

「でも、私は内心喜んでいたの。ようやく彼女も呪縛から解放されたんだなと思ってね。ただ……解放されすぎちゃったみたいでね」

父親が亡くなって数日後、突然サチコさんは男性との交際を社内に宣言する。

出版社に出入りしていたフリーのライターで、女絡みの悪い噂ばかり聞こえてくる男だった。

「親の喪中に、しかもあんな男と一緒にならなくても……」

やんわりと上司が説得したものの、サチコさんは聞く耳を持たず、一ヶ月と待たずに入籍してバイトを辞めてしまった。

「周囲は非難の嵐だったけれど、私は心の中で安堵していたわ。彼女なりの幸福を見つけたんじゃないか、ようやくあの子は名前のとおり〝幸子〟になれたんじゃないかと嬉しかったの」

サチコさんの夫が死んだと報せが届くのは、それから一週間後の事。

原因不明の急死だった。

更に、彼女が唯一無二の親友だと言っていた女性が胃がんで急逝、高校時代の恩師がホームから転落して電車に引きちぎられ、写真を持ち歩くほど可愛がっていた甥っ子は、祖父の運転する自家用車に誤って頭部を轢かれて即死した。

「今、話した出来事はすべて、彼女がバイトにきてから一年たらずの間に起きたのよ」

「……確かに壮絶で悲惨な人生ですけれど、でも別段怖くはないんじゃないですか。彼女に悪霊が憑いていたとか、先祖代々呪われた運命だったとかじゃないんでしょ」

すっかり氷の溶けて薄くなったアイスコーヒーを啜りながら、私はN女史に言った。

彼女が、おもむろにハンドバッグに手を伸ばして中を漁る。

まずい、怒らせたかな。早々にお勘定を払って店を出る気かな。自分の言葉の至らなさに歯がみしながらアイスコーヒーのお代わりを注文した私に、彼女は一枚の紙切れを差し出す。

写真だった。

夕暮れのキャンプ場と思われる場所で、若い頃のN女史らしき女性を中心に数名の男女が微笑《ほほえ》んでいる。よくあるスナップショットだった。

写真の右端に写る、赤い服を着た女性をN女史は指さした。

「これが、サチコです……ご覧になってください」

口調の変化に戸惑いながら、私は写真を手にとり顔に近づける。

面長の顔立ちをした女性だった。想像していたよりも大人びた印象を覚えるのは、なびいている黒髪のせいだろうか。笑い方がぎこちない。まなざしが頼りない。明るめの衣服を身に着けているのに、フラッシュを焚いていないせいか全身の雰囲気が薄暗く思えた。

平凡な感想を述べて返そうとした写真を、彼女が手で制する。

「首のところ。見てください」

改めて写真を凝視した。咽喉《のど》に、横一文字の赤い筋が見える。

「手術で切開した痕だと、彼女からは聞いていました」

言葉に頷いたものの、私は彼女の真意がわかりかねて口ごもる。

「この写真ね、数年前に心霊系の雑誌を作る際、素材として霊媒師の方に渡した事があるんです」

背後にある川原の「それ」っぽく見える水面の揺れを、地縛霊か浮遊霊に仕立て上げてもらうために選んだ、数ある写真の一枚だったという。

直後、霊媒師の女性からN女史宛てに電話がかかってきた。

「あの女はいったい何者ですか！」

凄まじい剣幕に戸惑っていると、霊媒師は早口でまくしたてた。

「彼女に近しい方、親しい人々が続けざまに亡くなっているはずです。もしもあなたがこの女と今も交流があるなら関係を絶ちなさい、今すぐに」

どうしてその事がわかったのか。N女史は恐る恐る尋ねた。

しばらく沈黙してから、霊媒師が口を開く。

「首を括《くく》ったあとですよ、その傷。未遂に終わったんでしょうが、魂はあの世に持っていかれたようです。彼女、身体は生きているけれど心は死んでいるんです。だから」

大切な人は自分のそばに連れて行くんですよ。

死んだ人は、今でも彼女の周りに縛られているんですよ。

「噂では、二年程前に、サチコは古巣の出版社に再びバイトとして戻ってきたそうです。現在でもいるかどうかは知りませんが、連絡すれば所在はすぐに判明しますよ」

どうしますか。彼女と、逢ってみますか。

彼女の問いにしばらく悩んでから、私は丁重に断った。

「……今でも、大切な人を何十人も周りに置いているんでしょうね。そんな生き方しかできない人なんでしょうね」

きっと、それが彼女にとっての幸福なんですよね。

N女史がつぶやく。私は押し黙る。

アイスコーヒーは、まだ来ない。

山盗

「怖いのかどうか、自分でもよくわからない出来事ですよ。そんな話でも良いですか」

何度も念を押しながら、Uさんは語りはじめた。


彼のお祖父《じい》さんは十数年前、山で亡くなっている。

「キノコ採りに行って迷ったあげく、滝壺に落ちて死んだんです。時おり地方紙に小さく載っているような、三面記事そのままの亡くなり方でした」

死因は心不全。冷たい沢の水で心臓麻痺を起こしたのでは、という話だった。

蟹や魚に食い荒らされたらしく、死体は酷《ひど》い有様だったという。

「なので、私が祖父の遺体を見る事は許されなくて。両親や駆けつけた親戚がバタバタと葬式の支度に追われる様子を見守っていましたね」

しかし、そこは子供の事。悲しみながらも暇を持て余していたUさんは、程なく退屈に耐えられなくなり、皆の目を盗んで祖父の安置されている仏間へと忍びこんだ。

線香が煙る和室を、蝋燭のほのかな灯りがぼんやり照らしている。蓮華《れんげ》を模した飾りが並ぶ祭壇の上に、白木の棺が横たわっていた。

集合写真から無理やり引き伸ばした遺影は輪郭が粗《あら》く、祖父の顔は泣いているのか笑っているのか、よくわからない。

ああ、祖父ちゃんは本当に死んじゃったんだな。

しんみりしながら棺へ近づいた彼の足が、柔らかいものを踏む。驚いて持ちあげた足の裏から黒光りする小さな塊《かたまり》がぼとりと落ちて、畳の上で身体《からだ》をくねらせた。

蛭《ひる》だった。

絶叫を聞きつけて、家族が仏間へと駆けこんで来る。畳の上を蠢《うごめ》く塊を見るやいなや、父親が割り箸で蛭を摘《つま》みあげてトイレに流し、騒動は一件落着となった。

「祖父の身体にくっついて来たんじゃないかって話でした。むしろ、勝手に部屋へ入って、虫くらいで騒ぐなんてと、ずいぶん叱られました」

だが葬儀がはじまって間もなく、今度は参列者から悲鳴があがる。

また、蛭が居た。

焼香台の手前をもぞもぞと這う姿に、叔母が腰を抜かす。

「どういう事だっ。本当にきちんとオヤジの身体を清めてくれたのかっ」

へたりこんだ彼女を抱えながら、父が葬儀社の担当職員を怒鳴《どな》りつけた。

まだ若い職員は狼狽《ろうばい》しながら「湯灌《ゆかん》もしましたし、お召し物もすっかり替えましたので、こんな筈は無いんですが……」と必死で説明を繰り返す。

何処《どこ》となく落ち着かない雰囲気のままで読経と焼香が終わり、皆は火葬場へと向かった。

がらんとした畳敷きの和室で、一同は骨上げを待った。

先ほどまでの険悪な空気を引きずっていた父や親族も、用意された寿司を摘んで酒を酌《く》み交《か》わすうちに落ち着きを取り戻し、笑顔や軽口が飛び交うようになっていたという。

「子供心には親戚中が渋い顔をしているほうが蛭より怖かったですから。ホッとしました」

やがて、骨上げを知らせる館内放送が流れ、一同は窯の前へと向かった。

「……ようやく、オヤジを安らかに送り出せるな」

ぽつりと父が零《こぼ》した一言は、遺骨を見た直後に覆《くつがえ》される。

窯から引き出されてきた、わずかに熱を残した祖父の骨。

その真ん中、胃の辺りに黒い塊が小さな山を作っていた。

「川原に転がっているような、つるつるとした小石が数十個。位置から考えて……祖父が飲みこんだものとしか思えなかったです」

唖然とする親族の前で、冷めはじめた小石が、きん、きん、と鳴った。

もしかして、ジイさまは山盗みを。

背後で誰かがぼそりと呟いた言葉を、他の親族が嗜《たしな》める。それきり誰も何も語らぬまま黙々と骨上げはおこなわれ、葬儀は逃げるような速さで終《しま》いとなった。

「石は骨壷におさめられず、別な袋に入れられていました」

その夜、家の周りをものすごい速さで何かが駆ける、がさがさという音が聞こえた。

「あの速度は犬や猫、まして人間じゃないですよ」

恐ろしさに布団をかぶる彼の傍らで、父が「返すから、返すから」と雨戸に向かって呟いているのが聞こえたという。

翌週の日曜、父は親戚数人と連れ立って何処かへ出かけていった。

父の手には、あの石を詰めた袋が握られていたそうである。

「たぶん山へ返しに行ったんじゃないかと思うんですが……教えてくれませんでしたね」

その夜から、奇妙な音もぴたりと止んだ。

祖父は山で何かを盗んだのか。ならば、盗んだものとはいったい何なのか。

そもそも、どうして蛭が出てきたのか。胃に詰めこまれていた小石の意味は何なのか。

矢継ぎ早に浴びせた私の質問に、Uさんが苦笑しながら首を横に振る。

「一年前に父が死にましてね、真相は全てわからなくなりました。だからこそ、お話して何かの記録に残してもらおうと思ったんですよ」

今度……あの山へ行って、祖父の亡くなった場所を訪ねてみるつもりです。

Uさんはそう言い終えると、誰にともなく頭を下げた。


その後、彼からの続報はまだ届いていない。

墨女

Ｉ子さんの実家は、東北のとある村で農業を営んでいる。

ときおり、妙な出来事の起こる家だったそうだ。

「およそ半年に一度の割合だったんですけれど」

見知らぬ女が、訪ねてくるのだという。

はじまりは決まって夜中の二時前後。水浸しのモップを引きずるような足音が表から聞こえてくる。水気を含んだ歩みは、家の周囲を二、三べん回ってから玄関口へたどり着くのが常だった。

べた、べた、べた。戸口を叩く音はいつも湿っぽく、ノックに混じって弱々しい笛を思わせる声が聞こえるときもあった。

やがて、何度か扉を叩く音が続いてから、濡れた足音が遠ざかる。

そんなことが、何度かあった。

「誰か、きとるよ」

幼いＩ子さんが呼びかけても、祖父母も両親も決して起きようとはしなかった。

堪《たま》りかねた彼女が玄関へ向かおうと布団から抜け出した途端「行くな！　見るな！」と父に叱られたこともある。

祖母からそれとなく聞き出した話では、やってくるのは女で、いわく「人でないもの」だとのことだった。口ぶりから察するに、彼女の家と女には何かしら因縁があるようだったが、詳細に関しては祖母はもとより祖父も両親も話したがらないので、はたしてどのような繋がりがあるのか、いっこうにわからないままであったそうだ。

「けれども別に怖いとは思いませんでした。きてるのは近所のちょっとオカシい人だろうな、くらいに子供心で理解していました」

月日は過ぎ、彼女が中学一年生のとある夏。

その日は隣県に住む親族が急逝したため、Ｉ子さん以外の家族全員が葬儀の手伝いに泊まりこみで駆り出されていた。一人留守番を任された彼女は、普段なら決して許可がおりない深夜のテレビ視聴を、背徳めいた気持ちで楽しんでいたという。

「そうはいっても子供ですからね。テレビを観ながら力尽きて、知らぬ間に眠っていたんです」

べた。

聞き覚えのある音に気づいて、目が覚めた。瞼《まぶた》をこすりながら砂嵐のざわめくテレビを慌てて消し、耳をすます。

べた、べた。

あのノックだ。いつも夜中に聞こえてくる、姿を見てはいけないと言われた女の音だ。気づいた瞬間、怖気《おぞけ》と好奇心が胸の奥に沸きあがった。

どんな人だろう。年齢は、容姿は、何度となく我が家を訪れる意味はなんなのだろう。ちょっぴり見るくらいなら、大丈夫だよね。まさか、いきなり襲ってきたりすることなんてないだろうし。

悩みぬいたすえに好奇心が勝ったI子さんは、忍び足で玄関へと向かった。音を立てぬよう、居間のガラス戸をそっと引く。相手方に気づかれてもすぐに身を伏せられるように、中腰で玄関のドアまで近づいた。戸口からは、相変わらず絞りきれていない雑巾を壁に投げたような鈍いノックが聞こえている。

身をかがめたままドアの正面にたどり着くと、ゆっくり上体を起こしてドアスコープを覗きこんだ。

後ろ髪を丸く結い留めた和装の女が、ドアの前に立っていた。昭和初期の女性を彷彿《ほうふつ》とさせる出で立ちに身を包んだ女は、両手を前に合わせ、お辞儀をするような格好のまま戸口に立ち尽くしている。顔を伏せているために面立ちは確かめることができないが、一見しておとなしめの女性に思えた。

なんだ、フッーのおばさんじゃない。

狂人然とした佇《たたず》まいの人間を想像していた彼女は、拍子抜けしながら女の様子を見守っていた。

「子供心に、もしかしてかわいそうな境遇の人なんじゃないかな、なんて思いました」

我が子を失ったとか家族と生き別れたとか、何がしか不幸な目に遭ったすえに心を病んだ人なのかもしれない。もしかしたら、かつて親交があった我が家に救いを求め来訪しているのかもしれない。

どうしよう。ドア、開けようかな。話だけでも聞いてあげようかな。

ドアスコープ越しに淋しげな彼女の姿を見つめながら、思わずドアノブへ伸ばしたI子さんの手が、止まった。

何か、おかしい。違和感の正体を探ろうと目を凝らした。

女の姿が、ぼんやりとしている。鉛筆で描いたあとに指でこすった落書きのようだ。

てっきりドアスコープのレンズに滴《しずく》でもついて、画が歪んでいるのだろうと思っていたが、よく見れば庭の樹木や女の肩越しに映る門柱は、像をくっきりと結んでいる。

女だけ、輪郭が定まっていないのだ。

「なんで」

思わず言葉が漏れる。慌てて唇を塞いだが、もう遅かった。

女が、伏せていた顔をあげる。

「真ん中に顔のパーツが寄った……例えるなら、縮尺の違う顔を無理やり合成したようでした」

女は滲《にじ》んだ目鼻を歪ませて表情を崩すと、こちらを指さしながら痙攣《けいれん》するような仕草で何度も何度ものけぞった。

笑っているのだと気づいた途端、ドアが、べたっ、べたっ、べたっべたっべたっべたっべたべたべたべたべたべたべたべたべたと続けざまに鳴った。

慌ててドアから離れ、玄関の隅にうずくまって目を瞑《つむ》り、耳を塞ぐ。

「居間まで逃げるのも怖くて。ひたすら気配を消して女をやり過ごしました」

十分、十五分。どれほどの時間が経ったのだろう。I子さんは、そろそろと耳を押さえていた手を離して玄関を見あげた。

身体《からだ》を強張《こわば》らせたままドア向こうの気配を確かめるが、ノックの音も、濡れた足音も聞こえない。

もう、行ったかな。

漏らした吐息と被るように、笛のような声が玄関中に響いた。

「またきまぁす、ずっときまぁす」

気がついたときには、朝になっていた。玄関先でへたりこんだまま失神したのだと気づいたのは、しばらく経ってからだったという。

その日の昼間、帰ってきた家族に女の姿を見たことを告げると、説明の半ばで祖父が「言うな！」と大声で話を遮《さえぎ》った。驚きで涙目のI子さんをよそに、祖父母は「ちょっと出てくる」と出て行ったきり、三日ほど戻らなかった。帰ってきたのちも、何処《どこ》に行っていたのかも、あの女は何者なのかも、いっさい語られることはなかったそうである。

「気になったのは……帰ってきた祖父母の両手の指すべてが、劇薬に浸けたように真っ赤にただれていたんです。それって……いったいなんなんでしょうね」

それから間もなくI子さんは二階の奥にある部屋を与えられたため、以降、来訪のノックを耳にすることはなかったという。

「もし聞こえても、もう見に行くつもりはありませんでしたけれどね」

家は彼女が大学へ通うために上京してから一年後、不審火で焼けてしまった。火事の報せを聞いてI子さんも実家へと駆け戻り、忙しい両親と老いた祖父母に代わって、仮住まいを探したり保険の手続きをおこなったりと、諸々に奔走したそうだ。

一週間ほど経ってようやく家族も落ち着き、I子さんが東京へと戻ってきた、その夜から。

二時になるとアパートのドアを誰かが叩くようになったという。

鬼頭

「あの頃の私は……　〝人間の皮をかぶったゴミクズ〟でしたね」

Dさんは若かりし頃の自分を振り返り、小さな声で呟《つぶや》いた。

「高校は中退。アルバイトも半月と保《も》たず、勤めては辞めての繰り返し。これが名うての不良や札つきのワルならば、何かのきっかけで一念発起した結果トラックの運ちゃんで稼いで所帯をもったとか、修行してラーメン屋を開いた、なんて美談もあるんでしょうが」

そういった根性や気合とは無縁、ただ毎日をふらふらと生きていました。

自嘲気味に笑いながら、Dさんは遠い目をして当時を思い出す。

「いちばんマズかったのは……借金でしょうかね」


きっかけは、パチンコ代だったという。

「今日は絶対に出る、借金してでも打ったほうが良いぞ」と知り合いにそそのかされ、Dさんは消費者金融のATMで三万円ばかりを借りた。その日は知人の助言どおり大当たりして、翌週には全額を返済した。

それから、パチンコ屋へ行く毎に金を借りるのが癖になった。一回に借りる額が五万になり、十万に増える。当たればすぐに返せるという気持ちが、金銭感覚を麻痺させた。

「審査のゆるい時代でしたから、あちこちから借りまくりましたね。なんとかなると呑気だったのは最初だけ。借金が三百万円を越えた時点で、初めて事態の深刻さに気づきました」

自宅に届いた督促状《とくそく》で息子の借金を知った父親に、Dさんはしこたま殴られた。ひととおり叱り飛ばしたあとで、父はおもむろに家を出たかと思うと三十分ほどで帰宅した。居間でうなだれたままのDさんに分厚《ぶあつ》い封筒が三つ、ぽんと手渡された。

「死んだ母ちゃんが、お前のためにと積み立てちょった金じゃ。これで、返せ」

驚くDさんに、普段と変わらぬぶっきらぼうな口調で、父が言葉をかける。

「子供の泥をかぶるために親はおるんじゃ。若い時ぁ、いっぺんきりなら間違ってええ。なんとかしちゃる」

けれどな、二度目はないぞ。

強い語気に気圧《けお》されて頷《うなず》くと、父は「ご祈祷《きとう》に、神社へ行ってくる」と言い残して再び家を出た。

ひとり居間に残されたDさんは、静かに泣いた。一人息子である自分の不甲斐なさに腹が立ち、親のありがたさが身に染《し》みた。もう借金など二度とするまい、パチンコ屋には近づくまいと、かたく誓った。

誓いは、半年ほどで破られる。

「改心して勤めはじめたクリーニング店が肌に合わなくて。その日も、お客に怒られ、店長に叱られて苛立《いらだ》っていました。帰り道で新装開店の文字が輝くパチンコ屋のネオンを見た途端、店内の喧騒や指先に伝わる台の振動、勝った時の高揚感が一気に甦《よみがえ》ってきて」

気づけば、打ち慣れた機種の前に座っている自分がいた。幸か不幸か、その日は久しぶりに大当たりが続き、三時間ほどでアルバイト代の二ヶ月分にあたる金を手に入れた。

「それでもうアウト。真面目に働くのが厭になって、バイトはそのまま行かなくなりました」

父親の手前、朝は何食わぬ顔で出勤するふりをしてそのままパチンコ屋へ向かう。しばらくは勝ったり負けたりを繰り返していたが、徐々に負ける日が多くなり、あっという間に再びサラ金へ手を出した。

「しかも、ブラックリストに載っていた所為《せい》で普通の消費者金融では借りられなくて。結局その日は、利息の高いローン会社の融資、いわゆる闇金に手をつけたんです」

いよいよ、俺も本物のロクデナシになっちまったな。ため息をつきながら家に帰り、いつものように夕食の席についたDさんは、父親の顔を見て小さく叫んだ。

額のまんなかに、大きな瘤《こぶ》ができている。

瘤は鬱血《うっけつ》したように赤黒く変色しており、針でつつけば破けてしまいそうなほど腫《は》れあがっていた。

どうしたんだ、何処《どこ》かでぶつけたのかと問いかけても、父はこちらをじっと睨むと「なんでもねえ」と答えたきり、口を開こうとはしない。

気にはなったものの、ひそかに借金をした後ろめたさもあって、その日はそれ以上会話を交《か》わすことなく黙々と食事を終えた。

Dさんのギャンブル癖と、それに伴うサラ金通いは止まらなかった。

前回とは利息が桁《けた》違いだったため、たちまち借金は百万円近くにまで膨《ふく》らんだ。金をかき集めて週末に利息だけを返済し、再び小銭を借りる。じわじわと首を絞められるような日々が続いた。

憂鬱《ゆううつ》な出来事は、もうひとつあった。

「瘤が、徐々に肥大化しているんです」

父親の額はすでに半分ほどが瘤に占拠されていた。砂の小山を盛ったように、瘤は前へ前へと尖《とが》りながら膨《ふく》らんでいる。何度となく「病院へ行って診《み》てもらえよ」と父に進言したが、決まって「別にええ」とにべもない返事をされる。

そのうち、Dさんは妙なことに気がついた。

自分が金を借りてきた日に限って、瘤は大きくなっている。逆に、たまたま大当たりして借金が増えなかった週には、こころなしか萎《しぼ》んでいた。

「気のせいだとは思ったんですが、それでも良い気分はしませんでした。まるで借金の額をあらわす棒グラフを見せられているみたいで……心のどこかで、どうせなら早く逝《い》ってほしいと願っていました」

その日、Dさんは何度目かの借金を申しこんだ。

すでに金額は、父が立て替えてくれた三百万円に迫っている。家にこれ以上蓄《たくわ》えがあるはずもない。

保険金、自己破産、実家の競売。さまざまな考えが頭をよぎる。答えが見つからないまま、町をとぼとぼと歩き続けた。

「おい、久しぶりじゃないか」

うなだれているDさんに声をかけたのは、近所の神社で宮司《ぐうじ》を務める男性だった。父とは中学の同級生で、月にいっぺんは二人で酒を酌《く》み交わしている。

「最近あまり顔を出さんが、オヤジさんは元気かね」

一瞬、瘤のことが頭をよぎったが赤の他人に話してどうなるものでもない。まあ元気ですと曖昧《あいまい》に答えた。ついでに、自分も証券会社に勤めていると嘘をついた。

他愛もない世間話をしながら、ふと、Dさんは父が祈祷と称して神社に行ったのを思い出した。あの時は自分も動転していて、亡くなった母親の墓前にでも向かったのだと思っていたが、それならば寺に行くはずだ。神社にお参りするわけがない。

もしや、宮司に自分の話でも愚痴《ぐち》を吐きに行ったのではないか。ならば、今日の会話が父の耳に入って、嘘がばれるのではないか。猜疑《さいぎ》心にかられたDさんは、それとなく宮司に尋ねた。

祈祷って、いったいウチの親父は何をお祈りに伺ったんですか。

しばらく宮司はきょとんとしていたが、質問の真意に気づくと首を横に振った。

「祈祷じゃねえ。鬼頭じゃや。オニのアタマと書いて〝きとう〟と読む」

訳がわからず呆然としているDさんを見て、宮司は「なんじゃ、オヤジから何も聞いておらんのか。最近は古い風習なんぞ教える機会もないからなあ」と笑った。

宮司によれば、鬼頭とはこのあたりに伝わるまじないの一種らしい。

「漢字はあとから当てはめたのかもしれんがな。そもそもは里子に出した子供の平穏を占う作法だったそうだ。子供が禁忌《きんき》を犯すと、親の頭から角が生えて伸びはじめる。やがて、伸びきると」

Dさんは固唾《かたず》をのんで、次の言葉を待った。語り慣れているのか、やけに芝居がかった言い回しで、宮司がゆっくりと口を開いた。

「人をやめて、鬼になる。子供の罪をまるかぶりして、地獄に堕ちるのよ」

なんてな。まあ、小さな子を脅かすための言い伝えだ。何よりお前さんも真面目に働いておるようだし、角も生えようがないわな。

声をあげて笑う宮司に適当な相槌をうち、手を振って別れたと同時に、Dさんは家へと駆け出した。


玄関のドアを開ける。蹴りとばすように靴を脱ぎ捨てて廊下を進み、居間へと向かった。おそるおそる、襖《ふすま》に手をかける。

父が、唸《うな》り声をあげながらコタツに座っていた。

どす黒く充血した瘤が瞼《まぶた》を覆《おお》って、何層にも重なりながら伸びている。以前に山で見かけた、切り株に生える不気味なキノコを思い出した。

「親父、俺が悪かった！　本当に悪かった！」

半泣きで駆け寄ったDさんの声に反応して、俯《うつむ》いていた父がゆっくりと頭をあげる。

見慣れたはずの顔は乱雑に彫った異国の仮面のように、ごつごつと隆起していた。瘤は頬や上唇にまで広がっており、顔のあちこちから無数に生えた赤紫の突起が肌をでたらめに引っ張っている。

「あああああ。すまんかった、本当に、すまんかった」

泣きながら肩を揺さぶっていると、父親がこちらへ手をふらふらと伸ばしてきた。

苦しいのか。思わず握りかえそうとしたDさんの手をすり抜け、父の指はDさんの首を掴《つか》むと、凄まじい力で絞めた。

視界が一気にせばまる。

意識が遠のく。

抵抗を試みるが、指はいっこうに力を緩《ゆる》めない。

やめてくれ、親父。やめて。ころさないで。必死で懇願するDさんを、濁《にご》った眼球が見すえた。

「おに、になるとは、こういうことだ」

搾《しぼ》り出すように父が言葉を吐くたび、唾を飲みこんだ喉ぼとけのように、皮膚の下を走る腫瘍がぼこぼこと動いた。

顔中から、涙が流れているかのようだった。


その表情を見た途端、自分が殺される焦燥感よりも、このままでは親父が人殺しになってしまうという危機感が湧きあがった。

「神様か仏様かわかりませんが、ひたすら祈りました。親父をこんな馬鹿息子のために、鬼にしないでやってくれ、今度こそ心を入れ替えるから助けてやってくれと、懸命に手を合わせました」

どれくらいの時間が経ったものか、気がつくとDさんは仰向けに倒れていた。

慌てて起きあがると、コタツに突っぷして眠っている父が目に入った。横倒しになった空《から》の徳利《とっくり》が、卓上でくるくると揺れている。瘤はあいかわらず膨れていたが、赤黒い腫れは消え失せ、顔も普段の父に戻っていた。

夢だったのかと思いながら、ふと、居間の壁にかけられた鏡を見る。

自分の喉に、指の形をした痣《あざ》が残っていた。

「すぐさま叔父が経営している工務店に駆けこんで、なんでもするから働かせてくれと土下座しました」

最初は半泣きで頭を下げ続ける甥っ子に驚いていた叔父も、事情を聞いて顔色を変えた。Dさんを一発張り飛ばすとすぐさま現場へと連れ出し、仕事の工面をした。

「借金は、給料を前借りする形で叔父が半分ほどを清算してくれました。二年間ほとんど休みなしで働く羽目になりましたけれど、おかげで借金を返し終える頃には〝独立しても大丈夫だ〟と周囲からお墨つきを貰いましたよ」

借金が減っていくのに比例して父親の瘤はゆっくりと萎《しぼ》んでいったが、なぜか返済し終えたあとも、額には小指の先ほどの瘤が残った。

「ああ、戒《いまし》めなんだと思いました。忘れるなよ、いつだって俺は鬼になるぞ、そういうメッセージだったのかなと感じました」

ようやく瘤がきれいさっぱり消えたのは二年前、父が肺癌で亡くなる直前だった。

「ちょうど、娘が生まれたのと入れ替わるように消えましたね」

微笑《ほほえ》みながら、Dさんは膝にのせた子供の頭を撫でた。

独り立ちして八年。現在は彼も家庭を持ち、良き父親になっている。

「時々、あの頃の放蕩《ほうとう》暮らしが懐かしくなる瞬間もありますが、親父の瘤を思い出すたびに、そんな考えは吹き飛びますね。やっぱり、親を鬼にさせるのはキツいですって」

自分の言葉に頷きながら、Dさんは再び娘の髪を撫でる。

年末には、二人目の子供が生まれる予定だという。

味神

　K課長は、二年前まで南関東のある町に単身赴任していた。

「単身赴任って悠々自適でのんびりできそうに思えるでしょう。女房子供のいない土地で酒びたり、なんてね。ところが、そうでもないんですよコレが」

　赴任した当初は歓迎会などが催されたものの、若い同僚達は飲みに行く習慣がないらしく、仕事が終わると早々に退社してしまう。本社時代にはかならず一杯引っ掛けて帰宅していたK課長にとっては、いささか物足りない環境だった。

「昨今は、酒の席へ誘うのもパワハラだと揶揄《やゆ》されるっていうじゃない。けれども、独りで飲み歩きたくても土地勘がないからさ」

　寂《さび》れた繁華街をうろうろしているうちに風邪をひいて以降は、帰路のコンビニでチューハイを買って、家でスルメを齧《かじ》りながら晩酌をするようになった。

「侘《わび》しいですよ、だんだん心が萎《な》えちゃう。だから、アレを見つけた時は嬉しくってね」

　赴任して半年ほど経った、秋の夜。

コンビニの袋を手に家路についていたK課長は、道の先にほのかな光を見つけた。年季の入った赤提灯《ちょうちん》。裸電球の鈍い灯り。立ちのぼる湯気と、その奥に佇《たたず》む、頬《ほお》かむりをした老人。

おでんの屋台だった。

「屋台なんてめったに見ない町だったからね。得した気分だったよ」

さっそくK課長は屋台に飛びこみ、足がぐらつく椅子に腰掛けると「何品か見繕《みつくろ》ってちょうだいな」と頼んだ。

絞り染めの手拭いを目深《まぶか》に被った初老の店主が「あい」と小さく答えて銅鍋から具を掬《すく》いあげ、小皿に盛って寄越《よこ》した。

「正直、雰囲気だけ楽しめれば良いやと、味は期待していなかったんだけれど」

おでんは、どれも驚くほど美味《おい》しかった。

玉子は生姜《しょうが》醤油に浸してから茹《ゆ》でたらしく、ほんのりと甘辛い。はんぺんも上品な出汁《だし》がしっかり染《し》みており、竹輪麩《ちくわぶ》も柔らかい味つけに仕上がっている。

「小洒落た料亭で出しても充分な味だよって絶賛したんだが、オヤジは〝へえ、どうも〟なんて、ぼそぼそ言うばっかりでさ。その無粋な感じが、また良いじゃない」

すっかり屋台が気に入ったK課長は、それからも帰宅時に見かけるたび、立ち寄って晩酌をするようになった。

「常連も多いようでね、見知った顔と良く会った。たまに新聞や雑誌の取材らしき人間が取材依頼に来ていたが、オヤジさんはにべもなく断っていたな」

何度目かの来店の折、珍しくK課長以外の客がいなかった。

腕時計を見ると、まもなく日が変わる頃合である。

今から新規も来ないだろうから、たまにはどうか。そう言ってK課長は、店主に熱燗《あつかん》を勧めた。

初めは頑《かたく》なに拒んでいた店主も、執拗に差し出される徳利《とっくり》に根負けしたのか「へえ、じゃ、少しだけ」と杯を手に取った。

初めのうち、主人はちびりちびりと舐めるように飲んでいたが、元来嫌いではないのか、そのうち燗をしている鍋から直に徳利を抜くと、手酌で注いでは煽《あお》るように飲みはじめた。

なんとなく距離が縮まったような気がして嬉しくなったK課長は、顔を赤らめた店主へ向かって身を乗り出し、声をかけた。

「しかし、相変わらずオヤジさんのおでんは絶品だねえ。いったいどんなコツがあるんだい」

これまでも来店するたび、Ｋ課長はそれとなく味の秘密を探っていた。その都度、店主は決まって「別になんにも。普通ですよ」と無愛想に呟くばかりだったのだが、この日は様子が違ったという。

「……ウチの田舎にさびれた祠《ほこら》があるんですが、其処《そこ》は昔っから〝味神様〟なんて呼ばれてましてね。おまんま食わせる商いの者が拝めば、繁盛間違いなしと評判でした」

祠の前には、いつも小銭が並べられていた。時たま、皿に乗った握り飯や川魚の塩焼きが置かれている事もあったという。

「子供の時分には、祠の小銭をひったくっては駄菓子を買ったりしてました。あの頃からアタシぁ手癖の悪い子供でねえ」

話しながら、店主は二合徳利を杯に傾けた。白熱球の灯りが、ぼんやりと弱くなった。おでん種を浸した鍋が、細かいあぶくを立てている。

「やがて大人になり、ほうぼうに勤めたは良いがどれも上手くいかなくてね。いよいよ首でも括《くく》るしかなくなって、見納めにと十数年ぶりに故郷へ帰ったんですよ」

様変わりした町をぶらぶらと歩きながら思い出の痕跡を探しているうち、尿意を催した店主は立小便のために、傍らの茂みへ潜りこんだ。

見ると、藪《やぶ》の中に見覚えのある小さな社が顔を見せている。

あの祠だった。

「時代から置いてけぼりを食らったみたいに、昔のままでした。汚い祠を眺めているうち、よからぬ考えが浮かびましてね。これだけご利益がある味神様なら、手許に置いておけばなんとかやり直せるんじゃないか、とね」

それで。

声に併《あわ》せるように、鍋から大きな泡がこぽりと浮かんだ。

「祠の戸をこじ開けて、中にある御神体をかっぱらったんでさぁ」

そのおかげですかね、かき集めた金でようやく拵《こしら》えたおでん屋が、人伝《ひとづ》てでそこそこ噂になりましてね。こうしてなんとか生き延びてるって按配《あんばい》ですよ。

K課長は、店主の独白をまったく信じていなかったという。

「あんな作り話をしてまで秘密にする味って、どんなものかと尚更気になった」

長い語りに疲れたのか、椅子に腰掛けたまま店主は軽い鼾《いびき》を立てている。

慎重に様子を確かめながら、K課長は鍋に手を伸ばした。

きっと、出汁か何かに秘密があるに違いない。おたまを掴んで、鍋底を浚《さら》うように掻き混ぜる。

濁った汁の中で、大きな影が動いた。

よほど上等な昆布を一枚か、それとも鰹節を丸ごと浸しているとか。動いているものの姿を見極めようと目を凝らす。

おでん種の隙間をぬって、黒い影が水面に浮かびあがった。

頭が三つある、干からびた鼠だった。

皺《しわ》だらけの黒い皮膚が、干し椎茸を連想させた。落ち窪《くぼ》んだ眼窩《がんか》に、山椒の実に似た小さな乾いた目玉がひっついている。水面から突き出た髭が汁を弾いて、ぴん、と跳ねた。

口に手をあてて悲鳴を我慢しているK課長の目の前で、まるで意思があるかのように三つ頭の鼠は身体をターンさせると、鍋の底へと潜っていった。

酸っぱいものがこみあげて、路地に手をついて嘔吐した。

胃が空っぽになり、ようやく頭をあげる。

目の前に、立ち尽くす店主がいた。

「味神様を、見たんですか」

見てない、何も見てないと大きく手を振って勘定を早々に済ませると、K課長は転げるようにして屋台をあとにした。

次の日の夜、同じ場所を通りかかったが、屋台の姿はなかった。

以降、単身赴任を終えるまで、二度と見かける事はなかったという。

「それから、どんなに美味《うま》いと評判の店でも汁物はいっさい食べられなくなったよ」

目の前に盛られたサラダに箸を伸ばしながら、K課長は深々とため息をついた。

音声

知人のKさんは、ベテランの音声技師である。

音声技師とは、映像に携わる音声収録の専門家。旅番組のロケ風景などでキャメラマンの傍らにいる、大きなマイクをリポーターに向けている人物がそれである。

仲間内でも、Kさんの名前はとみに有名だった。

キャリアに基づいた腕の確かさもあるが、それ以上に、彼の収録した音声には「妙な音」が入る事で知られていたのである。

例えば、こんな出来事があった。

テレビ局から「収録した音声に難がある」とクレームが入ったため、Kさんはじめスタッフ一同で問題のテープをチェックしていた。

とあるお寺で、戦没者の慰霊碑を新たに建立した際のインタビュー映像だったという。

除幕式がおこなわれている脇で、住職が喜色満面の笑みを浮かべながら経緯を語っている。

「……ですから、戦時中も当寺院は焼け出された方や怪我人、亡くなられた方を無償でお世話していたという縁がございまして」

そんな住職の声に被るように、プチ、プチ、プチと小さなノイズが聴こえる。

マイクもチェックしたんですけれどねえ。Kさんが首を傾げながらテープを巻き戻した。

ボリュームを最大にして、もう一度聴いてみる。

「……当寺院は焼け出された方や怪我人、亡くなられた方を無償でお世話していたという縁がございい」

「うそつき」

かすれた、古いフィルムを再生したような声だった。

「ああ……この寺、本当は戦時中に非道《ひど》い事したんだろうねえ」

あっさりと語るKさんに、他のスタッフは青くなった。

テープは結局、お蔵入りとなったそうである。

他にも、こんな出来事があった。

ある若手女性タレントが地方のテレビ局に来社した。主演映画のPRを兼ねた全国行脚《あんぎゃ》だったという。

さっそく、スタジオの一角でインタビューを収録する事になった。役作りの難しさや現場のエピソードを、女性タレントが笑顔で語る。そんな和やかな雰囲気の中、Kさんだけが渋い表情をしている。

十五分ほどでインタビューは終了し、夕方のニュースに使用するため、テープはすぐに編集ブースへと回された。

編集箇所をチェックしていたディレクターが、舌打ちをしてヘッドフォンを耳から外した。

女性が笑う度、笑い声がブレるのである。

「……録音、ミスってんじゃん」

怒ったディレクターは、Kさんを呼んで注意したという。

小言をひととおり聞き終えたKさんは、黙って音量をあげると、問題の箇所を再生した。

「うやああ」

甲高《かんだか》い、早回しのような声が、女優の嬌声《きょうせい》に重なっている。

「これ、赤ちゃんの泣き声。この人ね、最近堕ろしたんじゃないかな」

結局、ＢＧＭを映像に重ねてなんとか放送したそうだ。


そんなＫさんが、つい先日体験したという出来事を教えてくれた。


免許講習などでよく観る、交通事故防止を訴える番組の撮影だったという。

こういった撮影の場合、現場の生音は使わずに音楽を被せて処理するのだが、その日は映像内で使用する路上の音も録ってしまおうと、Ｋさんも駆り出された。

現場は、実際に死亡事故が多発している交差点。

その一角にガンマイクと呼ばれる大型のマイクを伸ばして、録音をはじめた。

行き交う車の音をヘッドホンで確認していると、そこに人の声が混じってくる。エンジンの音が煩《うるさ》くてはっきりとは聴き取れないが、明らかに「生の人間」ではない。

しばらくは我慢していたが、ついに堪《たま》りかねたＫさんは、

「こらあ！　ちょっとの間くらい静かにせんかあ！」

と、大声で誰もいない路上に怒鳴《どな》った。

「これで、よし」

そう言って、唖然《あぜん》としているスタッフに構わず録音を再開した。

その後は、トラブルもなく無事に撮影は終わったという。


その日の夜。

Kさんが居間で晩酌をしていると、襖《ふすま》を隔てた隣室から声が聞こえてくる。

彼は独り暮らし。同居人もいない。

その手の出来事には慣れっこのKさん、「またか」と思いながら、昼間のように怒声で追い払おうと襖を開けた。

どん。

腹に響く鈍い音がして、暗闇から男の子が弾き飛ばされてきた。

弧を描いて空中を舞う男の子が、Kさんの目の前でぴたりと静止する。

べこべこに陥没した顔だった。使い終えたコンタクトのようにしなびた眼球が、こちらを睨む。

「うわ」

Kさんが思わず声をあげたと同時に、男の子のすり潰れた唇が動いた。

「ぼくはこうしてしにました」

Kさんはテーブルに置いた財布をひったくって部屋を飛び出すと、その日は朝までファミレスで過ごした。

「声だけなら何とでもなるけど、視覚で攻められると対処のしようがないんだよね」

やっぱり、音声マンだからさ。

そう言うとKさんは「また何かあったら話すよ」と笑いながら、口笛を吹きつつ、収録ブースを出て行った。

不祓

「あのねえ。幽霊の話とか本当に困るんですよ」

ご住職はそう言って私をひと睨みすると、渋面のまま「迷惑なんです」と繰り返した。

その日、私は怪談とは無関係な取材のため、南東北にある古寺を訪問していた。

ひととおり撮影を終えて寺の住職と雑談に興じているうち、ふとした話の流れで、私は怪談書きを生業にしている旨を伝え、偶然バッグに入っていた拙著を手渡す事になった。

歴史ある寺だもの、もしかしたら怪異譚のひとつやふたつ聞けるかもな。

そんな皮算用に心躍らせていた私の前で頁《ページ》をぱらぱらと捲《めく》っていた住職が、ため息を深々と吐いて口にしたのが、冒頭の台詞《せりふ》である。

「お宅みたいな方が、悪霊や怨霊に遭った際は寺で祈祷して貰ったなんて書くでしょう。おかげでね、ウチにもそういった方が時々いらっしゃるんですよ」

憤懣《ふんまん》やるかたない口調の住職を見つめながら、私は素性を明かした迂闊《うかつ》さを悔いていた。

寺社仏閣の関係者の中には、幽霊譚や怪談の類を毛嫌いされる方も少なくない。妄《みだ》りに霊の祟りや先祖の呪いを強調し、金儲けに走る一部の宗教者を忌《い》み嫌っての結果である。

故に、彼らにとって怪談話を蒐集している私などは、守銭奴《しゅせんど》の片棒を担いでいる存在に映るらしく、これまでも何度か苦言を呈された事がある。

目の前の住職も祟りだ呪いだと騒ぐ輩《やから》に苦労した経験があるに違いない。このままでは怪談蒐集はおろか、本命の取材さえ拒否されかねない。

「あの、私が怪談を集めているのは、ひとえに生者と死者を繋《つな》ぐ物語としてのですね」

冷や汗を垂らしながら弁明する言葉を遮《さえぎ》って、住職が再びため息を漏らした。

「本当、困るんですよ。視えるからと言って祓《はら》えるわけじゃないんですから」

話の風向きが妙な方向に変わる。

少しばかり動揺しながら、私はメモ帳を取り出した。

住職は、幼い時分より「視える」性分だったのだという。

「本堂の片隅に蚊柱じみた人影が湧いていたり、ご本尊の肩口に女の泣き顔があったり。私以外の家族は誰も気づいていないと知ったのも衝撃でした。将来、自分は独りぼっちでこんなお化け屋敷みたいな寺を継ぐのかと思うとね、厭で厭で堪らなかったですよ」

しかし齢《よわい》があがるにつれ、「人ではないモノ」たちは救済を求め寺を訪れているようだと、住職は考えるようになる。

「一度、大きな檀家さんの法要があったんです。三十三回忌なのに百人単位の参列者でね。まだ小僧っ子だった私は、仏間に座る人の多さが物珍しくて、こっそり覗《のぞ》いていたんだけれども」

本堂では、彼の祖父にあたる当時の住職が経をあげている真っ最中だった。

障子をわずかに開けて法要を見物していた幼い彼は、祖父の袈裟《けさ》の裾に「巨大な葛餅《くずもち》」のような塊《かたまり》がひっついて、ぷるぷる揺れているのに気がついた。

葛餅には、無数の人の顔があった。

驚く彼をよそに、読経が終盤へと近づくにつれて塊はどんどん透けはじめ、最後の鉦《かね》が鳴るとともに消えてなくなった。

消失する間際、苦悶していた顔の群れが一斉に穏やかな表情へ変わったのが、印象的であったという。

「ああ、成仏というのはこれを指すのだなと子供ながらに納得しましてね。それからです、仏門に入る我が身を真剣に考えはじめたのは」

その後、彼は仏教系の大学を卒業、同宗派の寺で修行したのち実家を継ぐ。

相変わらず「人ではないモノ」には度々遭遇したものの「その頃には達観していた」と、住職は苦笑いする。

「特別な加持祈祷をせずとも普段どおりお勤めをこなし、経を唱えていれば彼らは自然に消えていくのだと、経験則で承知していましたからね」

稀に水子などを供養してくれと訪れる者も居たが、どんな時でも対応は変わらなかった。経を読み、仏の教えを説く以外に道はないと心得ていたそうだ。

「ところが……十年ほど前を境に、その確証が揺らぎはじめたのですよ」


その晩、住職は地区の寄り合いを終えて夜遅くに寺へと戻ってきた。

眠気をこらえつつ庫裡《くり》へ至る石段をのぼっていた矢先、誰かの視線に気がついた。

周囲を見回すと、境内へ敷かれた石畳の真中に虚《うつ》ろな目をした女が立っている。

若い娘だった。

ぱっと見た印象では二十歳かそこらだろうか。唇や小鼻に、赤いペンで点を打ったような傷が残っている。化膿したピアスの痕に見えたという。

女は微笑とも悲哀ともつかぬ薄い表情を浮かべて、住職をじっと見据えていた。後ろが透けそうなほど白い身体の中で、両手だけが手袋を嵌《は》めたように赤かった。

ああ、この世のものではないな。

「そう、直感しました」

静々《しずしず》と歩み寄って、経を唱えはじめる。

読経が進むにつれ、女は真っ赤な両手で顔を覆って嗚咽《おえつ》を漏らしはじめた。「救える」という思いが、経を読む声をいっそう張りあげさせる。

どれほど長い間読経していたものか、気がついた時には女の姿は消えていた。あとには、濡れた足形が目の前の石畳に残されているばかりだったそうだ。

「ああ、無事に逝かれたのだな。そう思って安堵していたのですが……」


女は、翌日も現れた。

まったく同じ姿のまま、石灯籠《いしどうろう》の陰にぽつんと立っていた。

自分の功徳《くどく》が足らぬ所為《せい》で成仏できなかったのかと反省しつつ、住職は再び経を読む。

昨日同様、女は読経の最中に声をあげながら涙を流し、いつの間にか消え失せていた。

昨晩と、まるで変わらない展開だった。

「本来なら胸を撫でおろすべきところなのですが……厭な予感がしました」

不安は的中する。

女と初めて遭ってから七日目の夜。夜のお務めを終えた住職は、雪駄《せった》を履いて境内へと踏み出した。

案の定、本堂へ寄り添って伸びる松の根元に女が踞《うずくま》っていた。

「あの日以来、女は毎晩現れるようになっていました。虚ろな目つきも泣きながら消える様子もすべて同じ。違うのは、現れる場所が徐々に本堂へ近づいていた事くらいです」

経を唱えようと女の前に立った住職は、ふっ、と徒労感に襲われる。

一心に経を唱えたところで、女は明日も明後日も現れるだろう。半ば確信めいた考えが頭をよぎり、知らぬ間に合掌していた手をだらりと下げていた。

「お前さんはいったい、何がしたいのだろうな」

女を見つめ、諦めがちに呟く。

途端、それまで焦点を結んでいなかった女の眼が大きく見開かれた。

「あたし」

わずかに唇が開く。隙間から、きりきり食いしばっている小さな歯が見えた。

苛立《いらだ》っているのだな、と思った。

「あたししぬかも」

抑揚のない台詞を零《こぼ》しながら、女が両手を胸のあたりまで、すっ、と挙げる。

手首から二の腕にかけて無数の傷が刻まれていた。治る前に何度も刃をあてたのだろう、縦横に走った傷口からは肉が溢《あふ》れている。色と形状が、乱暴に折ったソーセージの断面を思い出させた。

「あたししぬかもなんだけど」

静かな剣幕に怯んだ住職が後ずさるのと同時に、女が両腕を口許に寄せたかと思うと、自分の手首へ勢いよく噛みついた。

驚きのあまり手が弛《ゆる》み、握っていた数珠《じゅず》が落ちる。何か声をかけねばと思いながらも、喉の奥が突っ張って言葉が出せない。

気圧《けお》される間にも、女は熟れた柿をしゃぶるような音を立てて、手首を齧《かじ》り続けていた。

顔面の下半分がべたべたと血に染まっている。

眼はすでに何も見ていない。歯でこそぎ落とされた肉片が、皮一枚で繋がってぶらぶらと揺れていた。

信じ難い行動を呆然と眺めつつ、住職はある考えに至ったという。

「おい」

ゆっくりと、一歩前へ進む。女の動きが止まった。

「お前さん、成仏したいんじゃないんだな。可哀想な自分に構ってほしいだけなんだろう。だから毎晩同じ事を繰り返してるんじゃないのか。改心する気なんてないんじゃないのか」

だから、私はもうお前に構わない。

同情はするが、手は貸さない。

住職の言葉に女はしばらく黙っていたが、やがてひと言「うるせえな」と吐き捨てると、闇にどろりと消えた。

石畳には、地団駄を踏んだような無数の染みが残されていたという。

その日以来、女は二度と姿を現さなかった。

「……あの頃から、救われたくて無念を誇示するのではなく、無念を誇示したいがために姿を見せる連中が増えた気がします。それはもう死後の問題ではない。この世の課題です」

だから、私はもう。

祓える気がしないのです。

淋しそうに呟き、住職は本堂へとゆっくり歩き出した。
南東北のある古寺にて、二年ほど前に伺った話である。

鼻血

怪談取材用のノートに「きけずじまい」という付箋《ふせん》の貼られたページが幾つかある。何らかの理由で詳細を拝聴できなかった話を分類するための項目名だ。概要をメールでうかがっていたものの話者とお会いできなかったケースや、取材の最中にトラブルが発生して体験者まで辿り着けなかったケースなど、その中身はさまざまである。

たいていは現実的な、怪異とは無縁の理由なのだが、まれに「聞けなかった原因自体が怪異」というパターンに遭遇する場合もある。これは、そんな話だ。


Iさんとは、北関東の駅ビルにあるドーナッツチェーン店でお会いした。

学生時代の友人から「妙な体験をした知人がいる」と紹介されての邂逅《かいこう》である。

ところがこのIさん、どうにも歯切れが悪い。自己紹介を終えた後も、のらりくらりと話題を逸らしては、なかなか本題へ入ろうとしない。帰りの電車は時間に余裕を持って切符を取ったつもりだったが、それも次第に危うくなっていた。

席に座ってから五十分、とうとう痺《しび》れを切らした私が「そろそろ体験談を……」と話を促《うなが》すと、彼は困り顔で頭を掻いた。

「いいのかなあ……これ、話すと必ず鼻血が出ちゃうんですよね」

その発言で、醒《さ》めた。

「口にすると障《さわ》りがあるのだ」なる脅し文句からはじまる怪異譚は、これまでにも何度か取材した経験がある。そして、その大半が眉唾《まゆつば》だった。

要は、自身の話が怖いかどうか自信が持てないがゆえに「聞いた者に累が及ぶ」というデコレーションを塗布《とふ》しているだけなのだ。怪談の中身そのものは話者の危惧したとおり、然《さ》して恐ろしい内容ではないのだ。いわば、無意味な保険なのである。

それにしても、鼻血とは。

私は内心で苦笑していた。体調が悪くなるだの身内に不幸が出るだの、事故に遭うだの真夜中に霊に襲われるだのと、もっともらしい理由ならばいざ知らず、「鼻血」ではあまりに情けない。第一、それは単に粘膜が弱いだけではないのか。よしんば鼻血が出たとして、ティッシュでもぐりぐり詰めて話を続ければ良いではないか。

たぶん、そんな不遜《ふそん》な態度がありありと表情に出ていたのだろう。彼は私を睨《にら》みつつ、

「……信じてませんね」と不機嫌そうに呟いた。

「いや、信じてないわけではないんですが、何といいますか、その、すいません」

「よく解りました。では、信じていただくために覚悟を決めてお話ししましょう」

話者を怒らせてしまった事を反省しながら、私は「お願いします」と頭を下げた。彼が、大きく深呼吸をしてから口を開く。

「五年ほど前です。親戚の病院で変わったものが見つかったと連絡を受けまして」

その途端、珈琲のおかわりを注ぎにきたウェイトレスが、ぼたぼたっ、と蛇口《じゃぐち》が壊れたように鼻血を流した。ふと見れば、向かい側のテーブルに座っている女性の二人連れも、ハンカチで顔を押さえている。

「……あなたが、鼻血を出すわけじゃないんですね」

呆然と問う私に、彼が笑いながら「話のクライマックスに差しかかる時は、私も鼻血が出ます。その頃には、他の方は鼻以外からも出血していますけど」と告げる。

ページに「きけずじまい」の付箋を貼ると、私はノートを閉じた。

帰りの電車をホームで待ちながら、私は鼻の下をそっと擦《こす》り、出血していないかどうか確認した。幸いにも無事だったが、それ以来、鼻血が出ると少しだけ怖くなる。

刺青

時おり、思いがけない職種、めったに接しない業種の方とお逢いする機会を得る。怪談蒐集を生業とする醍醐味のひとつである。

D氏も、私にとっては「日常という蚊帳《かや》」の外にいる人物のひとりだった。

「……珍しい人だねえ、こんな野郎におっかねえ話聞こうなんてさ」

挨拶をしたまま固まっている私に背を向けたまま、無愛想にD氏は呟いた。着こんでいる無地のシャツ越しに、鮮やかな菩薩観音の刺青が透けている。と、言っても彼はいわゆる「その筋」の職種ではない。

ベテランの、彫り師なのである。

ネオンまがいの毒々しい間接照明に彩られたD氏の仕事場。壁面には無数のポラロイド写真が無造作に貼りつけられており、写真群には刺青を刻みつけた背中や腕や顔面が（性器まで！）写っていた。聞けば、すべて彼の「作品」であるという。

部屋の雰囲気に気圧《けお》されつつ取材の主旨を繰り返す私を一瞥《いちべつ》すると、D氏は鼻白んだ声で笑った。

「モノの本に書いてるわな。人間が一番怖いなんて台詞《せりふ》。あらかた、その手のネタでもないかと聞きに来たんだろ、アンタ」

そんなのは、嘘だよ。

語気を強めながら、こちらを振り向く。

きれいに剃りあげた頭を撫でる手の甲に髑髏《どくろ》が踊っていた。胸元から首筋を這う蛇の彫り物は一面が深紅に塗られており、鮮やかさに思わず目を奪われる。身体《からだ》を飾った刺青は極彩色の灯りに照らされ、怪しさをいっそう増していた。

動揺で口をつぐんだままの私にかまう素振《そぶ》りもなく、彼は言葉を続ける。

「知ってるかい。いちばん怖いモノってなあ、目に視《み》えないいんだよ」

D氏いわく、刺青にもれっきとした「決まり」が存在するそうだ。

例えば「獅子の刺青に添える化粧彫りの花は牡丹《ぼたん》でなければならない」だの、「雲は波よりも上の位置に彫らなくてはいけない」など、その種類や意味するところは様々である。

「観音や龍神なんて神々《こうごう》しいもの彫るくらいだからな、ゲン担ぎやら運気向上なんて願いも籠《こ》められているんだよ。だから、縁起の善し悪しもおろそかにはできない。一生のつきあいだもの、彫られるほうも慎重になるってものさ」

「すべき事」があれば、当然「してはならない事」も存在する。

いわゆる、禁忌《きんき》である。

そんな、数あるタブーのひとつに「数珠を彫る際は決して繋《つな》げてはならない」というものがある、と彼は教えてくれた。

「剛胆《ごうたん》を気取って経文なんかと一緒に入れる場合が多いんだがね、師匠からも絶対に繋げるなよ、って再三言われたもんだ」

彼の師匠いわく、数珠というのは供養にまつわる道具であって、それを体に刻む行為は「死」を招き易くしてしまうのだという。故に、万が一彫る場合には蜘蛛や蓮の花などで一部を隠す。そうする事で数珠として成立させないようにするらしい。

「もし……繋げると、どうなりますか」

私の質問を見越していたのだろう。再び小さく笑うと、D氏は口を開いた。

「当たり前だろ。死ぬんだよ」


その依頼主は、ヤスと呼ばれていた。

とある組の若手。腕っぷしも強く、頭も回る有望株であったそうだ。

「いいとこの大学を出てる、当時にしちゃ変わり種の若衆だった。いわゆるインテリってヤツだ」

ヤスの在籍していた組では、上層部から許しが出ないうちに刺青を彫ってはならないという、暗黙の了解があった。ゆえにＤ氏のもとを訪れる若い衆は、一人前だと認められた嬉しさに興奮しながらやって来る者が大半であったらしい。

ヤスは、違った。

「頭がいいもんだから、その手のしきたりを内心では馬鹿にしていたのかもな」

誰も彫りたがらないような、強烈な刺青を頼む。

そう依頼してきたのだという。

悩んだＤ氏は図柄について話し合っているうち、「数珠」の謂《いわ》れをヤスの前でうっかり零《こぼ》してしまう。話を聞いたとたんに目つきが変わったのが、明瞭《はっき》りと解ったそうだ。

「子供が知らない虫を見つけて面白がってる、てえ感じだったな」

渋るＤ氏をなかば脅して、ヤスは首に巻きつくような数珠の刺青を彫らせた。

「ご丁寧にも、数珠がふたまわりする構図を指定してきた。俗信をあえて破ることで、組の古い風潮を笑い飛ばすつもりだったんだろう」

お前な、調子こいてると巻きつかれるぞ。

Ｄ氏の言葉を聞いても、げらげらと声をあげてヤスは首を振るばかりだった。

「Dさん、こんな商売だから、撃たれるの刺されるのは覚悟してるけどよ。全部数珠の所為《せい》にされちまったんじゃ、俺《や》を殺る相手も形無しだよな」

ま、半端なヤツに殺されるくらいなら、コイツに命《タマ》ァ取ってほしいもんだよ。

首にぐるりと巡らされた数珠を愛おしそうに撫でると、ヤスは再び笑った。

周囲の心配を余所《よそ》に、ヤスは頭角をめきめきとあらわす。

生来の腕力と度胸のおかげで喧嘩や交渉は負け知らず、おまけに明晰な頭脳で法の網をくぐるようなきわどい商売を次々に考案する。同世代の連中とは、文字どおり桁違いの上納金をおさめたおかげで幹部のおぼえもめでたく、ヤスはいつしか異例のスピードで出世街道を歩んでいた。

「どっから聞いたのか、奴にあやかって数珠を彫ってくれと懇願する若衆が一時期どっと増えてなあ。追い返すのにひと苦労だった」

やはり、禁忌なんてのは時代遅れの遺物だったのかね。

D氏自身も、そう考えはじめていた矢先。

ヤスが死んだ。

「喧嘩でも事故でもなかった……女に、殺られちまったんだよ」

ヤスという男は腕力や頭脳に加え男性としての魅力も十二分に有していたらしく、何人もの女性を股にかけて交際していたのだそうだ。

その中のひとりが、本気になってしまった。

恋の熱に浮かれた彼女は、ある晩ヤスの部屋を訪ねるなり結婚してくれとせがんできたらしい。しかし、ヤスにとっては数多いる相手のひとりでしかない。けんもほろろに笑って断りつつ、その晩もいつもどおりヤることだけはしっかりヤって、同じベッドで眠っていたらしい。

思いつめた彼女は、衝動的に寝ているヤスの首を絞めた。

「深酒で眠りこけていたのか、女が薬でも盛ったものか真相はわからねえがよ、不幸にもヤスは起きなかった。しかも、女が手にした凶器が最悪でな」

女は、ヤスが趣味にしていた釣りの道具箱からテグスのリールを取り出してそれを束にすると首に巻きつけ、力まかせに締めあげた。

「ネクタイやロープなら窒息して死ねたんだろうが、細くて頑丈な釣り糸だろ。非力なアマっ子が何度も手を滑らせながらギリギリと絞ったもんだから……」

翌日、連絡がいっこうにないのを不審に思った組の仲間が、管理人を脅して合鍵でマンションのドアを開けさせた。

真っ赤に染まったベッドの真ん中で、女がこちらに背を向けて座っていた。組のひとりが発した怒声に、女が振り返る。視点の定まらないまなざしでへらへら笑いながら、女は小脇に抱えた塊を一心に撫でていた。

骨とわずかな筋肉で辛うじて身体と繋がっている、ヤスの首だった。

全員の絶叫へ調子を合わせるように、ぐらぐら揺れていた首が、ぶちりと千切《ちぎ》れる。女の高笑いがひときわ高くなり、歪《いびつ》な切断面を目撃した組員がその場に吐いた。

「その日以来、そいつはラーメンが食えなくなった。厚切りのチャーシューが、乱暴に切られた首の断面にそっくりなんだとさ」

誰がどこにどう手を回したものか、事件はほとんど報じられずに終わった。

時を同じくして、数珠を彫ってほしいと頼む客も居なくなったそうだ。

「……ほかにも、強い獣どうし彫るのはいけねえと止めるのも聞かずに、竜と虎を一緒に彫って身体が真っ二つになった男の話とか、惚れてた組長の名前を背中に入れて、当の組長が死んだ日に心臓麻痺で逝っちまった女の話とか……。その類ならゴロゴロしてるぞ」

だから、見えねえモノや触れねえモノのほうが、人よりよっぽど怖いんだよ。

相変わらず何も言えぬままでいる私を愉快そうに見つめ、D氏はゆっくりと煙草の煙を吐いて、笑った。

脂身

C君は学生時代、ラーメン屋で働いていたことがある。

「ちょっとしたマニアならば知ってる有名店です。上京したてだったんでバイトするにも勝手が判らなくて、名の知れたところなら間違いないかと思ったんですよね」

大間違いだった。

有名であるということは、開店から閉店までひっきりなしに客が訪れる、すなわち彼らアルバイトに休息が与えられないことを意味していた。厨房での仕事はもちろんお冷《ひ》やから注文、品出しからテーブル清掃、果ては行列の整理まで休まる暇などまるでない。

おかげで二ヶ月の間に体重が六キロも減ってしまったという。

「もともと細身だったんで、鶏ガラみたいになっちゃって。ついには渾名《あだな》が《ガラ》になりました」

過酷な労働環境に加えて、彼はバイト先にまつわる悩みがもう一点あった。

「風呂に……脂《あぶら》が浮くんですよ」

深夜、たっぷり湯を張った浴槽に肩まで浸かって疲れを癒していると、湯の表面に透きとおった脂の玉が、ぽつりぽつりと浮いてくる。見る間に脂はその数を増やし、身体《からだ》が温まった頃には鶏ガラを煮出したスープのようになっているのだという。

店内の油が付着したのかと思い入浴前に身体中を洗ってみたが、結果は同じ。

「確かに厨房はギトギトしてました。けれど、他のバイトに聞いても、そんな経験はないって言うんですよ」

しぶしぶシャワーで済ませるようになったものの、身体はすぐに冷えるわ疲労は抜けないわと、良いことなど何もない。たちまち体調を崩して、寝こんでしまった。

「薬を飲んでも震えが止まらなくて。変な病気かと、半ば本気で死を覚悟してました」

大学とバイトを休んで四日目の夜。歯が鳴るほどの悪寒《おかん》に襲われた彼は、我慢できずに浴槽へ湯を溜めた。

溢《あふ》れんばかりに満たした湯に、首まで浸かる。寒さに痺れていた指先がじんわりと感触を取り戻し、ほっとして彼がため息を吐いた、その途端。

C君の身体中から、虹色に輝く脂の波が流れはじめた。

これまでとは比べ物にならないほどの脂が、薄い膜になって湯の表面をぎらぎらと覆う。よく見ると脂に混じって、枯れ葉の破片や草の切れはしのような細かいゴミ屑も浮いていた。ここ数日外出していない彼の身体から、出るはずのないものばかりである。

「驚きのあまり、体調不良も忘れて浴室から飛び出したんです。そしたら、その直後」

机に置いた携帯電話が、けたたましく鳴り出した。

おそるおそる近づいて再生ボタンを押すなり、母の声が耳に飛びこんでくる。

「もしもし、あんた小学校の同級生でマサカズ君って覚えとるかね」

突然の問いに戸惑うC君を放ったらかして、母は喋り続けた。

「あの子死んだわ。裏山にあった工場の溜め池、あそこから遺体が見つかったんだと。死んでしばらく経っとったみたいで、今こっちのニュースに流れとるよ」

呆然としたまま、電話を机に置く。

母はまだ話し続けていたが、耳にはもう何も入ってこなかった。

「スポーツ少年団でいちばんの仲良しでした。数日後に改めて母親から聞いた話では、勤務先の工場で、金の貸し借りで同僚とトラブルになって殺されたらしいです」

友人が沈められた溜め池は、彼らもよく遊びに訪れた場所だった。当時から排水が流れこみ、底が見えないほどの油脂とゴミが浮いていた。

「あっ」

もしかして、ここ何ヶ月かの脂って。アイツが。

わきあがった仮説を確かめようと、慌てて浴室に戻る。

しかし、湯船から飛び出た際に栓を引っかけたらしく、湯はすでに流れきってしまっていた。あとには、排水溝の周囲に滲《にじ》んだ油が残るばかりだったという。

「偶然だとは思ったんですが、もしかして見つけてほしくて救いを求めていたのかな、なんて考えると居たたまれなくて。そのあとしばらく、浴室で手を合わせていました」

彼の仮説を裏づけるように、翌日から湯が汚れることはなくなったそうである。


この話には、ちょっとした後日談がある。

幾日かが過ぎ、バイト先へ復帰したC君は同僚たちに一連の出来事を詳しく話した。ほとんどの人間は「偶然だろ」と笑って相手にしなかったが、店長だけは彼の話を聞きながら真剣な顔で頷いた。

「ガラ、俺らの仕事は骨やら肉やら脂やら、いわば命の削り出しを煮つめてるようなもんだ。そいつを吸ったり身体に染みこませて暮らしているとな、生きてねえクセに生臭いものに寄りつかれやすくなっても不思議はねえと、俺は思ってるんだよ」

店長自身も何かしら経験があるような口ぶりだったが、ちょうど集団の客が入店して、話はそれきりになった。

その後すぐに彼もバイトを辞めたため、店長の言葉の真意は解らないままだという。

誤解

今からお話するのは十五年ほど前、学生の頃に聞いたものである。

昼下がり、学食で雑談に興じていた友人がふと漏らした言葉が発端だったと記憶している。


「特殊能力……って言うのかな、ああいうのも」

トオルは何とも説明し難いという表情を浮かべ、腕を組んだ。

彼いわく「自分は人の死期をあらかじめ見ることができる」のだという。

気づいたのは、七歳の頃。

「昼寝していたから、土曜日の午後か夏休みだったんだと思う」

夢を、見たのだそうだ。

古めかしい廊下がどこまでも続く風景だった。灯りのない廊下はあまりに長く、視線の先は闇に溶けている。

その真ん中で、所在なさげに女が立っていた。後ろ髪をきっちりと結わえた若い女性。

快活そうな面立ちに、黄色のブラウスがよく似合っていた。

女性は「どうして自分はこんなところにいるのか」という疑問をありありと表情に浮かべたまま、左右を見回している。その不安げな顔に思わずトオルも声をかけようとするのだけれど、どうした訳か言葉が出せず、身体も動かない。

と、廊下の奥から何かがこちらへと迫ってくる。女性はまだ気づいていない。

靄《もや》をはらうように、暗闇から巨大な顔がぬるっと現れた。

赤ん坊の頭部だった。ただしその大きさが普通ではない。廊下を埋めるほど巨大な、頬《ほお》のこけた頭がぐらぐら揺れている。赤ん坊にしては手の指が異常に細長いのが不気味に映った。

痩せた赤児は、たまたま見つけた遊具よろしく女を掴むと、はむっ、と音を立てて口に放りこんだ。赤ん坊の唇から飛び出した女性の足が何度か痙攣《けいれん》し、やがて静かになったところで、トオルは目を覚ました。

「叫びながら起きたあとも、その日はずっと厭な気分だった」

女性にも赤児にも、まるで憶えはない。夢なのだからそんなものだろうとは思うが、それにしてもあまりに生々しく、重苦しい夢だったという。

「それでも子供だから、次の日にはすっかり忘れていたんだけど」

三日後に無理やり連れ出された遠縁の葬式で、彼はその夢を思い出す。

夢の中の女性が、遺影の中で笑っていた。棺に入れられていた黄色いブラウスは、あのとき女性が身につけていた服と瓜二つだった。

「急病で亡くなったんだと。死んだのは予想どおり、あの夢を見た夜だったらしい」

不思議ではあったが、悲しみに暮れる遺族に話す内容ではないと子供心にも感じ、結局その一件は彼の胸にしまわれたまま、やがて当人もいつの間にやら忘れていたのだという。

しかし、彼はその後も何度となく同じ夢を見る。

暗い廊下、戸惑いながら立ち尽くす人、巨大な顔の赤ん坊。むんずと掴まれ喰われた人物の震える足。赤児の唇から垂れる涎。何もできない自分。

すべて一緒だった。

「喰われるのは、よく知る顔の場合もあれば見たこともない人のときもあった。共通項はたった一点、夢から何日かすると親族から人死にが出て、葬儀で夢の人物だと判明すること」

やがて、トオルは「これは予知夢というものだ」と結論づける。

自分は近々亡くなる人を前もって知る能力があるのではないか。それが不気味な夢として見えているのではないか。そんな確信を持ったそうだ。

「でもガキだったから解決法なんて知らないし。第一、信じてもらえない気がしてさあ、だから身内の誰にも言ってねえんだ」

その台詞《せりふ》と入れ替わりに講義を終えた学友が我々の輪に乱入し、有耶無耶《うやむや》のまま、話は終いになった。


時計の針は、一気に進む。

先月の未明、私の携帯電話に知らぬ番号から着信があった。眠い目をこすり通話ボタンを押すなり、懐かしい声が耳に届いた。

トオルだった。近況を聞けば、卒業後に都内のデザイン事務所で働いたのち、家庭の都合で現在は実家へ戻っているのだという。

「お前が怪談書いてるって聞いてさ……あの夢の話、憶えてるか」

そう告げると、彼は先述の自身にまつわる怪異譚を改めて説明しはじめた。どうやら、私がすっかり失念していると思ったらしい。

忘れていた訳ではなかった。しかし彼には申し訳ないが、物語として見ればいささか凡庸でひねりもない話である。かといって不条理な怖さも、やや弱い。

夢に出現する赤ん坊の描写はうす気味悪いが、ほかに特筆すべき展開もないため、お蔵入りにしていたというのが実情である。おおかた、私が怪談書きを生業にしていると聞き、親切心で連絡してきたのだろう。

さて、どうやって断ればいいだろうか。頭の隅で考えながら彼の言葉に耳を傾けていると、しばらく沈黙が流れてから、ぼそりとトオルが呟いた。

「誤解してた、誤解してたんだよ、オレ」

先週、彼は例の夢を久しぶりに見たという。

廊下には、父親が立っていた。止めることもかなわず、いつも同様に巨大な赤児に呑まれる姿を黙って見守るより、ほかになかった。

目覚めた彼は逡巡のすえ、亡くなるまでに少しでも多く思い出を作ろうと決意する。

「これまでも死を回避させようとした親戚はいたけど、無駄だったからさ」

普段以上に父と語らい、昔話に花を咲かせるよう努めた。

はじめは息子の態度に訝《いぶか》しがっていた父親も、しだいに興が乗ってきたのか酌《く》み交《か》わしていたジョッキを置いておもむろに二階へあがると、何かを抱えて笑顔で下りてきた。

トオルの成長を記録したアルバムの束だった。彼自身初めて目にする写真が、いくつもあったという。

これはお食い初《ぞ》めのとき、これは初めて葉山の海へ行ったとき。一枚一枚にこめられた逸話を語りながら懐かしそうに笑う父を見て、泣きそうになるのを堪《こら》えるのが大変だったそうだ。

ふと、「其《そ》の二」と書かれたアルバムが目に留まる。

聞けば、彼が誕生して間もなくの数ヶ月を記録したものらしい。

お前は未熟児だったから身体が弱くて、手足も枝みたいでな。心配した祖母《ばあ》ちゃんは、実家の裏山にある変な神様へ願掛けに、毎晩こっそり行ってたんだぞ。

父の言葉に頷きながら、最初のページをめくる。

白黒の写真いっぱいに、よく知った痩せ顔の赤ん坊が写っていた。

細く長い指が、弱々しく虚空《こくう》をつかんでいた。

「あのあと祖母ちゃんは〝もう大丈夫だ〟って言ってすぐに亡くなっちゃったからなあ、お前はほとんど記憶にないだろうが本当に信心深い人で……」

思い出語りは続いていたが、まるで耳に入らなかったという。

翌々日、父親は出先のトイレで倒れて半日放置されたのち、そのまま帰らぬ人となった。

「間違っていたんだ。夢で死期を見ていたんじゃなくて」

みんな、おれがころしたんだよ。

抑揚のない台詞を最後に、電話は切れた。

すぐにかけ直したがすでに電源を切ったらしく、受話器からはアナウンスが流れるばかりだった。

以来、一ヶ月以上が過ぎたものの、彼とは連絡をとれないままでいる。

安否を確認したい意図に基づき、関係者にのみ判るようイニシャルではない名前で表記した旨を、ここに記す。

延長

「表向きはいたって普通のお婆ちゃん。秘密を知っているのは、親戚の一部だけでした」

東北地方に住むD子さんの祖母は、いわゆる「巫女《みこ》」を生業《なりわい》としていた。

「ウチの地元ではイタコとは呼ばないんです。固有の名前はありますけれど……みだりに口外してはいけないと言われているので、それは書かないでもらえますか。すいません」

彼女いわく、他の巫女が死者の魂を呼び戻して「宣託」や「言伝《ことづ》て」をするのに対し、祖母は「降霊」をおこなうと、死者が憑いた自分の身体をそのまま「貸し出す」のだという。

「語り合うだけでは果たせない願いのために、一部の口寄せ巫女がはじめたものだと聞いてます。特別な修行がいるそうですが、具体的な内容までは教えてもらえませんでした」

依頼者の目的は様々である。母親を降ろしてもらい生前に約束していた温泉旅行へ連れて行った息子。未完成のままだった油絵に最後の一筆を夫に入れさせてあげたいと言う未亡人。なかには、祖母を結婚式に呼び、父親としてスピーチさせた娘さんもいたという。

「参加者は当然びっくりしたみたいですけれど、いざ話しはじめたら、亡くなったお父さまそのものの声で二度びっくり、最後は会場全員が号泣したそうです」

死者を降ろした祖母は、声はもちろん表情から細かな癖に至るまですべてが故人そのものに変わる。ふだんの彼女をよく知るD子さんすら驚くほどの変貌であったそうだ。

「特徴的なのは、実行するまでの慎重さ。祖母自身が納得しないと、どれだけ不憫《ふびん》な境遇の方だろうがどれほど大金を積まれようが、絶対に〝降ろさない〟んです」

依頼してきた遺族と何度も何度も会話し、目的を訊ね、協議を繰り返して、不遜な目的ではないという確証を得てから、はじめて祖母は死者を自分へと降ろす。そこに至るまで、短くて半年はゆうにかかる。そのため半分近くの依頼者は、目的を遂げる前に諦めて去ってしまうのが常だった。

バアちゃん、もっとサッサと話を聞いて降ろしてあげれば良いんでないの。

D子さんに嗜《たしな》められると、祖母は首を横に振りながら「二十年くれェ前《めエ》にの」と渋面をいっそう皺《しわ》だらけにして語りはじめた。

依頼者は、いかにも裕福そうな中年のご婦人だった。

聞けば、病で亡くした一人娘を遊園地に連れて行ってあげたいのだという。

その頃、祖母はまだ今ほど事前審査を厳しくしてはいなかった。故に相手の話を聞くやいなや涙して、その場で降霊を引き受けたのだそうだ。

長々とした数珠《じゅず》を肩に架け、それを回しながら経文を唱え続ける。やがて、いつものように「魂を入れる余白」が身体の内側に広がった。あとは故人の魂が滑りこんでくれれば、降霊は完了するはずだった。

と、突然、祖母の中に「濡れた藁《わら》くず」のような感情が流れこんできた。藁くずは会話を試みる祖母に構わずばさばさと暴れ回ると、乱暴に祖母の身体を攫《さら》った。

「立ち会っていた親戚からのちのち聞いたんですが、その瞬間、祖母は目を、ぐりん、と裏返し、ぎゃんぎゃん叫びながらおしっこを漏らしつつ痙攣《けいれん》していたそうです」

一時間後、当時存命だった祖母の師匠にあたる巫女が駆けつけ、彼女の中に入ったモノを追い払うまで、祖母は糞便を撒きながら依頼者の婦人を追いかけ回していたという。

「あんた……娘さんに何かしたのか。あれじゃまるで獣だ」

ようやく正気に返った祖母が、息もたえだえに訊ねる。へたりこんでいた中年婦人は祖母の台詞《せりふ》に憤慨し、顔を真っ赤に上気させた。

「あなた、獣だなんて失礼じゃないですか。ウチのミカちゃんは本当にお利口さんで、私の言葉もちゃんと理解できました。第一、人間と同じものをいつも食べさせてたんですよ」

その場にいた全員が呆気にとられる中、三十分近く依頼者は語り続けた。

「娘さん……マルチーズだったんですって」

以来、審査基準を厳正にしたという話だった。


「じゃあ、たまに降ろす相手を誤るというか、そんな事もあったんでしょうか」

嬉々とした表情で質問する私に一瞬ひるみながら、D子さんは静かに頷く。

「本当に、本当に時たま、そういう事故がありました。巫女を辞めたのもそんな出来事がきっかけでしたから……」

今から、八年ほど前の話です。

当時を思い出すように空中を見つめながら、彼女は口を開く。


その日やって来たのは、関東の工業都市に住んでいる三十代の男性。

一年前に死別した婚約者が心待ちにしていたオペラ歌手の来日公演。その日取りが決定したため、何とかして聴かせてやりたいというのが依頼内容だった。

祖母に聞かれるまま、男性は恋人の名前から二人のなれそめ、初めてデートした場所の詳細や何気なく言われた台詞まで、目を潤ませながら事細かに説明を繰り返している。

と、止まらないお喋りに耳を傾けていた祖母が「ワガった。降ろしてけっから」と頷いた。

いつもならば有り得ないほどの即決だった。

「その頃、祖母は自分の力が衰えているのをうすうす感じていました。残された時間は多くない、ならば躊躇《ちゅうちょ》せず人さまのために役立てたいと常日頃からこぼしていたんです」

恋人同士とはいえ、実際の祖母は八十に手が届く年齢である。性交渉は望めないこと、貸し出すのは祖母の体調を考慮して一泊のみであることを承諾してもらい、来日公演の前日に降霊はおこなわれた。

「婚約者が降りてきた瞬間、男の人は言葉を失って、ただただ泣いていました。見慣れていた私も思わず貰い泣きするくらい、ぼろぼろ涙をこぼしていましたね」

翌日、D子さんは男性と祖母を駅まで送った。手を取り合ってホームへ消える後ろ姿が、本当の恋人同士に見えたそうだ。

「もしかしたらこれが祖母の最期の仕事になるかもしれない。だとしたら本当に良い依頼だったな、なんて思っていたんです。ところが」

オペラの終わった翌朝、彼女の携帯に見慣れない番号から着信が届く。

「もしもしイ、私ですゥ」

声色は多少変えていたが、聞き慣れた祖母の声に間違いなかった。

「楽しいから延長するわ。このお婆ちゃんも良いって言ってくれてるし」

その言葉を残して電話は切れる。何度かけ直しても、二度と繋《つな》がらなかった。

思いを遂げたと同時に、もと居た場所へ戻るよう説得するのが自分たちの役目だ。そう公言していた祖母が、延長など許すはずがない。胸騒ぎを感じたD子さんは両親に事情を説明すると、その日のうちに祖母の向かった町へ新幹線で駆けつけた。

男性にヒアリングした内容をたよりに、思い出の場所や説明にあがった地名を探し回る。

「ようやく二人を見つけたのは夜遅く、日付が変わろうかという時間でした」

海に面した公園のベンチ。そこに、うつろな目で笑う男性と、彼に手を握られたまま震えている祖母の姿があった。目つきで、正気に戻っているのが解った。

「彼女が良いと言ってるのに何ですかアナタ、僕らをまた引き離すんですか」

抗議する男性に、これはれっきとした契約違反であること、誘拐として警察に届けてもかまわないことを強い口調で告げる。

「行きの車内で必死に想定した台詞でした。警察、って聞いた途端に男性は大人しくなって。最期に別れのキスをしたいという彼を睨《にら》みつけ、祖母をおぶって帰りました」

祖母は予想以上に衰弱しており、市内のホテルに二泊してから郷里へ戻ったという。

「ベッドに横たわりながら、祖母が繰り返すんです。あんなフワフワした女は初めてだ、意志が強いのにところどころ欠けているみたいな魂だった、って」

祖母の言葉が引っかかったD子さんは、帰宅してすぐに亡くなったという婚約者の名前を検索する。


死んでいなかった。

「音大を出て数多のコンクールに出場している方でした。彼女自身の書いているブログを見つけたんですが、現在は海外で外国人の旦那さんと暮らしているらしいです」

驚きながら過去のブログ記事を辿っていた彼女は、絶句する。

ストーカー被害の悩みを打ち明けた記事。被害の状況から警察への相談、裁判所の通達までが連載形式で綴られていた。

内容から察するに、ストーカーの男は勝手に彼女を婚約者と思いこみ、執拗なアプローチを繰り返していたらしい。最初は困っている旨をやんわり書いていた文章が、次第に恐怖を訴える言葉に変わり、やがて法的手段を決意したあたりからは鬼気迫るものへ転じている。

その中に「もしこのような特徴の方が私の連絡先を訊ねてきても、決して応じないでください」という関係者向けの一文があった。

「容姿の記述を見て確信しました。絶対にあの男性です」

その出来事を境に祖母はがったりと老けこみ、寝たきりになった。そのまま翌年の暮れに軽い風邪をこじらせたかと思うと、大晦日《おおみそか》の夜、眠るように息を引き取ったという。

言い出す気になれず、最期まで、あのときの真実は告げられなかったそうだ。


「つまり……婚約者ってのは生きてたんですよね」

じゃあ、お婆さんに降りてきたのは誰なんですか。

予想しなかった展開に戸惑いながら、私はD子さんに問いかける。彼女は黙って首を横に振り、俯《うつむ》いたまま小さく呟いた。

「それを何と呼べば良いのか私には解らないですけれど、たぶん」

生きても死んでもいないモノだったんだと思います。


亡くなる間際、祖母が漏らした「生きてる者に覚悟がねえもの、もう死んだ人と話す時代じゃなくなったんだべ」という言葉が、今でも彼女は忘れられないそうである。

天狗

「なんだか整理もついてない話ですし、すべて私の勘違いかもしれませんから……」

そう言って渋るT子さんを説得し、ようやく聞き出すことができた話である。

彼女の親族にまつわる出来事だという。


彼女が大叔母の存在を知ったのは、大学生の時。

夕餉《ゆうげ》の席上、曽祖父の三十三回忌をどうしようかと家族中で相談している最中、祖父が漏らした一言がきっかけだった。

「アイツは天狗の嫁コだから、こないべなあ」

戸惑う彼女に気づいた父が「そうか、お前には大叔母さんのことを話してなかったな」と、呟く。

父いわく、祖父の姉にあたる大叔母はその昔、神隠しに遭ったのだという。


七歳の頃だったそうだ。

田の畦《あぜ》で遊んでいた最中、友達が目を離したわずかな間に大叔母は忽然と姿を消した。あたりには子供が隠れるような場所はないし、今しがたまで目の前にいた人間が移動できるほど、時間も経ってはいない。翌日から集落総出で山狩りをおこなったものの、大叔母の姿はおろか痕跡さえ見つけることはできなかった。

これはもう駄目だろうと誰もが思った、三日目の朝。

大叔母は、神社の境内に蹲《うずくま》っているところを発見された。

三日間も何処《どこ》にいたのかと、大人達は口々に問い質《ただ》した。しかし何度聞いても大叔母は「知らん爺ちゃんに遊んでもろうた」と繰り返しては、にこにこ笑っているばかりだったという。

その後も誰かに問われるたび、大叔母は「知らん爺ちゃん」の背格好や着ていたものをこと細かに話したが、何度聞いてもそのような容姿の男性は誰も知らなかった。

皆が首を捻《ひね》ったものの、まあ無事ならば良かったと、いつの間にか男の正体は有耶無耶《うやむや》になった。

しかし。

それ以降、大叔母は毎年同じ日に姿を消すようになった。

家の中、学校の校庭、病院の待合室。何処《どこ》にいても、いつの間にか姿が見えなくなる。

村の衆が懸命に探しても大叔母はいっこうに見つからず、決まって三日目にひょっこり姿を現しては、惚《ほう》けてきょとんとしている。そんな光景が毎年繰り返された。

最初のうちこそ大騒ぎになったものの、やがて四年経ち、五年が過ぎる頃には「どうせまた帰ってくる」と、騒ぎ立てる者は村にいなくなった。

そのうち、古老の一人が「あの娘を毎年連れて行くのは天狗《てんぐ》ではないか」と言い出す。

古老の言葉どおり、村には近隣の霊山に棲む天狗の伝説が残っていた。

天狗は神通力で村の荒れ地に川を通し、その代償として村一番の別嬪《べっぴん》であった娘を貰い受けた。やがて二人の間には鳥の顔をした子供が生まれ、末永く暮らしたという……。

この村に住む者ならば知らぬ者はいない、子守唄代わりに受け継がれていた説話である。

しかし昔とはいえ昭和も二桁の時分、古老の話を鵜呑みにする者などさすがにおらず、皆は苦笑して「爺さまの言うとおりかも知んねえなあ」と皮肉った。

だが。

それから間もなく、十八になった大叔母は「天狗が嫁コさ迎えきた」と末の弟に言い残して姿を消した。

今度は、三日を過ぎても帰ってはこなかった。

ほどなくして、彼女の所在が判明する。村の裏手にある山の奥で若い女に出逢ったと、鹿撃ちにきた隣村の猟師が教えてくれたのである。

色めきたった家族や村人数名が翌朝、娘を連れ戻そうと山奥へ向かった。しかし、彼らは戻ってくるなり口々に「アイツぁ、本当に天狗の嫁になった」と言ったきり、それ以上は何も話そうとしなかった。

それから半世紀以上が過ぎた今も、大叔母は天狗の嫁として暮らしているという。

話を聞き終えて、T子さんは憤《いきどお》った。

「ちょうど、大学の講義で〝伝承や民話の背景には、侵略や間引きを正当化しようとする意識がある〟という話を聞いたばかりだったんです」

大叔母という人は、少し頭の弱い人だったのではないか。それを良いことに、都合よく食い扶持《ぶち》を減らすため、口減らしに山へと追いやられたのではないか。

否、もしかしたら大叔母は男衆によって性の道具にされたのかもしれない。それをごまかすために村中で口裏を合わせて「天狗の嫁」などというお粗末な免罪符を仕立てあげたに違いない。

なにより許せないのは、自分の家族が「天狗の嫁」などというレッテルを貼って、今なお親族を隔離している事実だった。生きていれば八十歳をとうに超えている筈だ。ならば、きちんとした施設に入れるなり、行政に保護してもらうなりするべきだ。

「本人の理解する能力が低いからって〝お前は天狗の嫁だ〟なんて言いくるめて、洗脳みたいな真似したんじゃないの。お爺ちゃんも他の人も卑怯だよ。もういい、私一人でも大叔母さんに会って話してみるから」

孫娘の激昂に祖父はたいそう驚いていたが、やがて「何か誤解しているみてえだけんど、口で言うても納得しねえべな。お前は死んだ婆ちゃんに似て頑固だからの」と、ため息をついて、近いうちに大叔母のもとへ案内すると約束した。

「けれども、アイツはお前と会わないと思うよ」

そう言い残して、祖父は食べ終えた茶碗を下げに台所へと消えて行った。


翌週の日曜。

T子さんは、祖父の運転する軽トラックで、大叔母が暮らすという山を訪れた。

かつて祖父一家が暮らしていた村の名残を横目に、山道をひたすら進む。

アスファルトが途切れ、砂利道が次第に細くなる。ほどなく、僅かに残った轍《わだち》も消えて獣道に突きあたり、笹薮を目前に控えて軽トラックはエンジンを止めた。

祖父が先頭に立ち、鉈《なた》をふるって蔓草を刈りながら進む。大叔母へ渡すために持参した食料入りのリュックサックを背負い、T子さんは祖父の背中を追いかけた。

一時間ほども経ったころ、祖父が足を止めて、振り返った。

「ほれ、着いたぞ」

藪の中に、一軒のあばら家が建っていた。

煤《すす》で黒ずんだ壁、雑草が到るところに生えた萱葺《かやぶき》屋根。傾いだガラスの引き戸は半分が割れており、その傍らに使い古した鍋釜が転がっている。

「俺はここで待っとるから行ってきな。ただし、変だと思ったらすぐに戻ってこいよ」

言うが早いか、祖父は切り株に腰をおろして巾着袋から煙管《きせる》を取り出すと、マッチで火を点《つ》けた。

ここまできておきながら実の姉と会おうとしない態度も不思議だったが、何よりも、家では煙草を吸ったためしなどない祖父が煙管をくわえている光景に驚いたという。

そう告げると祖父は軽く笑いながら「おまじないみてえなもんだ、気にすんな」と言い、手の甲をひらひらと振って屋内に入るよう促した。

ガラス戸をがたがたと開けて、玄関をくぐる。

何度か声をかけたものの、返事はない。

昔ながらの石を敷いた土間を覗くと、藁束や木桶がきれいに揃えられており、小さな竈《かまど》には新しい炭が転がっている。

生活の痕跡があった。危惧していた「孤独死」は、どうやら杞憂《きゆう》に終わりそうだ。

安堵して居間へとあがりこんだT子さんの口から、小さな悲鳴が漏れる。

縄で足を結わえられた烏《からす》の屍骸が、梁《はり》からいくつもぶら下がっていた。

その数が、十や二十ではない。烏の死体で埋め尽くされた部屋全体が翳《かげ》って薄暗いほどである。

確かに、T子さんの暮らす地域には牛の飼料を狙う烏を威嚇するため、牛舎の前に烏の剥製やそれを模した人形を吊るす習慣がある。しかし、この家には牛舎はおろか牛を飼っている形跡などない。仮に烏避けだとしてもこれほどの数が必要だとは思えない。

ならば一体、これはなんなのか。

「その時は、気のふれた大叔母が、自分を天狗だと信じこんでいるのだと思いました」

たぶん、彼女にしか解らない理屈のもとに烏を狩っては吊り下げているのだろう。

見るかぎり、人が暮らせる部屋はこの居間しかないにもかかわらず、座卓や布団など生活を感じさせる品は見あたらない。

何十年も、死んだ鳥と共にひっそりと生きてきたのか。この、がらんとした部屋で。

見たこともない大叔母の寂しげな背中を想像して、涙が落ちた。

これは本当になんらかの措置を取らなければいけないかもしれない。暗澹《あんたん》たる気持ちで、改めて目の前の部屋を見渡す。

「え?」

T子さんの口から、思わず声が漏れた。

二十畳以上はある、居間。鳥で埋まった大広間。

広すぎる。

外から見たあばら家の中に、これだけの空間があるはずがない。

目尻を濡らしていた涙が、すうっと乾いた。入れ替わるように、足もとから寒気が襲ってくる。身体の芯が冷えて思考が定まらない。

戸口の割れたガラス戸を抜けてきたのか、突風が彼女の背後から居間へと吹き抜ける。

吊り下がった鳥の羽根が一斉に揺れて、さざなみに似た音が部屋を包んだ。

「自分の小理屈を、誰かが笑っているみたいでした」

駄目だ、帰ろう。

膝の震えを堪《こら》えながら、入り口へと踵《きびす》をかえした足が、止まった。

戸口の真上にあたる土壁に、垢《あか》じみた手形がついている。

頭を戸口にぶつけないよう屈んだ際に、手を添えた痕のように見えた。

その手形が、人の頭ほどもある。

これほど巨大な手の持ち主は、果たしてどのくらい身長の高い人間なのか。

ざっと勘定しても、明らかに尋常な大きさではない。

彼女を追い立てるように、奥の広間で再び鳥の羽根がざわざわざわざわと鳴った。

「考えるのを止めて飛び出しました」

祖父は彼女の姿を認めると何も言わずに山を下りはじめ、車が見え始めたところで「な。だから、もう違うモノなんだよ」と呟いたきり、あとはもう何も語らなかったという。


一ヶ月後、曽祖父の三十三回忌が菩提寺で営まれた。

「読経の最中、障子をすべて閉めているはずの本堂に何度となく風が舞いこみ、蝋燭が消えたり線香の灰が散ってしまったり大変でした」

私にそう告げてからしばらく黙りこくったのち、T子さんは「大叔母、きたんでしょうね」と呟いて、再び沈黙した。

濡衣

T君は学生時代、代行運転のアルバイトをしていた。

代行運転とは名前のとおり、客の自動車を代わりに運転して自宅まで届ける業務である。業者は二人一組で行動し、おもに繁華街の路上に車を停めて待機する。

やがて本社から連絡を受けると指定された客のもとへ向かい、一人が客の車を運転し、もう一人が会社の車で追いかける。客と車を家まで送り届けると、再び社用車に二人で乗りこみ待機場所へ戻る、というのが代行運転業の大まかな流れである。

タクシーと違い、第二種運転免許という特殊な免許が不要なため（T君いわく、現在は改正されているらしい）彼のように免許は持っているが金欠の学生にとっては、短時間で高給を得られる人気のアルバイトだったそうだ。

「客の九割は飲んだ帰りのサラリーマン。都市部ならともかく、俺が暮らしていたような東北の地方都市ではマイカー通勤が大半だからさ、タクシーよりも需要があるんだよ」

忘年会シーズンなどは、まさしく目の回るような忙しさだったという。

「その日も、週末の慌ただしい夜だった」

客をあたふた送り届けては繁華街へと戻っての繰り返し。ようやくひと息ついたのは、午前二時近くになってからだった。

眠気覚ましの缶コーヒーを啜《すす》っていると、不意に運転席の窓がノックされた。見れば、よれよれのスーツを着た男がT君に向かって頭を下げている。

「代行がつかまらなくて困ってるんですけどねえ、お願いできませんか」

快諾し、車を停めてあるという近くの駐車場へ向かった。

「住所を聞いたら隣の市だったんでね。もうひと稼ぎできるなと、ひそかに喜んでた」

空きテナントばかりで有名なビルの裏手、数台が停められるばかりの小さな駐車場に、男の車は置かれていた。年代ものの国産車だが、手入れが悪いのかボディは錆《さび》が浮いて塗装があちこち剥《は》がれ、キリンの皮を思わせる外観に変わり果てていた。

斜めに傾いだバンパー、ガムテープで乱暴に根元がぐるぐる巻きにされたドアミラー。運転席にいたってはあちこちからスポンジがはみ出ており、座ると背中にスプリングが刺さったという。

「尻の下もなんだか砂っぽくてじゃりじゃりするしさ、とんでもねえポンコツだった」

まあ愚痴《ぐち》をこぼしてもしょうがねえ、とっとと送り届けて今日は終《しま》いにしよう。自分にそう言い聞かせて、T君はエンジンをかけた。

「お客さんには、自分の車の助手席に乗ってもらうんだよ。要は酔っぱらいと二人でドライブ。酒が入っているせいか手持ち無沙汰なのか、大抵は饒舌《じょうぜつ》になるんだけれど」

男は膝を両手で抱えたまま、ひたすら俯《うつむ》いている。沈黙に耐えかねたT君が、ここ数日の悪天候や客入りの多さなど他愛もない話題を投げかけてみるものの、男はああ、だの、ええ、だのと返事ともつかない言葉を漏らすばかりで、まともに会話が成立しない。

「ひどく酔ってんのかなと思ったんだが、その割には男から酒のにおいがしないんだよ」

不思議に思いつつハンドルを握っているうちに、男の指示で車は国道を逸《そ》れ、細い砂利道へさしかかった。街灯が減り、ヘッドライトのおぼつかない光だけが頼りになる。

「本当に、この道で良いんですか」

男が起きているかどうか、横目で確認しながら訊ねる。男は相変わらず、んん、んん、と低いうなり声を漏らすだけで、返事らしい返事は得られない。

淋しい道と沈黙に堪えきれなくなったT君が何か適当な話題を振ろうとした瞬間、男が突然顔をあげてダッシュボードに身をつんのめらせると、フロントガラスの先へ向かって絶叫した。

「こいつ、こいつだよ！　こいつだからな！　お前を轢《ひ》いたの、この男だからな！」

大声に驚きつつ、つられて前方に目を凝《こ》らす。

フロントガラスの向こう、緩《ゆる》やかなカーブを描く道の脇に子供が立っているのが見えた。

顔が、ぐしゃぐしゃだった。

頭部は空気の抜けたビーチボールよろしくべっこりと凹《へこ》み、頬《ほお》の皮が中途半端に剥いたミカンのように裂けていた。アニメキャラクターがプリントされたシャツは、乾いた血でごわごわと赤黒く固まっている。

車のライトに照らされた足下に、茶色くしおれた花束と菓子の箱が見えた。

「あ、この車に頭を潰された子なんだな、ひしゃげて中身が頬からはみ出ちゃったんだな、って、直感で理解した」

思わずアクセルをめいっぱい踏みこみ、ハンドルを強く握り直す。脇を通り過ぎる瞬間、子供が首を横に振ったのがわかった。

「……アレ、なんスか。おたく、轢《ひ》き逃げしたんですか」

震えながら問いかけるT君をひと睨《にら》みして、急にぞんざいな態度をあらわにした男が、気怠《けだる》そうに答える。

「俺じゃねえ。轢いちまったのは俺の弟だよ。出所してきたとき、まだ怨んでるようじゃ弟も困るだろ」

でも、やっぱり弟の顔を覚えちまってるんだな、あのガキ。まいったな。

男が、煙草をふかしながらぼそりと零《こぼ》す。

「その後は自宅に着くまで、男は二度と口を開かなかった。俺もこれ以上、何も聞きたくなかったからな、黙っていたよ」

帰りは、訝《いぶか》しがる同僚をなだめつつ、遠回りの道を迂回して町へ戻ったという。

「それから間もなくして、俺は代行のバイトを辞めたんだけどさ……実は今でも時おり、あのポンコツ車を夜の町で見かけるんだよな」

まだ、誰かに濡れ衣を着せようとしてるのかね、あのオヤジ。

T君はそう漏らし、忌々《いまいま》しそうに首をすくめた。

連葬

かつて、東北の山間に「S」という小さな村がひとつ在《あ》った。

一年の半分近くを雪とともに過ごす、痩せた土に細い稲が伸びる貧しい村だったという。

その村にある小さな斎場に、Gさんは勤めていた。

彼によれば、斎場といっても昨今目にする立派なホールなどではなく、公民館に毛が生えた程度の建物であったそうだが、村には檀家寺がなかったため、それなりに忙しかったそうである。

「凡《おおよ》そは爺さま婆さまの弔《とむら》いだからの。葬儀も穏やかなもんで。例外は、あのときだけだなあ」

春を目前に控えたある日、村で男の惨殺死体が発見された。

事件が起きたのは、戦前より続く「地主」の分家。殺されたのは、その家の十九になる息子だった。

殺された息子は、予《かね》てより素行の悪さが問題になっていたという。家業を継ぐでもなく、かといって外へ働きに出ようともしない。日がな村中をほっつき歩いては、干してある着物を田の泥へ落としたり年下の童を殴りつけるなどの悪戯《いたずら》から、庭を走る鶏《にわとり》を踏みつけて殺したとか畑仕事で留守の家へ忍びこんで小銭をくすねたという犯罪まがいの所業まで、おこなうことにひとつも褒められるところのない男だった。

なかには、十にもならぬ娘を小屋に連れこもうとしたなどという噂さえあったそうだ。

地主の血筋であるという優越と、分家であるという負い目。村での手厚い待遇と、見向きもされぬ町場での疎外感。それらが年を経るにしたがって混ざり合い、性格の歪《いびつ》さを増していったのではないか、とGさんは今になって振り返る。

そんな息子が殺害されたとあって、村は騒動になった。彼に対し、大なり小なり怨みをもっている人間ばかりであったのに加えて、村では半月ほど前に若い娘が一人、池に身を投げて亡くなっていた。貧しい農家の娘で、表向きは夭逝《ようせい》した母を追っての入水だと言われていたが、自殺する数日前、分家の納屋から傷だらけで走り去る娘の姿を村人が目撃していた。

娘に惚れていた若い衆が凶行に及んだか、それとも過去に同じような目に遭わされた誰その復讐か。

いずれにせよ、よほど怨みの深い者に違いないと村の衆はひそかに噂しあった。それほどまでに息子の殺され方は惨たらしかった。

「犯人は鉈《なた》を十数回に渡って息子の頭部へ振りおろしていた。現場となった納屋は、頭蓋が嚙み砕いた飴のようにそこら中へ散らばっていたそうだよ」

どちらにせよ、地主一族による犯人捜しが近々はじまるに違いない。

余計な嫌疑は、かけられぬに越したことはない。

葬式の日が近づくにしたがって、人々はそっと口を閉ざし、事件について語るのをやめた。

息子の葬儀を執りおこなう担当は、Gさんだった。

「式の前に、棺桶の小窓を開けて故人に挨拶するのがしきたりなんだけど、思わず声ぇ出でまったよ。包帯でぐるぐる巻かれた頭がべっこべこに陥没《かんぼつ》してて、内出血で肌は真っ黒。干し柿みたいだったわ」

村人が心配するとおり、地主の総力を挙げて犯人は必ずや見つけ出され、場合によっては司法へ引き渡さずに、私刑まがいの暴力で殺されるだろうと思ったそうだ。

ところが、葬儀の段取りを父親である分家の当主と打ち合わせているうち、Gさんは「おや」と思いはじめた。

当主の口調が、定まらない。

しんみりした調子で言葉を並べていたかと思うと、突然、目から光が消えて冷静に過ぎるほどの言葉遣いで打ち合わせを進めようとする。かと思えば、いきなり饒舌《じょうぜつ》で明るい口調に変わり、こちらの肩を叩いて「いろいろ大変だべ、儲かってるか」などと笑って励ましたりする。

「悲しみで混乱しているというよりは、何か怯えてるような雰囲気でね。キョロキョロしっぱなしで」

オヤジさんは何か知ってるんでねえべか。

もしかして、この人が。

Gさんの心に疑念が湧いたものの「アンタが犯人か」などと聞けるはずもない。その場はなんとか話を合わせ、段取りをつつがなく終えた。

葬儀の日、斎場は村人で溢《あふ》れかえった。

欠席してあらぬ疑いでもかけられたら。不在のうちに、誰かが自分を犯人ではないかと密告したら。

そんな気持ちがありありと見える、参列者の沈んだまなざしが印象的だったとGさんは語る。

葬儀は、遺体の損傷が激しいことから前もって荼毘《だび》に付し、骨壷を祭壇に奉げる形式で執りおこなわれた。通常の葬儀と異なる雰囲気も相まって、場は、静かな緊張に包まれていたそうである。

やがて、喪主挨拶をおこなう段に差しかかった。

喪服に身を包んだ当主が、生前の息子の思い出を語りはじめる。すすり泣きと嗚咽が親族席から漏れ、場が静まりかえった直後。

布にくるまれた骨壷が、かたんかたんと内側から鳴った。音を掻き消すように、当主の声が一段と強くなる。それに抗《あらが》って骨壷が激しく鳴る。当主が声を張りあげる。

挨拶の終盤は、ほぼ絶叫に近かったという。

「誰も何も言わなかったけれどね、思っていたことは皆、同じだったべな」

葬儀の翌日、当主は県警に呼ばれ、三日ほど帰らなかった。

村では、やはり父親が犯人だったのではないかと噂したが、四日目の朝に当主がひょっこり帰ってきたため、皆は再び口をつぐんだ。

当主自身も何ひとつ語ろうとせず、やがて村では事件そのものが禁忌《きんき》となった。

「あとで県警の親戚に聞いたら、証拠不十分で釈放だったらしくて。やっぱり父親だったんでないがな。もしかしたら村の娘が自殺した理由を知ってよ、不肖の息子に絶望しての犯行だったんでないのがな」


大きな進展もないまま、事件から一年が経つ。

その日は、村総出の野焼きがおこなわれていた。

野焼きとは、春の初めに野原の枯れ草へ火を点《つ》けて、雑草の繁殖や害虫の繁殖を抑える作業である。野良仕事のはじまりを告げる大切な行事であると同時に、大量の炎と煙を用いるため、危険が伴う仕事でもあった。

古老が風向きを確認して合図を送ると、風上に立った村人が一斉に枯れ草へ火を放った。煙の流れを確かめながら、声をかけあって風の反対側へと移動する。

「けえええええええ」

突然、火の爆《は》ぜる音に混じって絶叫がこだました。皆が声の方向へ顔を向ける。

上着を脱いで半裸になった当主が、風下へ向かって駆けている。

当主はにこにこと笑いながら、壁のように高く燃える炎めがけてまっすぐに走っていた。

何人かが止めようと追ったが、火の勢いが強く、とても近づくことができない。

「もってけえええええええ」

長々と叫び声をあげていた当主が、朦々《もうもう》と煙の立ちこめる藪《やぶ》へ、前のめりに倒れこむ。古老の号令で、顔を手拭いで覆った村人数名が風下へ飛びこんだ。

「オヤジさんは火に巻かれる直前で救出されたが、結局は駄目だった。煙自体がすごい熱だから燻製《くんせい》みたいなもんだ。身体中が火ぶくれで泡だらけの肌になって、破けた皮膚から汁がずっと流れてたっけ」

当主はそのまま病院に運ばれ、二日後に息を引き取った。

奇しくも、息子の命日と同じ日の朝だったという。

「親子の葬式を執りおこなうなんて、気分のいいものじゃなかったねえ」

村では、誰ともなく「息子が連れていったんだべなあ」と小声で言葉を交わし合い、それ以上は何も語ろうとしなかったそうである。

くだんの村は次第に人口減少が著しくなり、平成を迎える前に廃村となった。

近年では「大量惨殺事件があった呪いの集落」としてテレビや雑誌に広く取りあげられ、数々の尾鰭《おひれ》をつけながら、北日本の名だたる怪奇スポットとして、その真偽が実《まこと》しやかに語られている。

ご高齢であったGさんは、話を聞いた翌月に亡くなられた。

そのため、私もこれ以上の詳細を知ることが叶わなくなってしまった事実を、ここに記す。

身代

「わたしは、ひとごろしです」

好々爺然《こうこうやぜん》としたやさしい面立ちからは想像もつかない第一声を呟くと、Aさんは静かに身の上話を語りはじめた。

五十年以上前、彼が幼い時分の出来事である。


Aさんはその頃、東北の山村に祖母と二人で暮らしていた。

今から半世紀以上も昔、加えて山奥である。子供たちの遊びといえば野を駆け回っての鬼ごっこや隠れんぼと相場が決まっていたそうだ。

その日も、彼をはじめとする子供数名は木の枝を手に、正義の味方と悪漢に分かれての遊戯に興じていた。Aさんは悪役の総大将を務め、正義の味方を相手に攻防を繰り広げていたという。

やがて、必殺技を食らって遁走《とんそう》しはじめた悪役軍団は山道を駆けあがる。いつもならば果樹園の方角へ逃げるのだが、この日は気まぐれに普段と反対側の細い道へと向かった。

初めて見る景色に興奮しながら足を速めていると、薮《やぶ》に覆われた道が突然ひらけて、広場のような敷地に突きあたった。

あたりをぐるりと眺めれば、屋根が傾いだ小さな社殿と、古めかしい生木の鳥居が見える。　こじんまりとした、神社。

長らく村で暮らしてきた子供たちも初めて目にする場所だった。

新しい遊び場所の発見に小躍りする。さっそく社殿を悪の秘密基地に見立てての「正義の味方ごっこ」第二部がはじまった。

朽ちかけの扉を開けて社殿を占拠していたAさんは、ふと、奥の台座に何かが乗っているのに気がついた。休戦を呼びかけて皆を集めると、おそるおそる暗闇を覗きこむ。

大人の手のひらほどもある石彫りの仏像が、錆《さ》びた台座に立っていた。

仏像は全体的に造りが粗《あら》く、子供心にもあまり上手な出来栄えとは思えない。そのくせ顔だけはやたらと緻密に出来ており、たおやかな微笑は今にも動きだしそうなほどだった。

と、艶っぽい面立ちに見惚れたまま、仏像を握り締めていた彼を、周囲の子供たちが「人形握って喜んでらあ、女みてえだ、女男だ、女男だ」と、からかった。

大人であれば笑って流せる冗談も、子供にとっては洒落《しゃれ》で済まない。汚名返上を試みたAさんは、興味のない素振りをあからさまに見せつつ、仏像を空へ向かって放り投げた。

空中高く舞いあがった仏像は回転しながら降下すると、石灯籠の名残りとおぼしき境内の石塊《いしくれ》に派手な音をあげてぶつかった。

「すげえ、ロケットみてえだ」

「さすが悪の軍団、攻撃力ばつぐんだな」

囃《はや》したてながら駆け寄った子供たちの一人が、倒れた仏像を指さして絶叫した。

仏像の顔が、ぱっかりと欠けていた。匙《さじ》で掬《すく》いとったように抉《えぐ》れた顔面に、ぽっかりと穴が空いている。

「……こういうのって、罰があたるんだぜ」

誰かが漏らした言葉をきっかけに、子供たちが嬌声をあげながら一斉に走り出した。

追いかけようとした足が、すくんで動かない。

「罰が、あたる」と小さく繰り返しながら、Aさんは小さくなっていく背中を見送った。

せめて、取れた顔を探しておこう。くっつくかもしれないし。

涙がこぼれそうになるのを堪《こら》え、這いつくばりながら草むらや石の影を丹念に捜したが、欠けた顔は何処《どこ》にも見あたらない。その間にも陽はどんどん傾いて、周囲は薄暗くなっていく。

大丈夫だよ。誰もお参りにこない神社だもの、放っておいても誰もわかるはずがないよ。

自分に何度も何度も言い聞かせて、Aさんは神社をあとにした。

夕陽に朱く染まる我が家のシルエットに重なって、玄関口に誰かの姿が見える。

近づくと、険しい顔をした仁王立ちの祖母だとわかった。

「何をしてきた。さっきから家の神棚が、かたかたかたかたと揺れ続けているぞ」

激しい剣幕に圧されて、Aさんは神社のことを祖母に話してしまう。言い終えるなり、彼の横っ面を祖母の張り手が見舞った。

「馬鹿たれが。あそこは身代わり観音様といって、昔から、病に罹《かか》った者の身内が自分の腕や足、時には命と引き換えに、病の者を治してもらうための願掛けをする場所なんだ。ご利益がありすぎて、用のない者は近づいてはならんと言われてきた場所なんだ」

おめえ、そのままでは死んでしまうぞ。

いつも優しい祖母の台詞《せりふ》とは思えないほど、一語一語が重かった。どうしていいのかわからず泣きじゃくるばかりのAさんに、祖母が強い調子で告げる。

「身代わりさんにもう一回行ってこい。手を合わせて、いっぱいいっぱい謝ってこい。許してもらえるかはわからんが、きちんと詫びてくるより他にねえよ」

日暮れの道を山へと進むのは恐ろしかったが、厭だなどと口にできる雰囲気ではない。

何度も後ろを振り返りながら、Aさんは再び神社へと向かった。振り返るたび、祖母が「頑張るんだぞ」と叫ぶ声が聞こえた。

神社へ辿り着いたときには、闇がいっそう濃くなっていた。

何度かつまずきながら苔《こけ》むした石段をのぼり、境内へと向かう。

観音は、あいかわらず顔が削れたまま、無惨な姿をさらして転がっている。そっと拾いあげて社殿に戻すと、Aさんは手を合わせて一心に詫びた。

どうか、俺を殺さねえでください。殺さねえでください。

山から吹きおろす風が杉の葉を揺らしている。ざわめきに混じって、鐘を鳴らすような音が耳に届く。鐘の音はどんどん大きくなり、こちらへと近づいていた。確かめたいが、怖くて目を開けることができない。

逃げ出したい。そう思うたび、去り際に祖母が口にした「頑張れよ」という言葉が頭の中に響いて、なんとかこらえながら、謝り続けた。

ふと気づけば、いつの間にか鐘の音は止んでいた。風も失せ、遠くで鳴く鳥の声だけがこだましている。暗闇に目を凝らして、Aさんは観音像を見つめた。

顔面すべてが欠損していたはずの観音に、唇があった。

皆で遊んでいたときよりも、唇は艶やさを増して笑みが深くなったように思える。その微笑を眺めているうちに、なんとなく許してもらえたような気がしたという。

目鼻は未だ失われたままだが、毎日拝みに訪れれば直る日がくるかもしれない。

本当に、ごめんなさい。

もう一度深々と頭をさげてから、Aさんはまっしぐらに家へと駆け出した。


家に帰ると、祖母が死んでいた。

首を吊ったものの途中で縄がちぎれたのか、首に荒縄を結わえたまま土間に転がって、ことされていた。

顔は、石か何かに叩きつけたようにざっくり削れていた。

その後、すぐにAさんは親戚のもとへ引き取られたため、祖母が縊死《いし》した理由も、顔が抉《えぐ》れた原因も、今にいたるまで知らないままだという。


だから、たぶん。

「わたしはひとごろしなんです」

ぽつりと呟いて、Aさんは話を終えた。

くだんの村は数年前、最後の住人が去り廃村になったと聞いたが、確かな話かどうかはわからないそうである。

黒狐

Ａさんという老齢の女性より、とある山村にて聞いた話である。

彼女がまだ幼い頃、戦後間もなくの出来事だという。

「母親は私を産むとすぐ亡くなって、父親は戦死。だから、私は祖父に育てられたようなものです」

生来の性格に加えて、親のいない彼女を立派に育てあげようという気持ちからだろうか、祖父という人物はたいへん躾《しつけ》に厳しかったとＡさんは語る。

挨拶の有無から茶碗の持ち方、襖《ふすま》を開けるときの所作まで事細かに注意を受け、叱られ、時には使いこまれた竹刀《しない》で手の甲をぶたれることもあったそうである。

「特に、嘘をついたり自分の失敗を人になすりつけたと知ったときの怒りようは本当に怖かったですよ。有無を言わさずに納屋へ放りこまれましたからね」

泣いても喚《わめ》いても、夜が明けるまで祖父は決して納屋の扉を開けようとはしなかった。

朝になってようやく納屋の鍵を外されると、涙で頬《ほお》をびたびたに濡らした彼女を抱きながら、祖父は決まって「な、おっかねかっただろ。自分の不始末を他人のせいにすると、こんだけおっかねえんだ」と言ったそうだ。

「幼い頃は暗い納屋がひたすら怖かったです。でも、あとになってから、祖父の言葉のほうがよっぽど恐ろしいじゃないかと思う出来事があったんですよ」


ある秋の夕暮れ。Aさんは祖父の運転する自転車の荷台に乗って、山ひとつ越えた先にある親戚の家から、自宅へと続く一本道を帰っていた。

先ほどまで山際を真っ赤に照らしていた陽が暮れなずんで、いつしか空は深い青に染まっている。

杉並木をぼんやり眺めつつ、祖父の背中にしがみついて微睡《まどろ》んでいた彼女は、突然の乱暴なブレーキに目を覚ました。

「……おうち、ついたの。まだでしょ、ここ、道の途中でしょ」

背中越しに語りかけたものの、祖父から返事はない。

そっと前を覗き見て、Aさんは声を漏らした。

肌も爪も歯も、身体中が炭を塗りつけたように真っ黒な坊主頭の子供が、道の真ん中で笑っていた。木像や地蔵の類ではない証拠に、眼球だけが薄闇にぎらぎら光っている。

「むらまでいっしょにいこうや」

抑揚のない声で、小坊主が話しかけてきた。

「むらへいこうや」

「たべるものくれや」

「おまえおれのおっとうだろや」

こちらの返事を待たず、小坊主は矢継ぎ早にでたらめな言葉を連呼している。台詞《せりふ》と唇の動きがかみ合っていないのに気づいて、Aさんは恐ろしくなったという。

「……あんた、だれ」

問いかけた彼女の口を、祖父が手で塞ぐ。

「語っては駄目だ、聞いては駄目だ」

小声でそう囁《ささや》くと、祖父は震えるAさんの頭をひと撫でしてから腰に結わえた巾着袋を開いた。取り出したのは、煙草とマッチ。彼女が見守る中、手にした煙草に火を点《つ》け一服すると、おもむろに祖父は煙を小坊主めがけて「ぷうっ」と吹きかけた。

煙に小坊主がひるんだ次の瞬間、踏まれた草が起きあがるように、毛がぴんぴんと小坊主の額や頬に生えはじめる。

あっという間に黒い顔はいちめん太い毛で覆われ、小坊主の顔はタワシのようになった。

驚くAさんの目の前で、小坊主の輪郭が歪んでいく。服と肌の境目、目鼻立ちや指の形状が曖昧《あいまい》になる。

祖父と彼女が立ち尽くす中、小坊主だった「それ」は地べたに這いつくばると、こちらへ向けてゆっくりと面をあげた。

漆黒の毛を体中に揃えた、大きな狐だった。

刀傷を思わせる切れあがったまなざし。槍のように鋭い耳。唸《うな》る唇の端から、大人の親指ほどもある牙がちらりと見えた。唸り声に、人の言葉のようなものが時おり雑じる。

「くらうぞ」と、聞こえた。

どうしよう、逃げられない。こんなことなら、さっき素直に騙されたほうが良かったかもしれない。

毛を逆立ててこちらを睨む獣に脅えながら、Aさんは後悔の念に泣きそうになった。助けを求めて、祖父の拳をぐっと握りしめる。

祖父の手が、細かく震えている。

お祖父《じい》ちゃんですら怖いのか。じゃあ、もう駄目かもしれない。

絶望で涙が零《こぼ》れるのと同時に、Aさんの手を振り払って祖父が怒鳴《どな》った。

「この嘘つきめ！」

怒声をあげながら黒狐にずかずか近づいて行ったかと思うと、祖父は咥《くわ》えていた煙草を指でつまみ、狐の毛の中へと一気に押しこんだ。

耳をつんざく叫び声とともに、黒狐は藪へと走り抜けて行った。

呆然とするAさんを見て、祖父は深々とため息をついた。

「ここらに狐はおらん。ありゃあ、狸だ」

祖父の言葉を裏づけるように、間もなく黒狐が走り抜けた藪のかなたから、一匹の小さな狸が山向こうへ逃げて行く姿が見えた。

「馬鹿たれが。人に化けるだけなら見逃してやったものを、狐のふりなんぞするからだ。恥知らずが」

忌々《いまいま》しげに舌打ちをする祖父を眺めて、先ほどの拳の震えは恐怖によるものではなく、怒りを堪《こら》えていたのだと、彼女は初めて気がついた。

「な、自分で失敗したときは他人様のせいにしたら、こういう目に遭うんだぞ」

いつもと同じ台詞《せりふ》を言い終えて悪戯《いたずら》っぽく笑った祖父の顔が、今でも印象に残っているという。

「あれ以来、嘘をつくってのは本当に恐ろしいと思うようになりましたよ。おかげで、なんとか真正直に生きて、暮らして、この齢まで無事に過ごせました」

じいちゃん、ありがとさまな。

そう呟くと、Aさんは仏壇の方向へ向き直し、壁にかけられた祖父の遺影へ静かに手を合わせた。

毛布

T君は学生時代、粗大ゴミを頻繁に漁《あさ》っていたという。

「ご多分に漏れず金欠でしたからね。ちょっと難がある程度ならゴミどころかお宝ですよ」

住宅街が近いため、粗大ゴミの回収日になるとアパート近隣のゴミ置き場は使えそうな家具や家電品で溢《あふ》れかえった。その中にレトロな雰囲気の文机を見つけてこっそりと回収したのをきっかけに、粗大ゴミ回収は彼の趣味となったのだそうだ。

やがて、またたく間に部屋は「お宝」で埋めつくされる。

棚のぐらつくカラーボックスや画面に緑の横線が走るテレビ。

移動用の車輪が壊れた椅子に、背もたれの布がほころんでいるソファー。

気づけば、六畳間の大半は拾得した物品ばかりになっていた。

「今風に言うならエコですよね。少し我慢すれば使えるものをすぐに捨てて、みんな馬鹿だなあって内心で笑っていました……あの出来事が起きるまでは」

その年の冬は、とりわけ寒さが厳しかったという。

「そんなときに限って拾い物の電気ストーブが壊れちゃって。ウチにある暖房といえば、スイッチの入らないコタツと実家からもらった薄い布団だけになっちゃったんです」

震える夜を連日過ごしていた、ある日。

大学へ向かう道すがら、彼はゴミ置き場で折り畳まれた毛布を見つけた。広げてみると、ほんのすこし色が褪《あ》せており手触《てざわ》りも若干ごわついてはいるものの、使用を躊躇《ちゅうちょ》するほど汚れてはいない。

おおかた、引き出物か何かで貰ったのを、色が気に入らないとか模様が好みではないといった安易な理由で、ろくに使わずゴミに出したのだろうと思った。

まったく可哀相に。俺が引き取ってやるしかないか。

自分勝手な義憤に駆られたT君は登校を急きょ中止して、毛布を手にアパートへと引き返した。

「これで、もう凍えながら眠らなくて良いんだと喜んでいたんですが……」

予想に反して、毛布は冷たかった。

布団の下に敷いて瞼《まぶた》を閉じると、数分もしないうちに妙な寒気で目が覚めてしまう。

毛布はまるで水をじっとり吸ったように重く、冷たい。跳ね起きて毛布を確かめたが、乾いた感触が伝わってくるばかりで、濡れた箇所はどこにも見あたらなかった。

だが、気のせいかと再び布団に潜れば、やはり身体が悪寒に襲われる。結局その晩はろくに一睡もできないまま朝を迎えてしまった。

「風邪をひいたかと思ったんですが、熱もないし。よほど質の悪い毛布なんだな、だから前の持ち主も捨てたんだろうなと思いました」

来週の粗大ゴミの日に捨てちゃおう。

そう決めるとT君は毛布を折り畳んで部屋の隅に置き、出かけたのだという。


バイトを終えて帰ってきたのは、午前一時半過ぎ。北風にかじかんだ手を震わせながら鍵の束を取り出して、部屋のドアを開ける。

万年床の上に毛布が広がっていた。

毛布には、ちょうど子供ひとりが潜りこんだような膨《ふく》らみができている。

驚きのあまり指の力が抜け、鍵束が床に落ちる。耳障《みみざわ》りな金属音が響くと同時に、今しがた人が抜け出したかのように、空洞が静かに萎《しぼ》んだ。

た、確かに朝は畳んでいったよな……いや、記憶違いかもな。きっと、そうだよな。

自分を半ば強引に納得させながら毛布を脇に押し退け、下着姿で布団に潜った。

「ちょっと不気味でしたけど、それよりもバイトの疲れがひどくて。余計なことを考えず、とにかく一刻も早く眠りたかったんです」

布団が自分の体温でゆっくりと温まっていく。寒さと仕事でこわばった手足がほぐれるのと入れ替わりに、眠気が身体を包みこんだ。

ぬくもりに安堵しながら、なにげなく視線を毛布に向ける。

小さな赤肉の塊《かたまり》が、毛布の上に横たわっていた。

ぬるぬると濡れた肉の表面には、人の顔らしき隆起が見える。

米粒ほどの眼球が、じっとこちらを睨んでいた。

「小学校のときに友達の家で見た、産まれたてのウサギの赤ちゃんを思い出しました」

声も出せぬまま固まっているT君をよそに、赤黒い塊は手足とおぼしき突起を忙《せわ》しなく動かしながら、唇をかぷかぷと開閉している。

と、艶やかに光っていた赤肉の表面が次第に変色しはじめた。あっという間に全体が黒ずんで、乾いた皮膚に皺《しわ》が浮きあがっていく。やがて、傷んだバナナを連想させる萎《しな》びた塊は、弱々しく息を漏らして、呼吸を止めた。

目の前の出来事が把握できぬまま、T君は布団をゆっくりと抜け出した。

笑う膝を押さえながら、玄関へと向かう。

なかなか履けない靴に苛立って思わず舌うちをする。その音に答えるように、かぼそい声が囁《ささや》いた。

「うまれたかったな」

絶叫しながら、裸足で部屋を飛び出したという。


コンビニやファミレスを転々として、部屋に戻ったのは翌々日の朝。

「あとになって同級生から聞いたんですが、ウチの近所で高校生が赤児を死産しちゃって、親にばれないよう毛布にくるんで自室の押入れに隠してた、って事件があったらしくて。未成年なので表沙汰にはならなかったみたいですけれど……もしかして」

あの、毛布。

そこまで言うと、T君は身をすくめるような仕草をして、むっつりと押し黙った。

私も、それ以上は何も聞かなかった。


その日以降、彼は粗大ゴミ回収をぱったりやめたという。

道連

M子さんの実家には、すこし奇妙な風習が伝わっている。

「それほど古くからあるわけではなくて。私が嫁いで間もなく、二十年くらい前からの話ですかね」


当時、彼女の家には寝たきりの祖母がいた。

腰を患い、起きあがるのが困難になったのがきっかけで寝たきりになったのだという。

日常生活こそままならなくなったものの、祖母の意識は明瞭《はっき》りしており、受け答えも矍《かく》鑠《しゃく》としている。それが、三月を過ぎたころから怪しくなった。

食事をしたことを忘れる、家族の顔がわからなくなる。しまいには幼子のような口調で話すようになる。いわゆる、痴ほう症状だった。

今ほど理解があった時代ではなかったのが災いして、祖母は医療機関の診察を受けることもなく放置された。その間にも年齢による衰弱は進み、寝たきりになってからおよそ一年後、祖母は息を引き取る。

最期は精神が子供のまま「おねえさま」と呼んでいた日本人形を抱えながら、眠るように亡くなったという。


それから間もなく、M子さんの兄が亡くなった。長らく持病を抱えてはいたが、命にかかわるものではないと医師から聞かされていたため、家族のショックは相当なものであった。

「祖母のときは覚悟がありましたけれど、兄はまだ二十代でしたからね」

意気消沈する両親を、結婚したての夫とともに支えながら兄の葬式を終えた、一週間後。

その夫が突然死する。

早朝、寝床で冷たくなっていたのを彼女が発見した。

仕事は過労と呼ぶほど忙しい時期でもなく、数週間前の健康診断でも目立った異常は見られなかった。

「当時、私は妊娠したばかりで。身重なのを気遣って、義理の両親が葬儀の一切を仕切ってくれました。それも悔しかったですよ。最愛の人をきちんと送り出せないのが、たまらなく心残りでした」

葬儀当日、彼女の休憩用に設けられたお寺の一室で、M子さんが横たわりながら泣いていると、義母が戸惑ったような顔をしながら、部屋を訪れた。

「なんかねえ、ウチのご住職が、あなたと話したいって言ってるんだけど……すこしだけ、大丈夫？」

なんだろう、心が落ち着く講話でもしてもらえるのかな。

憔悴した身を引きずるようにして本堂へ向かうと、住職が彼女を見るなり、眉をしかめた。

「ああ、淋しさのあまり連れて行こうとしとるんだな。そこにおる、子供の顔したお婆さん」

祖母の顔を思い出して、ぞっとした。

夫の家の、檀家寺の住職である。義理の両親にも話していない彼女の家の内情を、知るはずもない。

驚く彼女に、住職は「その方が大切になさっていたお人形、それをお棺へ一緒に入れてあげなさい。向こうでお渡しすれば、満足して成仏するでしょう」と告げた。

しかし母に訊ねたところ、祖母が大切にしていた人形はすでに廃棄してしまったことが判明した。

「仕方なく、夫の実家にあった犬のぬいぐるみを棺に入れて火葬しました」

菊の隙間に置かれた可愛らしい犬のぬいぐるみを眺めながら、これじゃ効果がないのではという胸騒ぎが、M子さんの頭から離れなかった。

不安は、的中する。

翌週、東京に住む彼女の姉が死んだ。夫と同じ、突然死だった。

一ヶ月の間に、我が子を二人失った母親の悲しみようは、見るに堪えなかった。

「日本人形じゃなかったからだ、お祖母ちゃんもう止めて、連れてかないで」

泣き叫ぶ母親の肩を抱きながら、購入してきた真新しい日本人形をお棺に納める。

姉は決して人形遊びが好きな性分ではなかったため「ごめんね、あっちでお祖母ちゃんに渡して」と遺体の耳元で囁いてから、送り出した。


火葬場についたM子さんが待合室で母を慰めていると、職員が彼女と父親をこっそりと呼んだ。

「あの……私どもでも初めての事態でして、もう一度、窯《かま》にお戻しすべきか悩んでまして」

歯切れの悪い弁明を繰り返しながら職員が窯を開け、棺桶を載せていた台を引き出した。

きれいな姉の骨の傍らに、不恰好な炭のような塊《かたまり》が転がっている。

生焼けの、人形だった。

「ご遺体がお骨になる温度ですから……残るなどというのはあり得ないんですが」

しどろもどろで説明する職員の言葉を聞きながら、彼女は「お祖母ちゃんの愛玩していた〝おねえさま〟じゃないと意味がないんだ」と確信する。

一週間後、今度は彼女の叔母が亡くなる。家族は、誰一人として驚かなかった。

通夜の手伝いを両親に任せ、彼女はデパートや人形店を巡った。

「このままでは、いずれ両親か自分、お腹の子にまで累が及ぶと思って。必死でしたね」

〝おねえさま〟に容姿の似たものを捜し、数件目でようやく面立ちがそっくりな一体を発見したという。

その晩、彼女は祖母が寝ていた部屋に布団を敷き、買ってきた人形を置くと「お祖母ちゃん、おねえさまだよ、お祖母ちゃんの大事な、おねえさまだよ」と空の布団へ話しかけた。

語り続けて二時間ほど経った頃だろうか。

誰もいない布団の中へ、人形がにじりながら移動しはじめた。

薄暗がりの和室に、布団の上を人形がゆっくりと動く、衣擦《きぬず》れの音だけが聞こえている。

M子さんは、ひたすら「持って行って、これだけを持って行って」と繰り返した。

透明な腕が人形を抱きしめるように、敷き布団がわずかに沈む。母が子をあやすときのようにゆらゆらと人形が小さく揺れる。その様子を見ながら、彼女は声をかけ続けた。

夜明けを迎える頃には、布団の軋んだ跡も人形の揺れもなくなっていた。

「すぐに叔母の家へ向かい、棺に人形を入れさせてもらいました」

その日以来、彼女の家から葬式は出ていない。二十年を経た今でも、両親をはじめ、皆が元気に過ごしている。お腹の子も無事に生まれ、現在では大学生活を満喫しているそうだ。

「けれど、やっぱり不安でしょ。だからその後、すぐに同じ人形を追加で注文したんです」

そう言って微笑《ほほえ》む彼女の自宅には現在、同じ顔をした日本人形が十体ほど収蔵されている。

今のところ使う機会は訪れていないが、祖母の三十三回忌までは捨てずに置くつもりだという。

渦家

「やっぱり人の表裏を見るからかしら、こういう商売やってると色々な目に遭うのよ」

一年前、ひなびた温泉街にあるバーで出会ったママが教えてくれた話である。

ママの店を訪れる常連客は、温泉街という土地柄もあってか寡黙《かもく》な人が多い。

「このあたりってね、都会から流れ流れて辿り着いた、いわばあまり公《おおやけ》にできない過去を持つ人も少なくないの。だから呑んでいても陽気なのは観光客だけ。地元の人はたいてい黙って呑んで、カウンターにお金をぶっきらぼうに置いて帰って行くわね」

半年ほど前から顔を見せるようになったXさんも、そんな静かな客の一人。

温泉街に一軒きりのパチンコ屋で働いているという以外は、出身も経歴も、何ひとつ語ろうとはしない人物だった。

「ま、こっちは喋ろうが黙ろうが支払いさえしてくれたら良客だから、詮索しなかったの」

ある日、Xさんが店にくるなり「水を一杯くれ」とママに頼んだ。

普段なら一杯目からウイスキーをストレートで飲み干すほどの酒好きである。からかい半分に「どこか悪いの」と訊ねると、彼は黙って頷《うなず》いた。

なんでも、家に帰ると内臓がきりきりと痛み、脂汗《あずらあせ》が流れるのだという。勤め先にいるときや夜の温泉街をふらついているときはなんともない、具合が悪くなるのは決まって自宅へ戻ってから家を出るまでの間なのだと、Xさんは零《こぼ》した。

今日も仕事が休みだったため、家でのんびりしようと思っていたのだが、どうにもこうにも体調が悪い。夕方過ぎになって耐え切れなくなり、家を飛び出してまっすぐバーへと足を運んだという按配《あんばい》だった。

家の場所を訊ねて、ママは内心で驚いた。

「そこね、古い文化住宅なんだけど、一年前に女が死んでるのよ」

死んだ女は、ママもよく知る土産《みやげ》物屋の店員だった。

明るい性格が幸いして皆に可愛がられていたが、噂では男に騙されてこしらえた借金で人生が狂い、この温泉街に辿り着いたと言われていた。

「珍しい話じゃないからね、皆取り立てて気にしてなかったんだけれど……どうも惚れっぽい娘だったらしくて、そのうち別な旅館の番頭と良い仲になっちゃったのよ」

妻子がいるのを承知した上での恋だったようだが、番頭は口先三寸で「結婚しよう」だの「女房とは別れるから」だのと甘言を囁いたらしい。

すっかり鵜呑みにした娘は、その日を待った。ひたすら、待った。

「でも、その番頭さん、旅館の親会社が経営するホテルに引き抜かれてね。何も告げずにいなくなっちゃって」

三日後、土産物屋の娘は自宅で首を吊っているところを発見された。

遺書の代わりに、テーブルの上には番頭と撮影した写真が何十枚と広げられていたそうである。


「そんな家だって知ってるからさ、あたしもちょっと怖くなっちゃって」

あんた、まさか女絡みでこの街へ逃げてきたんじゃないでしょうね。

だったら、少しヤバいよ。

ママはそう言って、Xさんを揶揄《やゆ》したのだという。

ところが、てっきり笑顔で否定するとばかり思っていたXさんは、不意に口籠《くちご》ったかと思うと「なんで知ってるんだ」と逆に訊ね返してきた。

「これは話を聞いてあげなきゃと思ってね」

彼女は扉に本日休業を示す看板をぶら下げると、Xさんの渋る口を促した。

半年前、ある大都市の工事現場で働いていた彼は、ひょんなことから人妻と知り合い、時を置かずに男女の仲となった。

人妻は家庭にただならぬ不満があった模様で、会う毎に「私を連れて逃げてほしい」と懇願する。その勢いに負け、Xさんは駆け落ち同然に大都市を出ると、遠く離れた町でアパートを借りて、二人暮らしをはじめたのだという。

しかし、Xさんはすぐさまこの恋に醒める。今まで彼女を魅力的だと思っていたのは、人の女房である背徳感からだと気づいてしまったのだそうだ。

同棲をはじめてから一ヶ月、一方的に彼女へ別れを告げると、彼は逃げるようにしてこの温泉街までやってきて、今に至るという話だった。

「三ヶ月ほど前、アパートに残した書類を頼って警察から連絡がきましてね。彼女、自殺したそうです」

グラスを傾けながら、Xさんが呟いた。

「ゾッとした。死んだ娘よりも、その女に祟られているんじゃないかと思って」

なんとかしなければ、また人死にが出るかもしれない。

不安に思ったママは知人を頼って、温泉街をくだった先の小さな町に住む、巫女《みこ》さんを紹介してもらったのだという。


Xさんを伴い、くだんの巫女の家を訪れたのは翌週の日曜。

古びた平屋の戸を開けるなり、奥から腰の曲がった老婆が玄関へとやって来て、二人に声をかけた。

「いやいやいや、この兄ちゃんてば大変なことになってるな」

老婆の台詞《せりふ》に驚きながら、促されるままに茶の間へと進む。

お茶菓子をほおばりながら、老婆は自分が巫女だと名乗り、続けてXさんを睨《にら》みながら「そのままでは、すぐに死ぬな」と言い放った。

老婆によれば、Xさんの身体を蝕《むしば》んでいるのは、先に亡くなった土産物屋の娘と、捨てきた女性の二人だという。

「意気投合したんだろうなあ。二人分の怨みが、いっぺんにアンタさ降りかかってんだ。そういう時は足し算じゃねえんだ。掛け算になるんだ」

老婆はXさんを仰向けに寝せて十分ほど祝詞《のりと》らしきものを唱えると、やがて再び二人を座らせて、静かに告げた。

「何日かだけ、お前《め》ぇさんの姿を相手に見えなくしたから。その間に逃げれ。他の場所さ行けば、一人しか追っかけてこねえから。死んだ女の人の成仏を毎日毎日祈って暮らせ」

心なしか表情を軽くさせたXさんが、黙って頷く。

「そのときはね、ああ凄い、ドラマみたいって感心してたの」


数日後。ママが店を開ける準備をしていると、ふいに電話が鳴った。

受話器の向こうにいたのは、あの年老いた巫女だった。

「あれから、お前ぇさんたちの言ってた家の住所を調べたんだ。あそこは駄目だ。渦《うず》の家だ」

二の句も継げずにいるママに構わず、老婆は喋り続ける。

「あそこは戦国時代の城跡に建っててな。そこのお姫様ってのが、城で自害してるんだ。よっぽど他人を怨んでるんだな。来た者を巻きこんで殺すことしか考えてない。渦だよ、渦みてえになってる。若い娘も人妻を捨てた男も、渦の家に引っ張られたんだ」

あんた、あの男が店にきても入れては駄目だよ。あんたまで死ぬよ。

最後にそう言い残して、老婆は電話を切った。

「その日は店を開けられなかった。八時くらいになって、表からXさんの声と激しいノックが聞こえたけれど、怖くて店内でじっとしてたわ」

彼はその数日後、家財道具一式を置いたまま行方がわからなくなった。

「うまく逃げたならいいんだけれど……なんとなく、駄目だったような気がするわ」


「……その、渦の家ってのは、今どうなってるんですか」

一杯ひっかけに入った店で出くわした思わぬ話に驚きつつ、私はママにおずおずと後日談を問いかけた。

ママが深刻そうな表情を浮かべて、かぶりを振る。

「Xさんが消えてから間もなく、不審火で焼けちゃったの。良かったと思ったのも束の間、半年ほど経ってから、跡地に温泉保養を謳《うた》い文句にした老人ホームが建ったわ」

経営者は、事情をわかって建てたんじゃないのかしらね。

再び首を横に振り、ママが大きくため息をついた。

写殺

「僕が凄いわけじゃないんですよ」

知人から「妙な能力の持ち主がいる」とご紹介いただいたフリーカメラマン、林さんにお目にかかった際の第一声である。

意味を判じかねている私に、彼は「論より証拠です」と鞄から写真の束を取り出す。

どれも、神社で撮影されたとおぼしきものだった。

一枚目は本殿を背景に白無垢《しろむく》姿で微笑《ほほえ》む女性と、両親らしき笑顔の老夫婦。

続く二枚目は同じ境内で別なアングルから撮られた、これまた和装の花嫁のスナップ。
三、四枚目も同様に、着物姿の女性が酒杯を口にしている場面や、祝詞を唱える神主を前にこうべを垂れた新婦のショットなど。つまり、すべて神前式の記念写真なのである。
写真をぼんやり眺めていた私は、ふと違和感に気づく。林さんが「ね」と笑った。

「新郎、いないでしょ。でも、撮影したときには写ってたんですよ」

慌てて残りの写真を確認したが、確かに花婿らしき男性の姿はどこにも見あたらない。

混乱している私を再び笑うと、林さんは愉快そうに口を開いた。

「離婚するとね、消えちゃうんです」

彼によれば、この神社で撮影した場合にかぎり起こる現象なのだという。消えるのは、いつもきまって新郎ばかり。理由は林さんも解らないそうだ。

「で、たぶん別居しているか離婚調停中なのが、こっち」

さらに手渡された数枚の写真には、身体が透けて背後の狛犬があらわになった羽織袴《はおりはかま》の男性や、もはや顔も判別できないほど薄くなった新郎らしき影が写っている。

「ん」

興味深く写真の束をめくっていた私は、最後の一枚だけ新郎がくっきり写っているのに気がついた。ハレの衣装に身を包んだ男女が、にこやかに寄り添っている写真である。

「林さん、間違えて持ってきたみたいですよ」

そう云って手渡すと、「ああ、これ解り難いんですよね」と頷《うなず》いてから、彼は写真後方を指さした。若い二人の後ろに、新郎とよく似た顔の中年男性が微笑《ほほえ》みながら立っている。その傍らで、テープノイズが走ったようにずたずたに裂けた黒留袖が、空中にぽかんと浮いていた。

「お義父《とう》さんしかいないでしょ。そこの家、奥さんがお姑さん殺しちゃったんです」

引退

ある芸能プロダクションで、マネージャーを長らく勤めた男性から聞いた話である。

数年前、彼は売り出し中のアイドルを担当していた。

豊満なスタイルを前面に押し出した水着グラビアが好評を博してファンも軒並み増加。深夜のバラエティー番組からお呼びがかかるなど順風満帆に認知度が上がっていた矢先、突然当のアイドルが「引退したい」と云いだしたのである。

周囲は狼狽したが、彼自身は「またか」程度に考えていた。仕事が過密になり閉塞感をおぼえはじめた新人が、十中八九口にする台詞《せりふ》だったからだ。

彼女を売り出すため、事務所はそこそこの金を投資している。今さら一般人に戻りたいなどと云われては大損になるし、ほいほいと要求を呑んでいては同じ事務所のタレントに示しがつかない。

宥《なだ》めようか脅そうかと悩みながら、マネージャーは彼女と面談することにしたのだが。

事務所の応接室に入るなり、アイドルが「これを見てください」と大ぶりのアルバムを差し出してきた。表紙には彼女の本名が平仮名で大きく書かれている。

「仕事がオフの日に実家へ行ったんです。荷物を整理してたら、それが出てきて……」

それきり彼女は顔を伏せて黙りこくってしまった。仕方なく、渡されたアルバムに手をかける。

赤ん坊の笑顔を大写しにした大判の写真。母親に抱かれているスナップショット。七五三とおぼしき和装の一枚に、運動会のひとコマ。

どれもこれも、何の変哲もない成長の記録である。

「これがどうしたの。昔を思い出して、今の自分は嘘っぱちだなんて思っちゃったかい」

苛立《いらだ》ちを悟られぬよう、努めておだやかな口調で語りかける。アイドルはあいかわらず俯いたまま、「全部見てもらえば解ります」と零《こぼ》した。

こっそりと吐息を漏らして、再びアルバムを眺める。入学式の集合写真、花火を楽しむ夜をおさめた一枚。海岸でのショットは、実家にでも行ったときのものだろうか。

「ん？」

しぶしぶページを捲っていた彼は、ふと違和感をおぼえる。

どの写真も、ボケすぎてはいないか。

家を新築した際の家族写真は背後の住宅にピントが合っているし、ピクニックの風景を撮影した写真はピースサインばかりが際立って、肝心の顔がぼんやりとブレている。修学旅行のひとコマは消しゴムをかけたように目鼻立ちがおぼろげで、校門の前に母と並んだ中学校の入学式にいたっては、彼女の顔だけがのっぺりと白くなっている。

よほど安物のカメラなのか、それとも腕が悪いのか。

しかし、ここまで顔の判別できない写真をわざわざ愛娘のアルバムにするだろうか。

「……撮影したの、お父さんかな。あんまり写真が上手じゃないんだねえ」

云い知れぬ不安を拭うようにわざとおどけた口ぶりで話す彼を睨みつけて、アイドルが首を振った。

「前は全部普通の写真だったんです。最後に見たときも、ちゃんと顔があったんです……。これ、何かの知らせじゃないですか。続けるなって警告してるんじゃないんですか」

声は、悲鳴に近くなっていた。真剣なまなざしに気圧《けお》され、視線をアルバムに逃がす。

部活の大会、文化祭にスキー場、小洒落《こじゃれ》たワンピース姿のオーディション用らしき一枚。すべての顔が滲《にじ》んでいる。表情が判る写真はひとつもない。

何なんだ、これ。

急かされるようにアルバムを捲《めく》り続けていた指が、思わず止まった。

デビュー直後に雑誌を飾ったグラビアの切り抜きが、最後のページに収められている。

顔のパーツが、ぐちゃぐちゃについていた。

縦に曲がった唇、斜めに歪んだ鼻。

片耳は欠損し、眼球にいたっては左右の大きさが極端に異なっている。

「いずれそんな顔になるよ、って警告なんでしょうか」

アイドルが涙声で呟く。

結局、彼女はその月で引退となった。


「実は、事務所社長と〝顔が売れる前に整形させよう〟って相談してる最中だったんだよ。だからアルバムを見たとき〝あ、マズい〟と思ってさ。俺、そういう勘は働くから」

もしもあのまま手術していたら、めちゃくちゃに失敗した気がするよ。

そう云うと、マネージャーは仰々しく肩をすくめた。


引退後しばらく経ってから、元アイドルの彼女から彼宛てに一通の手紙が届いた。

お礼と近況に混じって「あれから間もなくアルバムの顔が元通りになった」との一文が綴《つづ》られていたそうである。

傘女

不幸な事故だった。

夕暮れの国道を一台のダンプが走っていた。折からの雨で視界は悪く、加えてダンプはヘッドライトを点けていなかった。やがて、交差点に侵入したダンプは黄色信号を強引に右折しようとするあまり、目前の横断歩道を渡っていた小さな人影を見落としてしまう。

人影は由香さんの従弟にあたる七歳の男の子で、即死だった。身幅よりも太いタイヤに引き摺《ず》られた遺体は雨傘の骨と混ざってミンチになっていたそうだ。

葬儀は、小雨のそぼ降るなかでおこなわれた。

幼い同級生のすすり泣き。参列者の嗚咽《おえつ》。両親はすでに憔悴《しょうすい》しきっており、今にも落ち崩れそうな様子がありありと窺《うかが》えた。読経は空しく、遺影の笑顔がただただ悲しかった。

その事故がきっかけであったのかは解らない。ほどなく叔父夫婦は離婚し、一軒家には父の妹である叔母だけが独りで住むようになった。家が近かったこともあり、由香さんは料理を差し入れたり話し相手になったりと、まめに顔を見せるようにしていたそうだ。

従弟の死から一年ほどが過ぎた、梅雨の夕暮れ。

いつものように差し入れの総菜を抱えて叔母宅を訪れた由香さんは、玄関を開けるなり言葉を失った。

いつもはスリッパが並ぶ玄関口に、てらてらと光る塊《かたまり》が積みあげられている。

コンビニなどで売られている、安物のビニール傘だった。

ゆうに五十本は下らない傘の群れに唖然としていると、すっかり痩せてしまった叔母がリビングから顔を出し、「わかったの、わかったのよ」と、嬉しそうに嗤った。

手招きされるまま、傘の山を避けて室内へ入る。

案内されたのは従弟の部屋だった。脱ぎ捨てられたパジャマから書きかけのノートまで、生前のまま保存されている部屋。その真ん中に、やはり無数のビニール傘が重なっていた。

「わかったの。あの子、傘がなければ無事だったのよ。悪いのは傘を持っている人間なの」

自身の言葉に何度も頷くと、叔母はエプロンのポケットから眼鏡拭きに似た小さな布を取り出して、手に取った傘の柄や骨を丁寧に磨きはじめる。

「……おばちゃん、何してるの」

おずおずと訊ねた由香さんへ向き直ると、叔母は手にした布をひらひら振ってみせた。

黒ずんだ布切れには、罅割《ひびわ》れたボタンがついている。

「あの子が惹かれたときに着ていた服の端切れ。これで拭くと、傘があの子になるのよ。死んだときの悔しさや憤りが傘に染みこんでくれるの」

唖然とする由香さんをよそに、叔母は拭き終わった傘をコンビニや書店などの傘立てに挿し、誰かが間違えて持ち去るのを待つのだと呟いて、再び嗤《わら》った。

「あのこがころすの。あのひのあのこみたいにころすの。あのこもそうしたいんだって。もうつゆだもの、たくさんたくさんころすでしょう、たくさんたくさんのあのこが」

うろおぼえの歌を諳《そら》んじるように不安定な抑揚で、叔母は言葉を繰り返す。

青白い顔に浮きあがった血管が、細かく脈を打っている。張りのないふやけた眼球は、干涸《ひから》びた沼で見た蛙の卵を思い出させた。

まともじゃない。ともかく止めなければ。

衝動的に叔母の手から傘を引ったくった由香さんの身体《からだ》が、ぐっと沈む。

傘が、重い。

まるで先端を誰かが握りしめ、綱引きよろしく腰を落としているかのような重さだった。

鳥肌が走り、思わず傘を離して尻餅をつく。

床に転がった傘を静かに拾うと、叔母はまたあぶくのような声で嗤いながら柄を磨きはじめた。心なしか、部屋が暗くなる。

由香さんは無言で部屋をあとにすると、靴を履きつぶして表へ飛び出した。
その日以来、叔母の家には行っていない。

しばらくして、由香さんは級友から「おかしな女の噂」を聞く。友人によれば女は駅前のコンビニや本屋へ出没するらしく、いつも小脇に抱えた傘を傘立てへと挿しては足早に去っていくのだという。

最近、彼女はサイレンをよく耳にするようになった。
きまって、雨の日なのだそうだ。

木麗

ちいさい頃から、沙耶は自分の家が嫌いだった。

戦後二十年も経っていながら未だに豪農だの地主だのと自分たちを呼称している家族は滑稽に映ったし、同級生の父母が使用人を務めているのも何か非道《ひど》い仕打ちをおこなっているようで胸がもぞもぞした。新築の友人宅を見るたび無駄に大きいばかりで古めかしい我が家を恨めしく思い、洒落《しゃれ》た洋食のひとつも食卓にのぼらない、味噌《みそ》と醤油《しょうゆ》味ばかりの食事を呪ったことさえあった。

そんな家のなかで、縁側に面した中庭だけは唯一好きな場所だった。堅物の吝嗇《りんしょく》家で名高い祖父が唯一の趣味と認め、散財を厭《いと》わなかった庭である。

「絵というものは、庭を持てない貧乏者が代わりに仕方なく買うのだよ」

幼い沙耶に向かって、祖父は幾度となくその言葉を聞かせた。それほどまでに彼は庭を誇らしく思っていたし、事実、庭は下手な絵画などよりもはるかに美しく、可憐だった。

かつて使用人の一人が「あの庭は、死んだ大奥様の横顔によく似ている」と漏らすのを聞いたことがある。祖父の妻である「大奥様」は沙耶が生まれる前に亡くなっていたため果たして本当に似ていたのかは判らない。けれど、さながら女性のようだという意見には頷《うなず》けるところがあった。

千鳥打《ちどりう》ちと呼ばれる技法で配置された飛び石が庭の目鼻を造り、池を泳ぐ錦鯉《にしきごい》と金魚の朱色が頬紅よろしく彩りを添えている。肌理《きめ》の通った板塀に、耳飾りを思わせる石灯籠。そしてそれらを枝葉の影でやさしく包む樹々。季節や時刻で面立ちを変えるさまも含め、なるほど顔とは言い得て妙だと、幼心に庭がますます愛おしくなったという。

なかでも、沙耶はとある二本の樹木をとりわけ好んだ。

妙齢の楓《かえで》と、その傍らに凛《りん》と立つ白木蓮《はくもくれん》。どちらも祖父が植木市で見初《みそ》め、即金で買いつけ運ばせたものだった。

寄り添うように並ぶ二本を選り好んだのには、理由がある。以下はその話だ。


九歳を迎えた夏の夜、沙耶は尿意に目を覚ました。しかし傍らの父も母も深く寝入っており、揺すろうが叩こうがいっかな起きる気配がない。最近では便所くらい勝手に行けと叱られるようになっていたこともあって、しぶしぶ、独りで手洗いに赴こうと決めた。

寝室から手洗いへと向かうには、廊下をふたつ曲がって庭に面した縁側を通らなければならない。廊下の冷たさを足裏に感じながら歩き、廊下の角を曲がるたび「この先に何もいませんように」と祈りながら、進んだ。

ようやく辿り着いた縁側は、雨戸の隙間から月光がこぼれて薄《うっす》ら明るい。刀傷のような細い光が闇のなかに等間隔で並んでいるさまは、庭が案内してくれているような気がして嬉しくなった。

と、光を頼りに歩を進めていた矢先、庭からの音に気づいて沙耶は足を止めた。

笹が風に鳴るような、衣擦《きぬず》れに似た音が雨戸越しに聞こえている。

抜き足で雨戸に忍びより、隙間に顔を近づけた。

消し忘れた石灯籠の灯が月光に混ざって、出鱈目《でたらめ》に庭を照らしている。あからさまにいつもとは面立ちの異なる庭が、そこに在った。

飛び石の目鼻は闇に沈み、金魚や錦鯉の頬紅も消えている。樹々は黒い塊《かたまり》でしかなく、月光に輪郭を際立てた枝先は刃物のように危なっかしい。慣れ親しんだ庭の変わりように驚きながら音の在《あ》り処《か》を探っていると、板塀へ伸びる長い影が、ふと、目に留まった。

影は楓と白木蓮の根元からまっすぐ伸びて、塀にぴたりと張りついている。

その形が、樹々のそれではない。

影は男と女の姿をしていた。

楓の影は娘に見えた。なよよかに膝を曲げ、柔らかく腰を落として科《しな》をつくる、和装の娘に映った。結いあげた髪も、ぷっくりと唇の浮いた横顔も、人のものとしか思えない。かたや白木蓮は男である。楓の娘へ腕を回し、自らの胸に引き寄せる仕草を見せている。こんもりとした怒り肩に、肉の盛りあがった腕。節くれだつ指先と隆起した鼻すじ。何度目を擦《こす》ってみても、影は男の輪郭を成していた。

息を呑むなか、ふたつの影はゆるゆる動き続けている。影が触れあうたび、重なりあうたびに、乾いた音が庭に響いた。

ささやき、なのか。この音は。睦言《むつごと》を交わしているのか。

どれほど眺めていたのだろうか。ふいに錦鯉が水面で身を翻し、池が派手な音を立てた。応えるように月が群雲に抱かれ、際立っていた影がのっぺりと闇に呑まれる。

再び光が射したときには、影はすでに樹木の形に戻っていた。

まだ十にも満たぬ子供であったから、影の意味するところはぼんやりとしか解らない。けれども睦まじいその姿は、自分とよく遊んでくれた姉さまを思い出させた。鎮守の森で抱きあっていた、姉さまと村の若衆の幸せそうなまなざしを彷彿《ほうふつ》とさせた。

その日以来、楓と白木蓮はひそかなお気に入りとなる。

椿《つばき》の樹が庭にやって来たのは、それから一年ほどが過ぎた春先のことだった。

例によって祖父が馴染《なじ》みの植木屋に勧められ、言い値のままに購入したものである。まだ若いからずいぶん長いこと花が楽しめるそうだ。嬉々《きき》として語る祖父とは裏腹に、沙耶は椿があまり好きになれなかった。けばけばしく赤い花弁は安物の紅を引いたようで気持ち悪かったし、おかげで池の魚の艶やかさが薄れてしまったのも勿体なく思えた。

しかし何より気に入らなかったのは、無粋な植木屋が楓と白木蓮のあいだに椿を植えてしまったことだ。たまさか良いところが空いていたと喜ぶ初老の植木屋に、そこは空いていたのではなく空けていたのだと云いたくて堪《たま》らなかった。

冬の終わりに花を終え、白木蓮は何処《どこ》となく草臥《くたび》れたよそおいをしていた。いつもならそんな白木蓮を楓が自身の青葉で慰めているのだけれど、今年は無神経な椿が割りこんだ所為《せい》で、ただでさえ控えめな楓の葉はすっかりと引き立て役のようになってしまった。

夏が迫る頃には、あからさまに楓の元気がなくなってきた。樹皮がぽろぽろと剥落し、その幹を山蟻や毛虫がうろつくようになった。例年なら陽を透かし青々と輝いていた葉も、心なしか先端が萎《しお》れている。その姿が、最近まなじりに皺の増えた母と重なった。

それにひきかえ椿の樹は、肉厚な葉をびらびらと広げて猛々《たけだけ》しいばかりに育っている。春先よりもあきらかに丈が伸び、縦横に繁ったさまは、まるで庭の主気取りである。花が落ちればおとなしくなるかと思っていたが、どうやら悪目立ちする性分らしい。

手弱女《たおやめ》と浮《う》かれ女《め》に並ばれた白木蓮はと云えば、これがどうやら満更でもないようで、幹の艶が増したように思える。とはいっても以前の色男然とした佇まいとはまるで違い、今や枝ぶりは襟《えり》がはだけたように暴れ、葉の案配もだらしがない。楓から気持ちが離れてしまったような振る舞いに、胸が痛んだ。

無論これらが自分の勝手きわまる印象でしかないことも、沙耶は承知していた。若《も》しや楓は病気に罹ったのかもしれないし、椿だって滋養に富んだ土のおかげで成長しただけに過ぎないのだろう。白木蓮への感想にいたっては難癖も甚《はなは》だしいと、我ながら思う。

それでも沙耶は不安だった。

ふと、姉さまはどうしているだろうかと気がかりになった。

お盆を間近に控えた夜だったと明瞭《はっき》り憶えている。

日中に貰い物の水瓜《すいか》をまるまる半身食べた所為で、夜半過ぎに沙耶は腹痛に襲われた。一年前と違い、親に手洗いへ同伴してもらうほうが恥ずかしい年頃になっていたから、何も告げずに寝床を抜けた。

廊下をしずしず歩いて手洗いへ向かう。ふと、こんな夏の夜にあの音を聞いたのだなと思い出した。しばらく庭を眺めていないことに、そのときはじめて気がついた。

やがて辿り着いた縁側は、以前と変わらず光の筋を刻みこんでいる。音はなかった。

用を足し、冷えた腹を押さえながら寝室へ戻っていた沙耶は、ふと、雨戸へ足を進める。何かを確かめたいとか懐かしい夜の庭を眺めたいとか、そんな定まった目的があったわけではない。ただ本当に気まぐれに、隙間を覗いてみたのだという。

月あかりに、三つの影が板塀へと伸びていた。

両手をぴんと張って、何かを握りしめたような像を結んでいる白木蓮の影。その手前で膝をついているのは楓だろうか。ふたつの影が交差するその脇で、口に手をあてて身体を大きく反らせている、椿の影。

状況が、呑みこめなかった。

なぜ白木蓮は楓の肩を抱いていないのだろう。どうして椿は仰け反っているのだろう。

動揺しながら雨戸に手をついて観察を続けていた沙耶の口から「あっ」と声が漏れた。

白木蓮の握りしめた両の拳からは、細長い縄のようなものが伸びている。縄の先は楓の首もとに絡んでおり、空を掻く楓の手の先には、背を反らした椿が立っている。

もしかして白木蓮は、楓の首を絞めているのではないのか。

椿は仰け反っているのではなく、口に手をあてて笑っているのではないのか。

これは何だ。戸惑う沙耶を嘲《あざけ》るように、風が樹々を揺らし、影が、じわ、と動いた。

首に回した縄がきりきりと締まっていく。楓の身体がゆっくり崩れる。再び強く吹いた風に、椿が厚手の葉をげらげらと鳴らした。

沙耶は逃げた。這いつくばって廊下を逃げ、転げながら布団へ潜りこむと、悲しいのか恐ろしいのか自分でも解らないままに泣き続けた。


それから半年ほどが過ぎた冬の朝に、祖父は死んだ。葬儀の慌ただしさにまぎれて庭の雪囲いは忘れ去られ、皆が気づいたときには例年以上の大雪で、楓も白木蓮も潰れていた。椿はたくましく生き残っていたようだったが、間もなく両親が離婚し、雪解けの頃には母とともに家を離れていたため、詳しいことは解らない。

父はすぐに若い後妻を迎えたものの時を待たずして病みつき、祖父を追いかけるように亡くなったとのちのち聞いた。家はまもなく後妻によって売り払われ、当時流行《はや》っていたニュータウンの一部になったという。

年老いた沙耶は晩年、長らく誰にも話すことのなかったこの出来事を、病床から孫娘に語って教える。どういった心変わりであったのかは、当の孫娘も聞かなかった。

やがて沙耶の死後、孫娘はとある男性の妻となり、伴侶である男性を介して一連の話が私のもとへと届いた。

祖母の思い出を形にしたいという彼女の思いを汲み、書き記した次第である。
孫娘の母、すなわち沙耶の娘にあたる人の名は「椿」と云う。
果たしてどのような思いでその名をつけたものか、知る人はもう誰もいない。

異論

一年ほど前、私は知人からＨ君という二十代の男性を紹介された。

彼は怖い話が何よりも好きという筋金入りの「マニア」である。読む本は怪談関係のみ、ネットの動画サイトで閲覧するのも心霊にちなんだ映像ばかり。おまけに彼女とのドライブは、八割方が怪奇スポット巡りという（おかげで交際は半年と持たないそうだ）、怪談書きを生業《なりわい》にしている私から見ても、呆《あき》れかえるほどの徹底ぶりだった。

「今度、友達や後輩を集めて〝プチ百物語会〟を決行するんですよ。百話とはいきませんけど、徹夜でやる予定なんで黒木さんもぜひ来てください」

朗《ほが》らかな笑顔で勧誘され、その時は「取材がてらにお邪魔しますよ」と快諾しておきながら、私は結局、締め切りに追われるまま「プチ百物語会」に行きそびれてしまった。

約束を反故《ほご》にした後ろめたさから、連絡を控えていたある日のこと。駅前へ赴いた私は、Ｈ君とばったり再会する。

「……そう言えば、どうだったの。怖い話をするって集まり」

気まずさを覚えながら訊ねた私に向かい、彼は力なく笑った。

以下は、H君から聞いた話である。

その夜、彼のアパートには友人やバイト先の後輩、数名が集まっていた。手土産《てみやげ》の発泡酒を飲み、つまみ代わりにスナック菓子をほおばりながら「怪談会」の幕があがる。

大なり小なり差はあれど、いずれもその手の話が好きな面々である。結果、披露する話はなかなかに怖いものばかりであったそうだ。

「しばらくして、ようやく自分の番が来たんですけれどね……内心、ちょっと困っていたんです」

友人の話したネタが、彼が語ろうと思っていた怪談と〝被《かぶ》って〟いたのだという。

「僕が話す予定だったのは、高校時代に部活の先輩から聞いたものでした。僕の通っていた高校に今は使用されていない古びた物置があるんですけど、そこにお婆さんが出るって言うんです。物置の周囲を徘徊している老婆を守衛がたびたび目撃している、彼女はどうやら数年前に亡くなった元事務員で、病死する間際に大金入りの封筒を落としてしまい、それを見つけようと、かつての職場である学校を今もうろついている。そんな話でした」

対して、直前に友人が披露したのは「詐欺に遭って騙し取られた金を取り戻すために、銀行の前に立っている半透明の老人」の話だった。

丸被《まるかぶ》りではないものの要点は似通っている。何よりも友人の話のほうが整合性があり、怪談として面白い。

「一応は主催者ですからね、似た話で場が白けちゃマズいと思って。焦りました」

そこで彼は咄嗟《とっさ》に、話を〝盛った〟のだという。つまり、元ネタに大幅な脚色を施したのである。

「老婆から学校で自殺した生徒の母親に人物設定を変え、加えて女性の幽霊が廊下を四つん這いになってベタベタと走る描写に変更して語ったんです。おかげで、皆から悲鳴があがるほど怖がってもらえました」

そこまで話し終えると、彼は大きくため息をつき、そのまま俯《うつむ》いてしまった。

もしかして、脚色した自分を責めているのかな、ずいぶんと生真面目な性格だな。

ひそかに苦笑しつつ、私は彼を慰めた。話が文章化されて公の場に出るならいざ知らず、仲間内での余興である。いかに改変しようとも誇張した部分があろうとも、それは許容の範囲内ではないのか。むしろ、即興でそれだけの恐ろしい話に転換できたのは、H君が怖い話に精通している何よりの証拠なのだから、むしろ誇るべきではないのか。

訳知り顔で喋り終えた私を見つめると、悲しそうな表情を浮かべて彼は首を横に振った。

「その翌日から、毎夜同じ時間、ちょうど例の話をした午前二時ごろになると、部屋で声が聞こえるようになったんです。たった一言……きまって一言だけなんですけれどね」

「ちがうでしょ」

老女を思わせる、枯れた囁《ささや》きだそうである。

声は今も続いているという。

障子

　W子さんという女性から聞いた出来事である。彼女の伯父にあたるYさん夫妻が、定年退職を記念して、とある観光地の民宿に泊まった時の話だそうだ。

　その夜、慣れない旅の疲れから早々と床に就いていた彼は、誰かに激しく揺り起こされて目を覚ました。寝ぼけまなこで周囲を見渡すと、常夜灯が点《とも》るばかりの薄暗がりで奥さんが布団に正座したまま こちらを見つめている。

　どうしたんだ。そう言いかけたYさんの口を手で塞ぐと、奥さんは無言で彼の後方を指した。状況が呑みこめないまま首を巡らせて、妻の示す先へと視線を移す。

　真新しい和紙が張られた障子戸《しょうじど》。その一角から、一本の指が障子紙を破ってこちらへと突き出していた。指は何かを探るように忙《せわ》しなく動きながら、ずぶずぶと障子の穴を拡げている。消し炭でも弄《いじく》りまわしたように黒ずんだ、やけに骨ばった指だった。

　酔客が覗きまがいの不貞を働こうとしているのか、さもなくば子供が悪戯《いたずら》しているのだろうか。いずれにせよ、叱りつけてやらなければなるまい。

気取《けど》られないよう布団からそっと身を起こすと、Yさんは一気に障子戸へと駆け寄り「こらぁ！」と声をあげながら反対側の障子戸を（子供なら指を挟んでは可哀相と配慮したのだという）開け放った。

窓だった。

障子戸の先はガラスの嵌《は》めこまれた窓があるばかりでその向こうには竹垣が迫っていた。どう考えても人の入る隙間などない。それ以前に、窓はしっかりと施錠されている。

「……あなたが開けると同時にね、指が、するするって引っこんだのよ。本当なのよ」

怯える奥さんを「きっと窓からこぼれる光の加減で、何かを見間違えたんだよ」と宥《なだ》めすかし、布団に再び潜らせる。

障子を閉める際、小声で「馬鹿にするな、くだらない」と小声で呟いた。

得体の知れないモノへの、精一杯の抵抗であったという。

一週間あまりの旅行を終えて自宅へ帰ると、和室の障子すべてに、指を突っこんだような穴がびっしりと開いていた。

蜂の巣のようであったという。

念のため警察を呼んだが、空き巣が侵入したような形跡は見あたらず、穴の正体は有耶《うや》無耶《むや》になった。

数日後。

Yさんが親戚宅から帰ると、妻が冷たくなっていた。

死因は急性心不全。倒れていたのは、張り替えたばかりの障子の前だった。

障子の穴と妻の死に、果たしてどのような関係があるのかは誰も解らぬまま、ほどなく彼は長年暮らした家を引き払った。その後の行方は親戚も知らないそうである。

異獣

愛犬や愛猫が死後にやってくる……そんな類の、動物にまつわる怪談を拝聴する機会は、ことのほか多い。たいていは動物の賢さや忠誠心を讃える筋立てになっており、涙を誘う物語としてまとまっている。

胡散臭《うさんくさ》い霊能者が「動物は低級霊です」などと訳知り顔で宣《のたま》っている場面を時おり目にするが、欲望の箍《たが》が外れた人間の所業を新聞記事やテレビのニュースで見るたび「犬猫のほうが魂は清らかなのではないか」などと揶揄《やゆ》したくなる、それほどまでに（怪異に至る過程は残酷であっても）動物がらみの怪談は美しい物語が少なくない。

だが、ごく稀に、その枠組みから大きく逸脱した怪異譚を窺《うかが》うときがある。そんな話を聞くたび、我々が愛《め》でているのはしょせん獣なのだな、寵愛を心中で嘲《あざけ》り、いつか牙を剝いてやろうとほくそ笑んでいるのかもしれないな、などと考えてしまう。そんな「異端の獣」の怪談を幾つか、ご用意させていただいた。

釣りを趣味にしている高齢の男性より聞いた話である。

秋のはじめ、穴場を求めて山の奥へ分け入っていると、ふいに木立の葉が降りそそいで、あたりが暗くなった。見あげれば、子供くらいの大きさをした無数の影が、枝から枝へと渡っている。

ニホンザルだった。

群れの大将とおぼしき大猿から幼子を抱えた母猿まで、その数ゆうに三十はくだらない。ニホンザルは目を合わせると攻撃してくる、そんな話を思い出した男性は視線を交わさぬように薮《やぶ》へかがみこんで、猿の群れをやり過ごそうと決めた。

頭の上で葉が鳴る。時おり咆哮《ほうこう》が聞こえる。音はなかなか止まない。

一分ほども過ぎただろうか。ふと、地面へ吸いこまれたように喧騒《けんそう》が消えた。

行ったのか。

そろそろと顔をあげた視線の向こう、薮をふたつほど越えた先に一匹の猿が立っていた。

「初めはヒトだと思ったんですよ。だって身長が私と同じくらい、おまけに背筋がピンと伸びていて……何よりも、体毛がまるでないんです。その代わり」

人間じみた立ち姿の猿は、全身が灰色の瘤《こぶ》で埋め尽くされていた。

顔といわず腕から胸、両足や股ぐらにいたるまで、あらゆる箇所が肉の隆起したような突起物で覆われている。

何かの病気、なのか。

先ほど自分に課した〝目を合わせない〟という決まりも忘れて、男性は瘤猿を凝視した。

猿もこちらを見つめている。まなざしに威嚇《いかく》や攻撃のにおいはなかった。何かを諦めたような、それでいてこちらを哀れむような「底の見えない」眼をしていたそうだ。

どれほどの間、対峙していたものか。風が木々を揺らしたと同時に、瘤猿が腕をあげた。

襲われるのかと思わず身を竦《すく》めた男性を意に介さず、猿は胸から突き出た突起を掴むと、生木を裂くような湿った音とともにそれを引きちぎってこちらへ放り投げた。

予想していたよりも軽い音を立てて、毟《むし》られた瘤が薮へ転がる。おそるおそる拾いあげ再び頭をあげたときには、瘤猿の姿は何処にも見えなくなっていた。

瘤は、茸《きのこ》だった。

「ほら、よく樹木から出っ張っているサルノコシカケとかいうやつ。あれでした」

その後も何度か同じ山へ入ったが、今もってあの猿たちには再会できぬままだという。

「あれは猿の神様だったのかな、なんて今では考えていますけれどね。真相は解りませんでした」

茸は、彼の家の神棚に飾られているそうである。

「怖いというか……ありゃ何だったんだって話ですけれどね」

錆《さび》に覆われたトタン屋根、雨風ですっかり色褪《いろあ》せた外壁。遠目にも傾いでいるのが解る玄関の引き戸に、半分かた壊れて用を為さなくなっている雨樋《あまどい》。

石口さんが暮らす新興住宅街には、一軒の古い文化住宅が建っていた。

ゆうに四半世紀は経っているであろうその平屋は、もとは長屋よろしく何棟か連なっていたらしい。だが、住人が絶えて土地ごと売り払ったのか、今はその一棟だけが小綺麗な住宅に周囲を囲まれながら、まるで切り抜きを貼りつけたように残っていたのだという。

「周囲と不釣り合いなだけであれば気にも留めなかったんでしょうが……その家、奇妙な木製の看板が玄関に吊り下げられていて。書かれていた文字は大半が掠《かす》れていたんですが」

わずかに読み取れる部分から察するに、看板はこの家が宗教団体の本部である旨を標榜しているようであった。それを証明するかの如く、家の中からは時おり読経とも祝詞《のりと》ともつかない節回しの歌が聞こえてきた。

「でも、家主である中年男性の姿以外は信者らしい人が出入りしている様子はないんです。

とはいえ得体が知れなくて不気味じゃないですか。町内会でもちょっと問題になって」

話し合いの結果、町内会のアンケートを装い男性宅を訪問して様子を探ろうと決まり、訪問役には石口さんほか数名の若手へ白羽の矢が立ったのだという。

「何かあっても若い人なら大丈夫でしょなんて言いくるめられて。何かって何だよ、もし逆恨みでもされて襲われたらどうすんだよと腹が立ちましたけれどね」

普段町内会の活動へ参加していない負い目もあり、しぶしぶ引き受けたそうだ。

数日後の夕方。彼をはじめとする若手は手製のアンケート用紙を手に、文化住宅の扉をノックする。やや間を置いて、家主である中年男性が姿をあらわした。

櫛《くし》もろくに入っていない乱れた髪、食べ滓《かす》が胸元にこびりついた皺《しわ》だらけのポロシャツ。薄黄色に濁った眼と、胃をやられた人間特有の酸味が強い口臭。

「一見するかぎりまともな人には見えませんでしたが、意外にも対応は普通だったんです。〝体が弱いもんで町内会にも顔を出せなくて申し訳ない〟なんて頭を下げられる始末で」

こちらの誤解だったのかな。一方的に疑って、申し訳ないことをしたな。

会話を交わしつつひそかに反省していた石口さんだったが、ふと、家の奥から猫らしき鳴き声が聞こえるのに気がついて我にかえった。

鳴き声は幾重にも重なって、さながら合唱のような様相を呈している。どう考えても、一匹や二匹のものとは思えない。

「ずいぶんたくさん、猫を飼ってらっしゃるんですね」

何気なく呟いた途端、こちらを見る家主の目がひとまわりも大きくなった。

「あんた何言ってるんだ、猫じゃねえよ」

ぼさつさまだよ。

何と答えて良いものか判断がつかず、石口さんは沈黙する。戸惑う様子を察した家主が奥に向かって「ねこだってよお」と笑いながら叫んだ。

声へ応えるように、小さな影が廊下の曲がり角から姿を見せる。瞬間、仲間のひとりが叫びながら走り出し、石口さんもアンケート用紙を放り出して逃げ出した。

以来、その家には近づいていないという。

「……えっ」

唐突な話の終わりに驚いた私は、彼に改めて訊ねる。

「いや、何があったんですか。なぜ猫を見てそんなに驚いたんですか。教えてくださいよ」

やや語気を荒げる私を見つめ、吐息をひとつ吐いてから、石口さんが口を開いた。

「……出てきた猫ね、人間そっくりの顔をしていたんですよ。面立ちがのっぺりと長くて、目鼻がすっとしていて……本当に仏像みたいでした。何をしたらあんな顔になるんだろう、その理由を知ってしまったらどうしようと思ったら、二度と行く気がしないんですよ」

小さな声で説明を終えると、石口さんは唇をきつく結んで身を震わせた。

佐原さんは、都内で獣医として活躍されている五十代の男性である。

職業柄、彼はこれまで何度となく犬猫の臨終に立ち会っている。何度味わっても慣れることのない、気が滅入る瞬間だよと佐原さんはため息をつく。

「長いこと獣医をしてるとね、ぱっと見ただけで〝あ、このコはもう駄目だろうな〟とか〝弱っているけれど命の灯は消えてないな〟とか、判るようになるんだよ。漂う空気が妙に軽いの。向こうに片足つっこんでいる感じ、とでも言うのかなあ」

しかし、そんな彼でもたった一度だけ、見立てを外した経験があるという。

数年前、一頭のチワワ犬が飼い主によって運びこまれてきた。

飼い主によれば散歩途中で何かを拾い食いした直後に昏倒したらしく、病院へ来たときには口の端から泡を吹いたまま、力なく眼を見開いている状態であったそうだ。

「犬嫌いの人間が置いた毒餌か、農薬や除草剤が付着した草を食べたんだろうと思った。

特に小型犬は身体が小さいぶん、少量でも重篤《じゅうとく》になるからね」

どう見ても助かりそうになかったが、佐原さんは諦めなかった。獣医としての使命感に加え、チワワ犬の醸し出す空気が死を目前にしたものではないと判断したためである。

ひと晩もちこたえれば、可能性が見えてくるかもしれないな。

「頑張れよ」とチワワに声をかけながら胃を洗浄する。内容物をあらかた吐き出させて、解毒剤を投与しようとした矢先、それまでうつろだった犬の眼が、大きく見開かれた。

「どうせまたころすんだよな」

体格からは考えられない野太い声をひとことだけ漏らすと、チワワは手足を力なく弛緩させて、そのまま二度と動かなくなった。

驚いて、チワワが見つめていた方向へ視線を向ける。

飼い主が、忌々《いまいま》しそうな表情でこちらを睨《にら》んでいた。哀しみや嘆きとは無縁の、悪事が露見した直後の罪人を思わせるまなざしであったという。

「あとになって獣医仲間から聞いたんだけれどさ、あの飼い主、以前から何種類もの犬を飼っていたらしいんだよ。どの犬も半年から一年で死んじゃって、そのたびに新しい犬を購入していたようなんだが……普通はそんなに都合良く死なないだろ。たぶん……」

そこで言葉を止めたまま、佐原さんはやりきれないという顔で首を振った。

次に来た時は追求してやろうと待ち構えているものの、その後飼い主は佐原さんの勤務する病院はもとより、近隣の動物病院にも、いっさい姿を見せていないそうである。

指摘

U君が中学生の頃の話だそうである。

ある放課後、彼は同級生のM君と自分の部屋で遊んでいた。

「彼とはクラスでも仲が良くてね。バンドでも組もうかなんて相談しながら、覚えたてのギターをかき鳴らしていたよ」

部屋には彼の妹と共有の二段ベッドが壁際に設《しつら》えてあり、友人のM君はその下段へ腰をおろして、入門書と睨《にら》めっこをしながらギターを爪弾いていた。当のU君は二段ベッドと対極に位置する窓のへりに座って、奮闘する友人を微笑《ほほえ》ましく眺めていたという。

と、ギターを弾く手を止めたM君が、おもむろに頭をあげてU君を見つめた。

「あのさ……変な話しても、怒らないかい」

てっきり恋愛相談でもはじまるのかと身を乗り出したU君を手で制すると、M君は顔を伏せてから、途切れ途切れに言葉を続けた。

「Uが座ってる窓の向こうに、大きな樹があるでしょ。そこに小さい男の子がいるんだよ。いつもこの部屋に来ると、じっと俺を見ながら〝あそぼ、あそぼ〟って睨むんだ。いやに白い身体《からだ》をした子でね。目がちょっと突き出ていてさ、ぺらぺらの頭がやけに大きいの」

唐突な告白に戸惑いつつ、U君はそろそろと後ろを振り返った。

M君の言うとおり窓向こうには庭があって、その真中には大きな欅《けやき》が一本生えている。曾祖父の代に植えられたという欅は幹も太く枝ぶりも見事で、確かに小さい子が立てるくらい太めの枝が、何本も左右に伸びている。

けれど、彼自身はそんなところに登っている子供など見た憶えはなかった。第一、塀で囲まれている自宅の庭である。おいそれと子供が侵入できるとは考え難い。

「何だよ。いきなり」

状況を把握できぬまま問い返したU君に「ごめんね」と小さく返し、M君が「どうして今、この話をしたと思う？」と言いながら、再び頭をあげた。

答えられるはずもなく、黙ったままのU君に向かってM君が指を、すっ、と向ける。

「今ね」

きみの肩に、その子がおんぶしてげらげら笑ってるんだよ。

思わず窓際から飛びあがって身を離した。

M君は膝を抱えて俯《うつむ》いたまま、何も答えない。詰問《きつもん》しようとベッドへ歩み寄った瞬間、菓子とコーラを盆に乗せた母親が部屋へ入ってきた。入れ替わるようにM君がベッドから身を起こし「今日は帰ります、お邪魔しました」と階段を下りはじめた。

釈然としなかったものの、呼びとめて訊ねるのも何となく憚《はばか》られ、結局その日はそれで終《しま》いになった。

「いつも大人しいMにしては妙なホラを吹いたなあ、なんて考えていたんですけれど」

夕餉《ゆうげ》の席でM君の奇妙な発言を口にしたところ、突然母親が涙を零《こぼ》しはじめた。

母親いわく、U君には兄がいたのだという。

「三歳の時、買い物に行ったの。ふと手を離した隙に飛び出して……トラックに、頭を」

隠していてごめんねと繰り返しながら、母は泣き続けた。

翌日、M君に昨晩の出来事を告げると「だから、頭がぺらぺらなんだ」と妙に納得した様子で頷《うなず》いたきり、以降卒業するまで二度とその話は口にしなかったそうだ。

実は、この話はU君ではなく、目撃者であるM君の妹さんより伺ったものである。

客観的な視点を描写するために、あえてU君の目線で書かせていただいた。

今回の掲載にあたり、妹さんを通じて当事者のM君（現在はとっくに成人しているのでMさんと称すべきか）に確認をとったところ、一文だけ返事を頂戴した。

「あの子、まだいるよ」

十円

二年ほど前、近県にあるバーのカウンターでたまたま隣に座ったJ子さんという女性が、私の職種を聞くや否や「そういえば」と語ってくださった話である。

彼女が小学五年生の頃に体験した出来事だそうだ。

当時、J子さんの学校ではご多分に漏れず「コックリさん」が流行していた。紙に五十音と鳥居を描き十円玉を走らせる手法は余所《よそ》と変わらない一般的なものだったが、彼女のクラスでは何故か独自の「ルール」が存在したという。

「コックリさんに使った十円玉は財布に戻しちゃいけない、って決められていたんです」

言いだしっぺが誰であったのか、今となってはもう定かではない。しかしそのルールはいつの間にか浸透し、教室内の全員がごく当たり前のものとして受け入れていたそうだ。

使用した十円玉はクラスメートの一人が持参したキャンディーの空き缶に入れられて、教室後方に据えられた掃除用具入れのロッカーに保管された。

「お賽銭《さいせん》みたいな感覚だったんだと思います」

コックリさんはなかなか廃《すた》れる兆しを見せず、キャンディー缶は年を越す頃になると、ずっしりと持ち重りがするほどになっていた。

季節は過ぎて、三学期の終わり。

C子さんたちの担任である女性教諭が、結婚を機に退職する事となった。

やがて、女子生徒から「花束を買って、先生にこっそり贈ろうよ」と意見が持ちあがる。とはいえ、小学生であるから小遣いなどたかが知れている。花代を一人いくら出すかで話し合いは紛糾し、しまいには「家が金持ちの誰々が全部出せ」「金のない奴は野道の花を摘んでこい」などと乱暴な意見まで飛び交いはじめた。

皆が資金捻出に頭を悩ませる中、男子の一人が「じゃあ、コックリさんで使った十円を使えばいいじゃん」と提案する。

「大丈夫だよ、コックリさんだってお祝い事なら怒らないって」

男子生徒の熱弁はまるで理屈になっていなかったが、自分の小遣いを使わなくて良いという魅力はクラス全員の心を動かし、満場一致で十円玉の使い途が決まった。

「いくら貯まってるかな。もしかしたら、花以外にも何かプレゼント買えるかもね」

「駄目だって、余った分は何かあった時のために残しとこうよ」

皮算用に夢中になっている男子生徒の前に、キャンディーの缶が運ばれてきた。

教卓へ置いた瞬間、重量感を伴った金属音が缶の中で、じゃら、と鳴る。

皆が息を呑んで見守る中、厳粛な手つきで女子が缶の蓋を開け、直後に絶叫した。

「うわあっ」

覗きこんでいた男子の一人が大声をあげて缶を突き飛ばす。横倒しになった缶から、騒々しい音を響かせて無数の硬貨が床に零《こぼ》れた。

曲がっていた。

十円玉の大半が「くの字」に捻れていた。

「ねえ……これって、怒ってるんじゃないの。使うなって言ってるんじゃないの」

一人の生徒が声を震わせながら呟く。答えられる者は、誰もいなかった。

「だ、大丈夫だって。お祝い事だぜ、怒る訳ないじゃん。ちょっと脅かしてるだけだよ」

床の十円を掻き集めながら、熱弁を振るっていた男子生徒がその場を取り繕《つくろ》う。

結局、男子と女子の間で多少悶着《もんちゃく》はあったものの、プレゼント代は折れ曲がった十円で何とかしようと男子一派が強引に決定し、缶を持ち去っていった。

「数日後、どんな手段を用いたのか知りませんが、彼らは無事に花束を購入してきました。その後はさしたる騒動もなく、離任式の日に担任へ花束を渡して、みんなで泣いて」

それきりです。

やや呆気ない幕切れに、私は肩すかしを食らっていた。

恐怖のあまり十円を何処《どこ》かへ埋めたとか、お寺に持参して供養したというのなら、まだ理解できる。話としても纏《まと》めやすい。

しかし使ってしまったなら、結局コックリさんも「怒り損」ではないのか。

「……それで、特に不思議な現象は起きなかったんですよね？　言いだしっぺの男の子が狐に憑かれたとか、立て続けに生徒が死んだとか学校が燃えたとか」

何とか恐怖の糸口を見つけようと不遜なたとえを並べる私を見つめ、あからさまに厭な顔をしたC子さんが、首を横に振る。

「何も起こってませんよ、学校は今もあるし同級生も皆元気だし退職した先生も」

あっ。

小さく声をひとつ漏らし、彼女が押し黙った。

唇に手をあてて「でも」「まさか」「嘘でしょ」などと零しながら何やら考えこんでいる。

一分ほど沈黙が流れた。いよいよ焦《じ》れた私が身を乗り出すのとほぼ同時に、C子さんが「関係あるかどうか解りませんが……」と、口を開いた。

「退職した先生からは、毎月手紙が届いていたんです。近況を記した便箋一枚と、季節の花を撮影した写真がかならず封入されていて。皆で楽しく閲覧していたんですが……」

いったん言い淀んでから、深々と呼吸して彼女が言葉を続けた。

「妊娠を報せる手紙が届いた、翌々月だったかな。いつものように届いた封筒には、真っ黒な写真が一枚と、メモの切れ端が入っているだけで。その千切れた紙に、たった一行」

《あかちゃんまがっていました》

「……手紙は、それを最後に届かなくなったと記憶しています」

やっぱり、関係あるんでしょうかね。

C子さんが縋《すが》るような目でこちらを見つめる。答えに窮した私は「同級生の方にもご連絡を取ってみてください、何か情報が手に入ったら一緒に調べましょう」と連絡先を交換するのが精一杯だった。


それから一年あまりが過ぎたものの、彼女から続報は入っていない。

この原稿を書くにあたり彼女に再度連絡を取ってみたものの、携帯電話の番号もメールアドレスも変わっており、消息を知る手がかりはすっかり無くなってしまった。

ポコ

「いかにも明治生まれの、無骨で寡黙な人でしたね」

　A子さんは祖父の思い出を、そんな台詞《せりふ》で語りはじめた。

　彼女が幼い頃というから、四半世紀以上も前の話になる。

　当時、彼女の祖父は同じ市内に古びた一軒家を借り、そこに独りで暮らしていた。祖母とは半ば別居状態であったが、見るかぎり不仲でもない二人が別々に暮らしている姿は、A子さんにとって不思議でならなかったそうだ。

「祖父は戦地から帰ってくるやいなや、その家を借りてひとりで暮らしはじめたそうです。父が子供の時分にはすでに別居していたけれど、理由は教えてくれなかったとの話でした」

　偏屈な祖父ではあったが、初孫であるA子さんだけはたいそう可愛がっていた。

　とは言っても、先述のとおり明治男である。溺愛などという概念自体がなかったのか、それとも単に不器用だったのか、時おりA子さんを家へ招いてはインスタントラーメンや缶詰、気が向けば駄菓子を食べさせるのが祖父にとって精一杯の愛情表現だったらしい。

「戦中の名残なのか保存食が大好きな人だったんです。一度や二度なら良いけど、毎回インスタントと缶詰なんでウンザリしちゃって。だから、祖父の家へ行くのは苦手でした」

そしてもうひとつ、彼女には祖父の家を厭う理由があった。

「いつもね……ポコちゃんがいるんです」


祖父は、男児の赤ん坊を模した人形に「ポコちゃん」と名づけて、一日の大半を過ごす居間に置いては、事ある毎に話しかけていた。

「ぞっとするほど精巧な人形でした。産毛《うぶげ》がちゃんと生えていたり唇に艶があったりと、細部が生々しくって。ずいぶん高い品だったと思いますよ」

彼（と呼んで良いのだろうか）の定位置である幼児用の小さな椅子の手前には、大店《おおだな》の商家で用いられるような朱塗の膳《ぜん》が据えられており、子供用の小さな食器一式とともに、お菓子やジュースがいつも山と積まれていた。

「行くたびにお菓子が違いましたから、日毎に交換していたみたいです」

当初、彼女は滅多に顔を見せない孫の代替品として、ポコちゃんを寵愛《ちょうあい》しているのだと思っていた。遠回しな自分に対する当てつけもあるのかな、とやや心苦しかったそうだ。

「あ、違うかもって感じたのは、小学校二年生の放課後でした」

その日、路地で縄跳びに興じていたA子さんは、祖父の家が近所であるのを思い出し「お菓子貰いに行こうよ」と、級友を誘う。

玄関の鍵は開いていたが、祖父はあいにくと留守だった。友人を誘った手前、このままでは帰り辛い。悩んでいた矢先、彼女はポコちゃんの膳から失敬すれば良いのだと閃いた。

級友に「待ってて」と言い残し、居間へ向かう。

薄暗がりに、普段と変わらぬ姿勢でポコちゃんが座っていた。

膳の上には相変わらず、ラムネ菓子やビスケットが山と積まれている。

ちょっと貰うだけだから。ね、ね。

ラムネ菓子をひとつまみとビスケットを二枚、ポケットに入れて家を出た。

「ところがその晩、祖父が物凄い剣幕で我が家に怒鳴《どな》りこんできて」

祖父はA子さんを見るやいなや「年下の子供からお菓子を盗むとは何事かっ」と叫ぶと思い切り頬を平手で打った。

「痛いよりも驚きで泣きましたよ。あれだけ大量にあったお菓子の一、二個を取ったのがどうしてバレたんだろうって。その頃からです……あの人形が何となく怖くなったのは」

叱られたのちも彼女はたびたび祖父の家へと招かれたが、訪れる頻度は日増しに少なくなっていった。

「行けば必ずポコちゃんを見る羽目になるでしょ。それが厭で避けてました」

そんなある日、彼女のお兄さんが急に腹痛を訴え、病院に担ぎこまれる騒ぎが起きた。診断結果は虫垂炎《ちゅうすいえん》。その日のうちに手術は無事成功したものの、入院した兄を看護するため、両親は病室に泊まる事になったのだという。

「アンタ、今夜はお爺ちゃんの家に泊まってちょうだい。一人だと不用心だから」

母からの電話にA子さんは必死で抵抗したが、そこは子供の事、納得させられるはずもなく、すぐに祖父の家へ向かうよう命じられてしまった。

しぶしぶ連絡を取り、彼女は祖父の家へと赴く。

憂鬱な彼女に対し、祖父は久しぶりの孫との邂逅《かいこう》に大喜びで、今日はお客様のつもりでゆっくりしていけなどと似合わぬ台詞《せりふ》を吐いた。

「でも、夕食はやっぱりインスタントラーメンと缶詰なんですけれどね」

味気ない夕餉《ゆうげ》の膳を二人で囲んでいると、ポコちゃんを傍らに座らせた祖父が「やはりA子は育ち盛りだなあ、ポコちゃんより食欲が旺盛だもの」と豪快に笑った。

普段なら曖昧《あいまい》に返すところだったが、その時は、無理やり連れてこられたという燻《くすぶ》った気持ちが思わず言葉となって飛び出した。

「バッカじゃないの。ポコちゃんってただのお人形さんじゃん」

祖父が微笑を浮かべたまま、固まる。怒られるか張り飛ばされるかと身をすくめていた彼女は、何やら様子がおかしいのに気がついた。

祖父から一切の表情が消えている。視線はA子さんのほうへ向いているが、何も見てはいない。口の中で念仏のようにぶつぶつ何かを呟いている。

ぞっとして箸を置いた途端、廊下で足を踏み鳴らすような音が響き、座卓が揺れた。

しばらく静寂が流れたのち、祖父が大きく息を吐いて「もう大丈夫だ」と小さく零《こぼ》す。

まなざしがそれ以上聞く事を拒んでいた。

「異様な緊張感の中で、黙って食べ終えてお風呂入って。で、祖父は早々にポコちゃんを連れて自分の寝室に戻ったんですけれど、私はなかなか寝つけなくって」

居間で黴臭《かびくさ》い布団にくるまりながら、何度も寝返りをうっては朝を待っていたという。

「明日になったらすぐに帰ろう、そればかり考えてました。そしたら」

とん、と襖《ふすま》の閉まる音が聞こえ、続けて廊下が、ぎい、と軋《きし》んだ。

お祖父ちゃんかな。まだ起きてるのかな。

ぼんやりと考えていたA子さんは、祖父の部屋が洋式のドアであるのを思い出す。では、この足音は。

思わず布団に潜りこんだ。

身体を丸め震えている間にも、廊下の軋む音は、畳を伝って布団の中へと届いた。

誰かが歩いている。

頭の中に、廊下へ立ち尽くす無表情なポコちゃんの姿が浮かぶ。

何度振り払おうとしても、想像は消えなかった。振り払おうとするたび、ポコちゃんはこちらへと近づいてきた。

耐えきれずに叫び声をあげる直前、襖の開く音が布団越しに聞こえた。

もう駄目だ、あの人形が来る。怒っているんだ。きっと怒っているんだ。

声を立てないように泣きながら、A子さんは祈った。

何に祈れば良いのか、何を祈れば良いのか解らないまま、手を合わせ続けた。

「それからどのくらい経ったものか……気がつくと、音が止んでいました」

布団に潜ったまま、千々に乱れる考えをゆっくりと纏《まと》めていく。

もし仮にポコちゃんが室内にいたとしても、所詮は赤ん坊大の人形である。

まさか牙が生えたり空を飛んだりするわけでもあるまいし、自分が全力で殴りかかれば勝てない道理はない。

大丈夫、単なる人形。単なる人形。

深呼吸をひとつしてから、思い切り布団を捲りあげて立ちあがる。

「……人形、いませんでした」

布団の前に正座した女が、こちらをぼんやり見つめていた。

骨に薄皮と眼球を貼りつけたような、馬のような顔をした女だったという。

女は口をもごもごと動かし、何かを延々と呟いている。目の焦点が合っていない。顔に感情の色がない。夕餉《ゆうげ》の席で見た、祖父の表情にそっくりだった。

「あなたあたらしいポコちゃんなの」

女がにかあっと笑った。

A子さんが叫んでいる間に、女の姿は消えていた。


「その後、祖父が死ぬまで一切あの家には近寄りませんでした。だからあの女の正体も、ポコちゃんが何であったのかも解らないんです。ただ……」

何かを言い淀んで、A子さんの表情が曇る。

「祖母によれば、祖父はどうやら戦地で祖母とは別な女性を妻として娶《めと》っていたらしいんです。たぶん、その人との間に、何かあったんだと思うんですが……真相は薮《やぶ》の中です」

彼女の祖父は十年ほど前に亡くなった。

葬儀のためにA子さん一家が久方ぶりに訪れた際には、家のどこにもポコちゃんは見あたらなかったという。

だからまだ、あの人形は誰かが持っている気がするんですよね。

そう漏らしたきり、A子さんは口を噤《つぐ》んだ。

リサ

「ポコ」を拝聴した翌日、私はアメリカ人の知人、ライアンより連絡を受ける。

前夜の席上に彼のパートナーである女性がいらしており、彼女より話を聞いてすぐさま電話をしてきた様子であった。

「ケン（本名に由来する私のニックネームである）、こういうのはお前のコレクションしているアメージングな話にカウントできるのか」

そんな質問とともに、流暢《りゅうちょう》な日本語で語ってくれたのが、以下の話である。怪異譚には万国を通じて共通する要素があるものだといたく感心したため、ここに記す。


彼の故郷は合衆国南部の小さな町である。

「実家は更に町のはずれにあった。アメリカ郊外の典型的な古い家屋だったよ」

家の屋根裏は物置部屋として使用されていた。クリスマスツリーや埃《ほこり》を被ったままのストレッチマシン、蹄鉄《ていてつ》や足の折れたベッドなどが雑多に詰めこまれていたという。

「日本人なら〝アンネ・フランクの部屋〟を想像してもらうのが解りやすいかもな」

そんな数々の品に混じって、物置部屋の奥に小さな箱が保管されている。

箱の中身は人形。「リサ」と呼ばれていた。

リサは十五インチ（およそ四十センチ）ほどの人形で、ライアンによると、気づいた時にはすでに父親の書斎に飾られていたという。

父親いわく値打ちもののアンティークらしいのだが、出所は父以外誰も知らなかった。

リサは頭と手足が木で出来ており、膝や肘、手首や指とあらゆる関節が曲がる仕組みになっていた。胴には綿が詰められており、強く押すと指が沈むほど柔らかかった。

「まあ、アメリカではよく見かける玩具、要は幼児用の〝オトモダチ〟だな」

一見して何の変哲もないこの人形が、ライアンはどうにも好きになれなかった。「顔の造りがアバウトなのに、表情がやけに生々しかった」のだという。

「いかにも素人が彫ったラフな目鼻立ち。左目と右目の位置も微妙にずれていたし、唇も笑う直前のように半端な開き方だった。そのくせ歯が奇麗に並んでいたり、耳にホクロがあったりと細部がやけにリアルでね。そのちぐはぐさが却って人間臭くて厭だったな」

加えて、お人形遊びとは無縁の男の子である。年に一、二度、掃除の際に触れる程度のつきあいだったという。

ある日、ライアンは二歳上の兄と物置を引っくり返して遊んでいた。

「今の子供ならニンテンドーだろうが、俺らの時はそんなものはないからね。シェリフと盗賊の戦い、日本で言うところの〝チャンバラ〟みたいな遊びに夢中だった」

やがて、遊びは捕虜を捕まえる場面へと突入する。話の流れでは捕虜が絞首刑にならなければいけないのだが、子供心にもそんな危険を冒す勇気はない。

「そうだ、アイツを使おうぜ。スタントパーソン（日本で言うスタントマンの事）だ」

ふと兄はそう叫んで、父の書斎からリサを抱えて戻ってきた。

ライアンが見守る中、兄はリサの首に荒縄を縛ると、物置部屋の梁《はり》へ縄をくぐらせ、リサと逆側の先端を掴んで一気に引きあげた。

摩擦音をあげて縄が梁をこする。床へうつ伏せていたリサの身体が跳ねあがり、梁《はり》にぶつかってから宙吊りになった。

兄はリサの身体を揺さぶり笑っていたが、ライアンはすでにこの遊びに醒めはじめていたという。

「だって、左右に揺れるリサの目が、絶えず俺を睨《にら》んでいるようにしか見えないんだよ」

どうやって兄を怒らせずに脱出しようか考えていると、階下から帰宅を報せる母の声が届いた。これ幸いとばかりにリサの脇をすり抜け、戸口へ駆け寄ってドアノブを掴む。

その瞬間、顔面を激痛が走った。

「兄貴によれば、リサが突然身をくねらせて俺の顔を蹴りあげたらしい。額をざっくりと切る大怪我でな、泣きわめく声に気づいて母親がやって来た。二人とも大目玉だよ」

不謹慎な遊びに激怒する母へ、涙目の兄が怪我の理由を告げる。

すべて聞き終える前に、母の顔から色が消えた。

「俺らをリビングへおろしたあと、オフクロは屋根裏部屋で何やらごそごそとやっていた。夜にオヤジが帰宅すると一緒に二階へのぼって、しばらく言い争いをしていたよ」

翌日、リサの姿は書斎から消えた。両親に聞いても「知らない」というばかりで、何も教えてはくれなかったという。

「……それから間もなく、オヤジの様子がおかしくなった」

食事をしていると急に周囲を見回して立ちあがる、ソファで転寝しながら突然苦しそうに唸《うな》りだす。家の前の路地に立ち、何かが来るのを待つように彼方を何時間も眺めている。そんな奇行が、たびたび見受けられるようになった。

父はその後、体調を壊して床に伏す事が増え、ライアンが日本へと渡る一半年ほど前に亡くなった。

葬儀から数日後。

父の遺品を整理していたライアンのもとへ、兄が近づいてきて「ちょっと来い」と囁いた。

向かった先は物置部屋。久しぶりに足を踏み入れた懐かしさに目を細める彼のもとへ、部屋の奥を漁っていた兄が、見た事のない箱を両手に近づいてきた。

顎《あご》で促されるまま蓋を開けると、中には藁《わら》くずに包まれた「リサ」の姿があった。

「この人形、こんなところにいたのか」

感慨深げにあの時の不思議な体験を話しはじめた彼の口を手で塞ぎ、兄が呟く。

「おかしいと思わないか。この人形、男の子だよな」

兄の言うとおり、服装や短く刈られた髪からして、リサは男児を模した人形に見える。

しかし、それがいったい何だというのか、何がおかしいというのだろうか。

言葉の意味をはかりかねて黙るライアンを見つめ、兄が再び口を開いた。

「リサって、女性につける名前だろ」

「あっ」

呆然とする様子を眺めていた兄が「オヤジの本棚の聖書に挟まっていた」と、ポケットから小さな紙切れを差し出す。

モノクロの写真だった。若い父と母、そしてその隣で微笑《ほほえ》む女性が写っていた。

写真の右隅に、走り書きのサインが残されている。

「Ｌｏｖｅ」という文字と「Ｍａ」のスペルは読めたが、続きは掠《かす》れて判読できなかった。

「この人が、リサなんじゃないか。人形の名前は、この女からとったんじゃないのか。オヤジは、この女と」

兄が口籠《くちごも》る。ライアンも、何も言わなかった。長い間、沈黙が流れた。

結局、人形はもとどおり物置の奥に箱詰めして収蔵された。写真も、聖書に挟んで棚に戻したという。

「オフクロに訊いても良かったんだが……何でだろう、そうしちゃいけない気がしてね。結局何も伝えなかった。それきり、そのままさ」


思いがけぬミステリーに興奮しながら、私は受話器越しにライアンへと訴えた。

「これは是非とも真相を究明すべきだ。人形の出所、リサの正体、父親が混乱した意味。そして母親は何か知っていたのか。何なら今度アメリカへ行って君の家を捜索――」

「ケン」

強い口調でライアンが私の言葉を遮《さえぎ》る。

「オフクロはまだあの家で人形と暮らしてるんだ、勘弁してくれ。ママが亡くなったら、その時にまた考えよう」

彼の懇願に、私はそれ以上の取材を一旦諦めた。

彼は今年の年末、いったん故郷へ帰る予定だという。

続報をお届けできるよう、願うばかりである。

捨島

九州のとある県で小料理屋を営む男性から、お聞きした話である。

彼が幼い頃、お祖父《じい》さんより聞いた出来事だという。

「祖父はAという離島の出身でしてね。まあ、九州の人間なら島名を知らん者はいませんー」

現在でこそ島内のキリシタン遺跡や新鮮な海の幸、イルカウォッチングなどを目当てに多くの観光客が訪れるA島だが、祖父が幼い頃は小さな漁村でしかなかったそうだ。

「魚を獲る以外は何もできんところだったと、繰り返し言っていました」

A島周辺には、数々の小島が連なっている。そのうちのひとつに「捨島《すてじま》」と地元民から密かに呼ばれている小島があった。ただし、捨てられるのはゴミや廃棄物ではなく、人間。

捨島は、ハンセン病や精神疾患に罹《かか》った人を隔離するための島だったのである。

「祖父が若い頃と言いますから昭和もはじめ、多くの誤解と差別と偏見があった時代です。島へ捨てられた人々は、粗雑な施設で身を寄せ合いながら暮らしていたと聞いています」

彼らに対する扱いは、島の名からも解るとおり、ほぼ「見殺し」同然だった。治療はおろか投薬や診察なども皆無。援助といえるのは、週に一度A島から漁船で運ばれるわずかな食料や日用品だけ。その受け渡し方法も、船着場とは名ばかりの桟橋《さんばし》へ荷を放り投げ、逃げるように立ち去るというお粗末なものだったらしい。

運び役は、地元の漁師たちが持ち回りでおこなっていた。

「遺族や国からの援助があったみたいです。まあ、漁業に頼るしかない暮らしの中では、貴重な定収入だったんだと思います」

彼の祖父も小遣い稼ぎのため、仲間の漁船に同乗しては幾度となく捨島を訪れていた。港も家もない、岩と薮《やぶ》ばかりの「悲しさ以外は何もない」島だったそうだ。

時おり波間に揺れる衣服らしき布切れを目撃し、砂浜にきっちりと揃えられたボロ靴を見つけた。ある時は、浜辺の木に隠れてこちらをじっと見る影と目が合ったが、どうして良いのか解らず、顔を伏せて船を出したという。

影は、痩せ細った幼い子供だった。遠目に、笑いながら手を振っていたように見えた。

「本当に悲しい島だったよと、いつも悔しそうな口調で言っていましたね」

捨島へ赴く際、乗組員は決まってひとつの約束事を船頭から言い含められた。

いわく「捨島の帰り道で誰かに呼ばれても、絶対に答えてはいけない」。初めて船に乗った時からしつこいくらい聞かされた台詞《せりふ》だったが、まだ若かった祖父は内心、その決まりに納得していなかったのだという。

いかに彼らが伝染病患者（当時ハンセン病は高確率で伝染すると頑《かたく》なに信じられていたのである）とはいえ、声をかけられた程度で伝染《うつ》るはずもない。そこまで邪険にせずとも良いではないかと、時代錯誤な考えにたいそう立腹していたらしい。

「そんな気持ちがあったからでしょうね。ある日の帰り、祖父は〝答えた〟んだそうです」

潮の香りが強い、曇天《どんてん》の夕方だった。

いつもどおり捨島へ荷を放って間もなく、A島へ戻る船の甲板で鈍色《にびいろ》の空を眺めていた祖父の耳に「おうい、おうい」と呼ぶ声が届いた。

周囲を確かめたが、口を開いている船乗りは誰もいない。見回している間にも「おうい」という声は絶え間なく続いている。風が強いため声の所在《ありか》は解らないが、どうやら浜から船へ向かって呼びかけているように聞こえた。

改めて船の中を見渡したものの、誰も耳をそばだてる素振りさえない。船頭などは頭を垂れて、甲板をじっと見つめている。

どいつもこいつも、わざと聞こえないふりなんかしやがって。

憤りにまかせ、祖父は何度目かの「おうい」という声に応え、「なんだい」と呟いた。

「この馬鹿っ」

突然、船頭がこちらへ駆け寄ってくるなり、祖父の横面を思い切り引っぱたいた。

「死にてえのかっ、決まりを破りやがって」

凄まじい剣幕で怒鳴《どな》りつけると、船頭はほかの船乗りに「早く持って来い」と苛立《いらだ》った口調で告げながら祖父の首根っこを掴み「お前はとっとと舳先《へさき》へ走れ」と背中を蹴った。

訳が解らぬまま舳先へ向かう。すれ違うように船員の一人が船尾へと走っていった。

腕組みをした船頭に指示されながら、船員が船のへりに沿って、拳ほどの白い塊《かたまり》を等間隔に並べはじめる。

祖父は狼狽しつつも、白い塊の正体を見極めようと目を凝らしたのだという。

「小さな、握り飯だったそうです」

何が起きているのか訊ねようとした瞬間、船が速度を速めて祖父は体勢を崩し、甲板に尻餅をついた。

何かから逃げるような船の速度。眉間《みけん》に皺《しわ》を寄せた船頭。沈黙の中に漂う緊迫した空気。

とても質問できるような雰囲気ではなく、呆然としたまま皆の動く様を見守るよりほかなかったそうだ。

薄汚れた船のへりに握り飯が左右へ綺麗に並べられていく。

三分ほどで十二個ほどの小さな握り飯が、船を飾るように置かれた。

「……開襟シャツのボタンみてえだな」

場違いな感想を小声で漏らした祖父の目前で、船尾に置かれた握り飯が左右同時に海へ姿を消し、小さく波音があがった。

米の糊《のり》が船べりに筋を作ったのを見て、祖父は「おやっ」と首を捻《ひね》る。

揺れた反動で落ちたのなら、船べりに米の跡は残らないのではないか。あれではまるで、船の外から誰かが握り飯を引きずったみたいではないか。

それに、振動で落ちたのなら左右ばらばらに落ちるはずだ。少なくとも片方は船内へと転がらなければ理屈に合わない。

訝《いぶか》しがっているうち、再び握り飯が左右あわせて海へ落ちた。今度は明瞭《はっき》りと、へりを這うようにずるずる引きこまれてゆくのが解った。

「何だこれ。何だよ、何なんだよこれ」

脅える祖父の口を、船頭の 掌《てのひら》が塞ぐ。粗削《あらけず》りな岩に似た感触の手だった。

「喋るな、まだ抜けてねえ」

台詞と同時に手前の握り飯が平らにひしゃげ、海へ攫《さら》われていく。拳を叩きつけたような潰れ方だった。

あきらかに、握り飯を奪っている「何か」は憤《いきどお》っているのだと理解した。

叫ぼうとしたが、喉の奥がぴんと突っ張って言葉が出ない。立ち上がろうにも腰も腕も震えが止まらず、動く事もままならない。ふと周囲を見れば、何かから逃げるように船員すべてが舳先に身を寄せて集まっている。

船頭が念仏を唱えているのに気がついた瞬間、祖父は死を覚悟したという。

「残り、四つか」

誰かが囁く。目の前の握り飯ふたつが、水の中へ落としたようにばらばらと崩れた。

船べりに散らばった米粒が、指先で掻き集められるように音もなく海へと落ちていく。

握り飯は、残りふたつになっていた。

「祖父も思わず、うろ覚えの念仏を唱えたそうです」

目を瞑《つむ》り、両手をあわせて拝み倒しながら一心に経を読んだ。頬を叩く潮風がいっそう強くなる。空気が湿り気を帯びて重くなる。誰か乗りこんだかのように船がわずかに沈み、甲板が軋《きし》む音が聞こえた。何も考えぬよう努め、ひたすら経を唱え続けた。

どれほど時間が経ったものか、「抜けたぞ」という船頭の声で我に返った。

目を開けた先には、いつもどおりの穏やかな海が広がっている。

捨島はすでに黒い点になっていた。

波に洗われた所為《せい》か船内には米粒ひとつ見あたらなかったが、指のような跡がうっすら船べりに残っていた。

今のは何だったんだ。本当に起きた事なのか。

へたりこんだまま呟《つぶや》く祖父の肩へ手を寄せて、船頭が「もう大丈夫だよ」と口を開く。

「名前からして捨島だ。餓死した者や海に入って自死した者も大勢いる。アレは、そんな奴らの成れの果てだ。可哀想だが答えちまったが最後、こっちが持って逝かれる。だから返事の代わりに握り飯を置いて、時間稼ぎをするんだよ」

一気に言い終えると船頭は静かに目を閉じ、島に向かって手を合わせた。

「それから間もなく、祖父は船を降りて内地へ引っ越したそうです。その理由を、祖父は決まって話の最後に漏らしていました」

救えないのに島で暮らすのが、堪えられなかったんだそうです。

話者のお祖父さまは数年前、癌で亡くなった。

葬式の席上、逞《たくま》しい体躯《たいく》をした老人数名が「昔の馴染《なじ》みです」と弔問に訪れたそうだが、あの島の関係者かどうかは聞きそびれてしまったという。

A島は前述したとおり、現在は観光地として季節を問わず賑わっている。

捨島の事を知っているものは、現地の人間でもほとんど居なくなってしまったそうだ。

箪笥

主婦の高坂さんが新婚間もない頃というから、四十年ほど前の話になる。

当時、彼女は旦那さんと二人、安普請《やすぶしん》のアパートで慎ましやかな暮らしをおくっていた。

だが、住めば都とは云うものの、裸電球ひとつきりの薄暗い廊下や、絶えず悪臭が漂う共同便所、足が沈む腐りかけの畳に隣室の鼾《いびき》が筒抜けになる薄っぺらい壁では、どれほど工夫を凝らしたところで快適な生活など望めない。

いつかは大きな家に引っ越したいね。それが夫婦二人の合言葉になっていたという。


ある夜、高坂さんは不思議な夢を見た。

夢のなかで、彼女は見知らぬ部屋の中に立っている。部屋はたいそう冥《くら》く、腰から下は闇にぬるりと溶けて窺《うかが》えない。足裏の感触と鼻に届く青臭さで、どうやら自分は畳の上に居るらしいと知れた。目の前の真っ暗な空間に、ぼつりと瘡蓋《かさぶた》のような白い光が見える。思わず手を伸ばし触れてみると、襖《ふすま》に指で穴を空けた跡のようだと判明した。思いきって開け放った襖向こうには、合わせ鏡のように畳敷きの和室が延々と連なっている。随分と細長い家なのか、それともよほど広いのか。見えない何かへ急《せ》き立てられるように奥へと進んだ。部屋はどれも似通った造りで、どうにもこうにも陰気さが拭えない。障子戸から光が射しているはずなのに、何かに遮《さえぎ》られているのではと訝《いぶか》しむほど全体が翳《かげ》っている。室内はがらんとしていて誰かが暮らしているような気配は何処《どこ》にも見あたらず、さながら墓地でも歩いているような寂しさに襲われた。押し入れとおぼしき襖はみな赤茶けている。畳は歩を進めるごと水を含んだようにぶよぶよと柔らかくなって、たいそう気持ちが悪い。欄間《らんま》の彫り物は造りが粗雑な所為《せい》で、雲のようにも蛇のようにも黒髪のようにも見えた。

　息もつけぬまま闇雲《やみくも》に進んでいるうち、やがて行き止まりの部屋へと突きあたった。掛軸はおろか壺や香炉すら飾られていない床の間をぼんやり見つめていると、部屋の隅でがたがたがたと何かを揺する音が聞こえた。音の方角へ向けた視線の先には、一棹《さお》の古めかしい衣装箪笥が置かれている。光の加減なのか、衣装箪笥の周囲はいちだんと冥《くら》い。まるで此処《ここ》から部屋全体に闇が滲《にじ》み出しているような心持さえする。思わず後じさったと同時に箪笥が左右に大きく揺れた。引手金具が鳴る。振動で引き出しが震えながら開いていく。観音開きの扉がゆっくりと開き、黒い大きな塊《かたまり》がずるりと這い出てきたところで、目が覚めた。

寝汗を拭って身体を起こす。

隣の布団で寝ていた夫が、心配そうな表情を浮かべながら「大丈夫か」と訊ねてきた。夢の話をしようと思ったが、口の中が乾ききっているのか、どうにも上手く喋ることができない。掌を夫へ向けて「待って」と身振りで伝えてから、息を整える。

やがて呼吸が落ち着いてくると、先ほどの夢がなんだか馬鹿馬鹿しいものに思われてきた。怖かったのは事実だが、べつだん鬼が出たわけでも殺されたわけでもなく、上手く説明できるとも思えない。それに見知らぬ家の話などすれば、引っ越しを暗に催促していると思われて諍《いさか》いの種にならないとも限らない。結局、妙な夢を見たとだけ云って、その日は再び床に就いた。


それから数日が過ぎた、ある昼下がり。高坂さんのもとへ一本の電話が入る。

電話の主は、アパートからほどなく近い駅前に老舗《しにせ》の青果店を構える彼女の父親だった。季節の果物でも送る報せかと軽口を叩く娘に、父親が「お前、引っ越さないか」と告げる。

何でも知りあいの家で主人が急逝し、高齢の未亡人から「独りで暮らしていると寂しくて叶わない。空き部屋はあるのだが、間借りしてくれる人間に心あたりはないか」と、相談を受けたのだという。ならば娘夫婦がおあつらえ向きだと父親は提案し、当人たちの知らぬところで話を進めてしまっていたのだそうだ。

「家賃は要らないなんて願ってもない話だ。引っ越しの日取りだけ決めときなさい」

強引に話をまとめると、父親はとりつくしまもなく電話を切ってしまった。

突然のことに驚きはしたが、無料で今より広い場所に暮らせるとなれば悪い話ではない。先達《せんだつ》ての夢も、おおかた不衛生なアパートへの不満があのような形で噴出したのだろう、ならばこれを機に転居せよとのお告げとも受け取れはしまいか。

そんな考えに至った彼女は、さっそく夫に父からの言伝《ことづて》を知らせる。むろん夫も不満はない。その場で引っ越しの日時を相談し、ひと月後にここを引き払おうと話がまとまった。

一ヶ月後。

高坂さん夫婦を乗せた軽トラックは、父の車に先導されて転居先へと向かっていた。

新しい生活に希望は膨らみ、交わす言葉も軽やかになる。夫の仕事が多忙だったために前もって新居を見られなかったのだけは心残りだったが、それでも昨日まで暮らしていた安普請の四畳間より悪辣《あくらつ》な環境があるとは考え難い。

家具のひとつも増やそうかと、明るい相談に車中は盛りあがっていたという。

市街地からわずかに外れた一角で、父の車はエンジンを停めた。助手席を降りて辺りを見回すと、江戸時代の藩主宅を思わせる風情に満ちた邸宅が目に飛びこんできた。

「ここだよ」

父の言葉に驚いている夫婦を、高齢の女性が出迎えた。老女は自分がこの江戸から続く名家の当主であること、父に話したとおり半年ほど前にとある事故で連れ合いを亡くし、独り暮らしであることなどを滔々と述べた。

「ですから、是非ご一緒に住んでいただけますと心強いのです」

ひととおりの説明を終えると、老女は門扉を開けて二人を敷地へと招き入れた。

枝ぶりも見事な五葉松に、庭の門番然とした佇まいの巨《おお》きな石灯籠。屋根に波打つ瓦はすこぶる厚く見るからに高級で、大正硝子《ガラス》が嵌《は》めこまれた玄関口は品格に溢れている。

やや時代錯誤な造りではあるものの、邸宅の素晴らしさは身に余るものがあった。

ここで暮らせるのか。ここで生活できるのか。

夢のようじゃないか。

思いもかけぬ幸運にはしゃぐ気持ちは、室内へ足を踏み出したと同時に、消え失せた。

長い廊下の先に、見おぼえのある襖が続いていた。襖を開け放った先の和室はひたすら冥く、昼とは思えぬほどに闇が濃い。

出鱈目《でたらめ》な彫り物の欄間、薄く錆色に変色した押し入れの襖、水気を吸って撓《たわ》んだ畳。

夢のままじゃないか。

息を呑む彼女を置き去りに、夫と父親は老女に促されるまま襖で仕切られた部屋を奥へ奥へと歩いていく。膝が抜けそうになるのを堪えながら、慌てて皆の背中を追いかけた。

辿り着いた先は、突きあたりの和室だった。部屋に見惚れる父と夫へ、老女が説明を続けている。

「こちらが、ご夫妻にお貸しする部屋になります」

頷く父たちをよそに、高坂さんはおそるおそる部屋のなかを見渡した。

床の間は夢と寸分違わず、飾り気ひとつないままに捨て置かれている。ほかの和室よりいっそう冥いのも、夢で見たままだった。

ならば、あれも此処に在るのか。首を巡らせて、部屋の隅を確かめる。

衣装箪笥が、置かれていた。

思わず身を引いた拍子に背中が床柱へ触れ、部屋が軽く傾いで、箪笥がちいさく揺れた。引手金具が鳴る。かちりと留め具が外れる音がして、観音開きの扉がわずかに開く。

「どうなさったの、お加減でも悪いのかしら」

顔中に汗を浮かせた高坂さんへ、老女がやさしく訊ねた。空が曇ったのか、障子越しの光が、す、と落ちる。箪笥がいっそう翳って、黒御影で拵《こしら》えた墓石のような色になった。疑問が胸の奥から湧きあがる。訊いてはいけないと思いながらも、唇が止まらない。

「おくさま」

震える声に、老女の顔から笑顔が消えた。

「このお部屋、前はどなたが使っていらしたんですか」

戸惑う父と夫を置いてけぼりにして、老女へと向き直る。

「もしかして、旦那さまのお部屋だったのではないんですか。旦那さまは、このお部屋で亡くなられたんじゃないんですか」

何と応えるべきか迷っているのだろう、老女が視線を床に落とした。

その先を訊ねたくない、答えを聞きたくないと思いつつ、高坂さんは喋り続ける。

「旦那さまは箪笥のなかで死んでいたのではないですか」

言いきったと同時に、がた、という音が部屋中に響いた。怯えたまなざしで部屋の隅を見つめてから、老女は高坂さんを見据え、ゆっくり頷いた。

「自殺でした」

老女は項垂《うなだ》れながら、夫は精神を病んだあげく箪笥に潜りこんで自死したのだと告白し、秘密にしていたことを詫びた。

「正直にお話しても敬遠されると思ったんです……どうか許してください」

それ以上、くわしく訊ける雰囲気ではなかった。状況が呑みこめないまま狼狽《うろた》えている父と夫を促し、高坂さんは邸宅をあとにする。転居は、なし崩しにご破算となった。

「……でも、せっかく豪邸暮らしのチャンスだったのに、ちょっと勿体ない気がしますね。僕なら試しに二、三日住んだかもしれません」

話を聞き終え、私は高坂さんへ軽口まじりの言葉をかける。あまりに不穏な話であったため、何とかすこしでもこの場を明るくしたかったのだ。そんなこちらの思惑を知ってか知らずか、彼女は深々とため息を吐いて首を横に振った。

「あくまで勘なんですけれど……あれ、単なる自殺じゃないと思うんです」

意外な言葉に、笑顔が固まる。

「もし旦那さんが自殺しただけなら、あんな警告みたいな夢、見ないと思うんです。あのお屋敷全体の異様な暗さ、何もない部屋、別な生き物がどこかに居るような空気……」

推測ですけれど、旦那さんは何かの生《い》け贄《にえ》になったんじゃないかしら。

穏やかな佇まいからは想像もできない単語に驚きつつ、どうにかして和やかな雰囲気を作り出すべく、私は更に口を開いた。

「でも、お話を聞いていると、当主の女性も何だか可哀想ですね。旦那さんを家に奪われ、ようやく同居できると思った方にも真実を暴かれちゃって」

結論めいた台詞に頷くとばかり思っていた高坂さんの表情が、険しいものに変わる。

「違います。あの人……たぶん私たちを旦那さんの次の生け贄にするつもりだったんだと思います。だって私たちが玄関を出るとき、彼女」

舌打ちしながら「ちくしょう」って云ったんですもの。

彼女が転居を取りやめてから、四十年あまりが過ぎた。

家は現在もそこにある。

一度ちらりと見かけた当主は、あの頃とほとんど変わらない容姿であったという。

神隠

ある村で、こんな話を聞いた。

ずいぶん昔の話とだけ教えられたので、いつのことかは解らない。戦後なのか戦前か、あるいはそれよりずっと前なのかもしれない。

神隠しが、あったのだという。


消えたのは六歳になる女の子だった。

ある秋の夕暮れ、女の子は友人数名と田んぼの畦《あぜ》で遊んでいた。彼女らがどんな遊びをしていたのかは定かではない。鬼ごっこか、もしくはその時代に流行《はや》っていたなにかかもしれない。ともかく、西日の照らすなかを子供たちは楽しく駆け回っていた。

女の子が輪のなかにいないと気がついたのは、年長の男の子だった。

しかし、帰る姿を見た記憶はない。第一、遊んでいるのはすでに稲穂を刈り終えた田で、あたりに視界を遮《さえぎ》るような草木もないのだから、誰かが帰ればすぐに気がつくはずである。

もっとも、そのときは男の子も然《さ》して気に留めなかったようだ。たまたま見落としたのだろうと思い、やがて陽が沈んだのを見て家路へ走ったという。

騒ぎになったのは、その夜である。女の子の母親が、いっこうに戻らぬ我が子の行方を求めて村じゅうの家を訪ねてまわったのだ。話を聞いた大人たちは松明《たいまつ》やカンテラを手に林や川原をくまなく捜索したが、夜が明けても女の子は見つからなかった。一日が過ぎ、二日が経ち、三日目を迎えても結果は同じだった。

途方にくれた大人たちは、唯一の手がかりである子供らに改めて話を聞くことにした。先述の男の子の話は、その際のものである。しかし、有力な手がかりはなかった。大半の子供たちは男の子と同様、「気がついたら居なくなっていた」と繰りかえすばかりであったからだ。

ただひとりを除いて。


「かみさまのところへ、いくのを見たぞ」

そう告げたのは、五歳になる男児であった。

男児によれば、それまで隣を笑いながら走っていた女の子が、ふいに立ち止まったかと思うと地面へ顔を向け、空中へ真横に浮かんだのだそうだ。要は、田んぼに対して平行になったというのだ。

女の子は、驚く男児をちらりと見遣《みや》ってから「かみさま」と呟くや、なにもない空間を走りながら地面へぶつかり、そのまま吸いこまれるように姿を消したのだ、という。

「かみさまが、つれてった」

男児はそう繰りかえして、微笑《ほほえ》んだ。

もっとも、大人はこの話をまるで信じなかった。かねてより、男児は精神にやや薄弱なところがあると思われていたからだ。

確かに、女の子が行方不明になったのを「神隠しだ」と宣《のたま》う人間は少なからず存在した。村では前年、神社の参道と畦の一部を切り崩し、新しい水路を引いていた。それが怒りにふれたのではないか、というのが「神隠し」派の言い分であったようだ。

「馬鹿馬鹿しい、神隠しなら神社が相場と決まっておる。辻褄があわんだろう」

「そうだそうだ。村はずれに鎮守様があるのに、なんで田んぼで消えるんだ」

「おおかた、神隠しだと騒いでおったのを聞いて、あの坊主が夢と現《うつつ》を取り違えたのだ」

村人の多くは、そのように結論づけた。

とはいえ、女の子が見つからないのに変わりはない。行方知れずになってから七日目の早朝、皆はそれまで立ち入らなかった裏山の頂付近へと捜索範囲を広げる。

子供の足ではとうてい行けるはずのない場所である。だが、もし誰かに攫《さら》われたのだとしたら、犯人ともども山奥へ潜んでいる可能性も否めない。

最悪の結果を迎えぬよう祈りつつ、男衆は鉈《なた》や鉞《まさかり》を手に山へ向かった。

蔦《つた》を斬り落とし、薮《やぶ》を漕ぎながら山頂を目指す。あたりをつぶさに調べてまわったが、誰かが立ち入ったような形跡は何処《どこ》にも見あたらなかった。

「獣道より酷《ひど》いぞ」

「やはり、此処《ここ》までは来ていないのではないか」

「ともかく山頂まで行ってみよう」

男衆は声を掛け合いながら、山を進んだ。ようやく山頂へ辿り着く頃には、すでに陽がずいぶん高くなっていたという。

予想したとおり、頂に人の姿はなかった。

打つ手なしか。

がっくりと全員が項垂《うなだ》れていた、その最中だった。

「おい」

ひとりの男衆が、眼下に見える村を指さした。なにごとかと集まってきた人々が、男の示した方角へ目を向けるなり「おお」「ああ」と声を漏らす。

真下に広がっているのは、女の子が消えたとされる一面の田畑だった。

田畑の周囲は水路のために周辺が削られている。本来なら碁盤の目であるはずの畦道《あぜみち》は、歪な形に変わっていた。

上下左右に長く伸びた二本の道。それらが交差して、「井」という漢字によく似た形状を作っている。

正確には、「井」ではなかった。二本の縦線が上に突き抜けていない。

开だった。

田んぼは、神社で見かける鳥居にそっくりな形をしていたのである。

「だから、地面に走って消えたのか」

誰かが漏らしたその言葉に、まわりの男衆は静かに頷《うなず》いたそうである。

案の定、現在に至るまで女の子は見つかっていない。

ずいぶんと昔、東北のある山村で起こった出来事と聞いている。

鬼靴

東北のとある大都市にお住まいの、Sさんという女性からうかがった話である。
彼女がまだ小学生の時分に体験した出来事だという。

Sさんの学校では夏休みにOというリゾート地でキャンプをおこなうのが恒例となっていた。県境の温泉街からほど近いOは、ゴルフ場やスキー場などの娯楽施設も併設されている、(彼女の言葉を借りれば)「バブル」の香りが漂う場所であったそうだ。
「でも、私自身は其処《そこ》があまり好きではなかったんですよ。妙に無機質というか、生えている草木なんかも造りものっぽい印象があって……でも、一番の理由は〝名前〟ですかね」

リゾート地の名前には「鬼」という文字が使われていた。なんでもその昔、この土地を治めていた「鬼」と呼ばれる豪族が時の将軍に首を刎《は》ねられたのだという。落ちた頭部は空を飛び、この地にあった巨岩へと噛みついたのだそうだ。以来、此処は「鬼」を冠する名前になったのだと伝えられている。

そこから派生したのか、このあたり一帯には鬼の伝説が数多く残されていた。人を喰う、娘を攫《さら》う、村を襲う……伝説はいずれも恐ろしげなものばかりだった。

「毎年キャンプ場へ到着する前に、ガイドさんが声色を変えて説明をしてくれるんです。みんなはキャアキャア騒いでいましたが、私はそういう話が大嫌いで大嫌いで……なので、現地に着くころには心身ともにグッタリしちゃうのが常だったんですよ。まあ、もともと虚弱体質だったのもあるんでしょうけどね」

その年も例に漏れず、バスを降りたときにはすでに疲労感が身を包んでいた。

鬱蒼《うっそう》と茂った木々の隙間から空が見える。ガラス片のような透《す》いた明るさが、かえって林の暗さを引きたてているように思えた。木陰が多い所為《せい》だろうか、土がやけに湿っぽい。

周囲には知らない虫の鳴き声に混じって、傍らを流れる川の轟《とどろ》きが絶えず反響していた。清々《すがすが》しさとはほど遠い、野獣の唸《うな》り声にしか聞こえない響きだったという。

「あいかわらず気味が悪いなあと思ったんですが……それでも、そこは子供ですからね。テントを設置して豚汁を班ごとに作って、なんて色々やっているうちに気分も落ち着いてきたんです。いつもなら、帰りのバスに乗るまでほとんど動けないのに」

今年は、なんとか大丈夫そうだな。

と、我が身に安堵していたSさんの目に、昼食を食べ終えて周囲を駆けまわる同級生の姿が飛びこんできた。芝生を走りながら笑いあう姿を眺めるうち、彼女はじっとしている自分がとても損をしているような心持になったのだそうだ。

「まぜて」

小声でおそるおそる呼びかけてみたものの、はしゃいでいる同級生の耳には届かない。彼女たちは見る間に、川のある方角へと消えてしまった。

慌ててあとを追いかける。

「学校でもみんなの輪に混ざって遊ぶことは少なかったので……いままでのぶんを今日で取り返さなきゃ、そんな焦りがあったのかもしれません」


ようやく同級生らの姿を発見したのは、炊飯をおこなっていた場所から百メートルほど離れている、車道と隣接したキャンプ場の外れだった。

草むらと車道の間には幅三十センチほどの側溝が敷かれ、水がちょろちょろ流れている。同級生らは、その上をジャンプして何度も跨《また》いでいた。どうやら、度胸だめし的な遊びの一環らしい。

仲間にいれて、くれるかな。

はしゃいでいる同級生の輪へ、おずおずと近づく。と、数メートルまで迫ったあたりでひとりがSさんを発見するや、笑顔を浮かべて大きく手招きをした。

「あたしもやる！」

歓迎された喜びに、思わず顔が綻ぶ。彼女は勢いよく駆けだすと、同級生たちのもとへ向かって側溝を大きく飛び越えた。

つもりだった。

「え」

Sさんが側溝の真上を飛び越えようとしたその瞬間、誰かが足首を摑んだような感触が走った。驚きと同時に身体が真下へ、がくん、と引っ張られる。空中で体勢を崩したまま、彼女は側溝へと勢いよく落下した。

水音に驚いた同級生が次々に駆けよってくる。幸いにも側溝の幅は狭く、さして深くもなかったために、彼女は右足首から下を水に浸けただけで済んだ。

「だいじょうぶ？」

「怪我してない？」

友人たちの声に、「へへ、失敗しちゃった」と照れ笑いで誤摩化《ごまか》しながら右足を引き抜く。

「あれ」

靴がなかった。

履いていたはずのスニーカーが、足からすっぽりと消失している。

「……流されちゃったのかな」

「でも、そんなに水ないじゃん」

「じゃあ、草っぱらに飛んだんじゃないの」

それからおよそ三十分あまり、Sさんは同級生らと手分けして靴を捜索した。

側溝の底、水の流れた先、草むらの陰……めぼしい場所をくまなく確かめてみたものの、靴の痕跡さえ見あたらなかったという。

「どうしよう、なんで無いの……」

半泣きのSさんを同級生が慰める。と、ひとりがぽつりと漏らした。

「もしかして、此処《ここ》に住む鬼が持っていたんだったりして……」

「馬鹿じゃないの、もっと真剣に考えなよ」

「なんで鬼が靴なんか盗むのよ。単なる泥棒じゃん」

同級生の仮説はさんざんな言われようだったが、Sさんだけはその言葉に震えていた。

「ただでさえ毎年ここにくるたび怖い思いをしているのに、なんで靴まで盗《と》られるのって。元気になってはしゃいでいたから、鬼が怒ったのかな……なんて妄想までしていました」

結局、彼女はキャンプ場にあったスリッパを履いて、帰りのバスへ乗る羽目になった。

「気を使ったバスガイドさんが慰めるつもりで〝大丈夫、ここの鬼は優しいって話だから。ちょっと悪戯《いたずら》しただけで、そのうち返してくれるわ〟と言ってくれたんですが……却って恐ろしかったですよ。恐ろしい形相をした鬼を想像して、絶望的な気分になりましたね」

お気に入りの靴だったのに、もう見つからないのかな。

そんな溜息まじりの嘆きは、翌春に覆《くつがえ》される。


「ちょっと、コレどういうことよッ」

キャンプからおよそ八ヶ月が過ぎた、春のはじめ。Sさんは玄関先から叫ぶ母親の声で目を覚ました。

「ちょうど春休みだったので、寝坊が癖になっていて。寝床でウトウトしていたんです」

寝ぼけ眼をこすりつつ玄関まで向かうと、母親が薄汚れたかたまりを手に憤怒の形相で立ち尽くしている。

「お母さんね、いま町内会のドブさらいしてたの。そしたらコレが見つかったんだけど。キャンプ場で無くしたとか言って、本当は新しいのが欲しくて棄てたんでしょッ」

激昂に驚きながら、Sさんは母親の手許をしげしげと眺めた。

「あっ」

靴だった。

泥だらけではあったものの、キャンプ場で忽然《こつぜん》と消えた彼女の靴に間違いなかった。

「靴紐をもともと付属していたものから大好きな水色のものに交換していたんです。間違えようがありません」

あのキャンプ場から彼女の家まで、距離はおよそ六十キロ。付近を流れる河川の動きを考えても、辿り着くはずがなかった。

ふと、バスガイドの言葉が頭をよぎる。

ここの鬼は、優しいから。

そのうち返してくれるから。

「……本当だったんだ」

そろそろと母親に近づき、靴へ手を伸ばした。

絵本でよく見かける、柔和な笑顔の鬼が頭のなかに浮かんだ。どこか寂しげな表情が、友達の輪に入れない自分と重なったという。

ごめんね、やたらに怖がって。

まざりたかっただけなんだよね。

「あそんであげれば、よかったな」

そっと呟いて靴を受けとると、Sさんは指先で泥をぬぐった。

「……え？」

形がおかしい。

靴が、まるで固く絞った雑巾《ぞうきん》のように捻《ねじ》れ、渦を巻いている。

なんだ、これは。

沸きあがる不安を堪えながら、めいっぱい力をこめて靴の形を戻す。なんとか「それ」らしい形状になったと同時に、靴先から数個のちいさな欠片《かけら》が零《こぼ》れてきた。

骨だった。

粉々になった小動物の骨だった。

「……どうして靴が戻ってきたのか、そして捻れた形状や詰めこまれた骨にどんな意味があったのか……当然ですがなにも解りませんでした。でも、なんとなく直感したんですよ。あれは、優しい悪戯なんかじゃなくて」

もう来るなという警告なんじゃないかって。

その後、Sさんは小学校を卒業するまでの間、腹痛や法事と嘘をつき続け、キャンプに一度も参加しなかった。
大人になった今でも、あの場所には立ち寄る気がしないそうだ。

塩彼

「はじめてカレシができたんですよ。大学一年のときでした」

Dさんが当時かよっていたのは、東北でも有数の国立大学だった。キャンパスは市内のあちらこちらに分かれており、別な学部の生徒と会う機会は少なかったらしい。

「そんな数少ない《機会》が新歓コンパなんです。サークル主催とか学部別とかいろいろありましたけど、なかにはコンパ主催を目的としたグループもあって。私が参加したのはそのうちのひとつでした。そこで、彼に出会ったんです」

彼の名前はヤスユキさん。寡黙《かもく》な佇《たたず》まいが印象的な、東京出身の青年だった。

「そのコンパにいた他の男子は、先輩も同輩もなんかチャラくて。でも、彼だけは知的な雰囲気だったんです。顔立ちもけっこう美形で、気づいたら話しこんでいました」

若いふたりのこと、交際に発展するまでそれほど時間はかからなかったという。

やがて、Dさんはヤスユキさんのアパートに入り浸り、そこから通学するようになった。いわゆる半同棲である。

「学部が違うから、キャンパスでは会えないでしょ。自然とそうなった感じです」

彼との暮らしは幸せだった。他愛のないお喋りも、いつもヤスユキさんが一方的に勝つテレビゲームも、そして彼女にとってはじめての経験である身体《からだ》のコミュニケーションも、すべてが満ち足りた時間であったという。

「このまま結婚するのかもな……なんて当時は思っていました」

甘かったですね。

幸福に翳《かげ》りが見えはじめたのは、交際から三ヶ月ほどが過ぎたある夜だった。

「彼のバイトが遅番の日だったんです。それで私、夕食の買い物を頼まれたんですけれど、うっかりお塩の袋を買い忘れたのに帰り道で気づいちゃって」

自分の粗忽《そこつ》さに呆れながら、Dさんは彼の部屋へ着いた。

「ところがね、台所の小瓶を見たら、お塩が三分の一くらい残っているんです。なんだ、このくらいあればお料理できるじゃん、ってホッとしていたんですが……」

帰宅したヤスユキさんは、塩を買い忘れたと知るや彼女を猛烈な勢いで責めはじめた。普段の物静かな様子が信じられないほどの激昂であったという。

ところが、その叱責の内容がどうにもおかしい。

「これじゃあお風呂に入れないじゃん、って言うんですよ。意味不明でしょ」

彼を宥《なだ》めながらDさんが根気強く理由を訊ねるうち、驚くべき事実が判明した。

ヤスユキさんは入浴のたびに、浴槽へ大量の塩を投入していたというのである。それも健康や美容のためではない。

「除霊なんですって」

彼によれば、「自分は〝視える〟体質なので、霊が救いを求めてウヨウヨ集まってくる。だから、それを浄化するには塩風呂が欠かせない」のだそうだ。

結局、その日は「バイト帰りでキツいのに憑かれたから動けない」という彼の意見を尊重し、Dさんがコンビニへ急いで塩を買いに出かけた。

「考えてみれば彼のアパートって築年数が新しいはずなのに、お風呂の排水溝や蛇口だけサビが浮いていたんですよね」

その日以降、彼は「自分の体質が彼女に受け入れられた」と思ったのか、心霊がらみの話題を積極的に話すようになった。とりわけ塩風呂に対するこだわりは並々ならぬものがあったようで、毎日のように多様な種類の塩を買ってきては浴槽へ大量に投入し、「今日の塩は効く」だの「あそこのヤツは高い割に除霊効果が薄い」などと感想を口にしたという。Dさんは心霊現象を肯定も否定もしない性分ではあったが、そんな彼女から見てもボーイフレンドの「こだわり」は、やや常軌を逸しはじめていた。

「だって、バイト代の半分近くが塩に消えるんですよ。デートだってしたいし、日用品も一緒に買い揃えたいじゃないですか。でも、そんな余裕なんて全然なかったんです」

不満はあったものの、Dさんは彼の塩風呂を責めることはなかった。もし生まれつきの体質で霊に悩まされているのであれば、彼に落ち度はない。むしろ被害者ではないのか。ならば、彼女である自分は哀れな被害者であるボーイフレンドを支えるべきだ。

そのように考えていたのだそうだ。

「ただ、ちょっぴり違和感はあったんですよ。私は東北の田舎町出身で、祖母《ばぁ》ちゃんには〝お化けなんて別に怖くねぇんだから〟と教わった記憶があるんです。だから彼の態度がどうにも過剰に思えて」

東京の人ってずいぶん幽霊を怖がるんだな。

もしかして、こっちのお化けとは違うのかな。

Dさんのそんな疑問が氷解したのは、塩風呂を目撃してから一ヶ月後だった。

その夜、Dさんはいつものようにヤスユキさんと部屋で過ごしていた。彼は帰ってくるなり「今日もヤバいのに追われたよ。ああ、風呂入りたいなぁ」と言うなりソファへ横に
「沸いたよ」

なったまま、動こうとしない。

「風呂を沸かせと暗に言っているんだ……そう察しました。その日は、私も生理が重くて痛み止めの薬でぼおっとしていたんです。でも、それを言うと不機嫌になると思って」

ふらつきながら立ちあがり、浴槽へ湯を張る。

「でも、体調が悪い所為《せい》で……忘れちゃったんです。お塩を入れるの」

発覚したのは、彼が風呂に入って間もなくだった。

浴室のドアがカタカタと小刻みに揺れている。なかからは、派手な水音に混じって女の高笑いが聞こえていた。

「あ」

自分の失態に気づき、慌てて浴室へ向かう。

「ヤスくん、ごめん私さっき……」

ドアを開けたと同時に、Dさんは凍りついた。

ボーイフレンドが半目を開け、湯船で昏倒している。脱力した腕が湯船の縁をまたぎ、べろりと外へ四本垂れていた。

え？

四本？

「二本はカレシの腕だったんですが……残りふたつは、なにがなんだか」

見慣れぬ細長い腕だった。尖った爪と白い肌から、女の腕のように見えたという。

細い腕の手首には、肉の盛りあがったような傷跡が何十本と刻まれている。湯船の底で、髪のような無数の黒い繊維と、人形とも胎児ともつかぬ赤黒い塊《かたまり》が揺れていた。

嗚呼、解った。

こいつ、生まれつき霊感があったんじゃないんだ。以前、なにか物凄く恨まれることを女の子にやらかしたんだ。

「そっと浴室のドアを閉じて、自分の荷物をまとめると部屋を出ました。まあ、そのあとすぐに119番してあげたのは、最後の優しさですかね」


その後は彼とまったく連絡をとっていないため、どうしているのかは解らないという。

あの日浴室で見たモノの正体についても、Dさんに確かめる気はないそうだ。

「そういえば祖母ちゃん、お化けについて〝こっちが悪いことしてねぇのに、怖がる必要ねぇべ〟って言ってたんですよ。だとしたら、カレシの怯え方も納得できますよね。悪いこと、してたんですから」

ま、お風呂の件で解るとおり、〝しょっぱい彼氏〟だったわけです。

そう言うと、Ｄさんはぺろりと舌をだして笑った。

狐火

カメラマンという仕事柄、山間部の集落に赴いて高齢の方から話を拝聴する機会が少なくない。

木挽《こび》きや縄綯《なわな》いなどの伝統的な技術を拝見したり、連綿と受け継がれている風習を教えていただいたりと、仕事ではあるものの独自の地域文化に触れるのはなかなかに楽しく、日々の喧騒の息抜きにもなっている。

そんな中、古老の衆と話をしていると、ある怪談怪異を決まって耳にする。

狐火《きつねび》、である。

夜の山あいに青白く光る炎。村はずれの木立に浮かぶ、ぼんやりとした火の玉。正体は死体から発生した燐《りん》であるとかプラズマ現象の類であるとか、今なお諸説紛々としている。しかし当の古老たちにとっては「かつて見た」という事実と「最近めっきり目にしなくなった」という一抹《いちまつ》の寂しさ以外は、科学的根拠も発生の原因も、さして興味がないようだ。

私自身も裏づけをとろうなどとは思わず、ひたすら面白がって昔話に耳を傾けるものだから、古老連中の口調も次第に熱を帯びる。その結果、時としてありがちな狐火譚からは逸脱した、何とも奇妙な話が飛び出すことになる。

以下も、そんな山村でお聞きしたものである。


アサ爺《じい》の暮らしていた山間部の集落は四半世紀ほど前、ダムの建設に伴い集団移住を余儀なくされ、廃村となった。現在、村のあった場所はすべてダムの底に沈み、その面影をうかがうことができない。

そんな中、爺は時おり山菜を摘みに、かつての故郷からほどなく近い、ダムをぐるりと囲む山へ入る。

「村は無いけれど、あの辺りの山は子供ん時からの馴染《なじ》みだからねえ。ま、庭みてえなもんだよな」

その日も、里ではすでに採りつくされていたタラノメを探して、アサ爺は山へ（彼の言葉を拝借すると）〝潜って〟いた。

収穫に恵まれた日だった。タラノメはもちろん、ヤマウドやコゴミなど「化かされているんでねえか」と疑うほどに次々と山菜や茸の類を見つけ、たちまち背負った籠はずしりと重くなったという。

喜びのあまり気が緩んでいたのだろうか。帰ろうと踵《きびす》をかえした直後、アサ爺は木の根に足を捕られて、沢へ続く土手を滑落してしまった。

呻《うめ》きつつ身体をさすって立ちあがろうとしたアサ爺は、腰の激痛に思わず大声をあげる。

「何とか歩けるから骨は折れてはいねェと思ったが、下山が難儀だなあと厭な気持ちになった」

転がっていた木の枝を杖代わりに、山道を下りはじめる。山菜は、籠ごと放り捨てた。

陽が傾くと、木漏れ日が失せて山はしんと冷える。残雪に足を滑らせるたび、腰を走る痛みに苦悶の声をあげながら、アサ爺はゆっくりと歩き続けた。

「けれど、気がついたら下りるはずの道からまるで外れた尾根に着いちまった。朦朧《もうろう》としていたんだべな」

村のあった場所、ダムの位置さえわかれば何とかなるんだが。

痛みを堪《こら》えながら周囲の山々を見渡すが夕暮れの空はすでに薄暗く、加えて視界は薮《やぶ》に遮《さえぎ》られている。ダムの所在は、わからなかった。

そうしている間にも、吹く風はいっそう冷たさを増してきた。凍《し》みた指先の動きが覚束《おぼつか》なくなる。身体の冷えを追うように、弱気が胸の奥へと染みてゆく。

ここで、くたばっても構わないかもしれねえな。充分、生きたものな。

身体から力が抜け、思わず草むらに腰を下ろした。死に対する恐怖より、自分は慣れ親しんだ山の一部になるのだという安堵が、立ちあがる気力を奪っていた。

諦めに深々と息を吐いて、何気なく谷の彼方を見つめる。と、視線の先に奇妙なものを見つけ、アサ爺は目をしばたかせた。

薄桃色をした小さな光が、点々と暗闇の先でまたたいている。

凝視するうちにも、光はひとつ、ふたつと数を増し、やがて、日没まぎわの谷には十数個の灯りが点った。

「たまげて叫んだっけなあ。だってョ、光の配置に見覚えがあったんだもの」

若い時分に山の尾根から眺めた記憶のある、かつての村の灯りの位置と瓜二つだった。

あそこが村だとすれば、ここはあの沢から登ったあたりだな。

即座に自分が居る場所を把握したアサ爺は、やおら立ちあがると灯りめざして歩きはじめた。

死のうという気持ちは、どこかへ消えていたという。

一時間ほど足を進め、爺はようやく光の在り処《あか》へ辿り着いた。

「案の定、灯りはダムの底、村の跡地で光っていたよ」

どっと疲れに襲われた身体を柵にもたれかけながら、水底でゆらゆら揺れる炎の群れを見つめる。

あの火はアイツの家だ、あっちの火は郵便局のあった場所だ。

懐かしさに目を潤ませながらダムを眺めていたアサ爺の前で、ぽつ、ぽつ、と灯が消えていく。やがて、手前のひときわ大きな炎が爆《は》ぜるように消えると、水底は夜の暗闇に溶けてしまった。

「最後に残った火は、稲荷様のあった場所に点っていたよ。ああ、そういうことかと思って拝んだっけ」

そののちも、アサ爺は何度かダムへ足を運んでいるものの、今にいたるまで「ダムの狐火」には遭遇できないままであるそうだ。

「くたばる前によ、もっぺんだけ見てえなあと思ってサ。冥土《めいど》の土産《みやげ》には、ちょうど良いと思ってョ」

そう呟くと、アサ爺は照れ臭そうにくしゃくしゃと笑い、乱暴に白髪頭を掻いた。

虐目

「あんた、イジめるほうもイジめられるほうも、どちらも経験したクチだな」

待ち合わせのファストフード店に着くやいなや、取材相手のJさんは私に向かって笑いながら言った。

なるほど、知人が忠告していたとおり少しクセのある人物のようだ。私は身構えながら、この取材を受けた事を若干後悔しはじめていた。「いじめ」に関する怪談を持っているとの触れこみで、知人から紹介された人物だった。


基本、私は怪異の体験者がいると聞けば、喜び勇んで駆けつける性分である。

しかし、「いじめに関する体験談」だけは唯一、どうしても気乗りがしない取材だった。

これまでも、子供時代のいじめにまつわる恐怖譚を私は何作か書き記している。正直に言うなら、どの話も聞くのさえ辛いものばかりで、話者との会話も弾んだためしがない。

書く際も配慮して伏せなければいけない部分も多く、結果として他の怪談実話よりも二、三倍の時間をかけて文章をひねり出す事になる。ネタの割に効率は甚《はなは》だ悪い。

中には、いじめた人間が良心の呵責による被害妄想を患っているとしか思えないものも多々あって、ここ最近はやや食傷気味になっていた。

しかし、来てしまったからには聞くしかない。

私は躊躇《ためら》う気持ちをおくびにも出さず、朗らかに挨拶を交わした。その直後に言われたのが、冒頭の台詞《せりふ》だったという訳だ。

「……どうして、私がどちら側も経験していると思われたんですか」

愛想笑いを浮かべて問いかける私を一瞥《いちべつ》して「まあ、そのうち教えるよ」とだけ呟くと、Jさんは「まずは本題に入ろうか」と促した。

彼がいじめを受けたのは中学二年生の時。きっかけは、些細な口喧嘩だったという。

「掃除用の雑巾を持ってきたとか忘れたとか、そんなどうでもいい争いだった。ところが担任の先公ってのがちょっとイカれたババアでね」

女性教諭は、雑巾を忘れたJさんに「教室の床を口で拭け」と命じたのだそうだ。

「何が癪《しゃく》に障《さわ》ったのかは知らないが、もとから俺を気に入らなかったんだろう。あの頃の子供にとって先生ってのは絶対的な権力だったから、誰も止めなかったよ」

舌で床を舐めるJさんを、教室中が笑う。

いじめのスイッチが入った瞬間だった。

翌日から彼の渾名は「イクゾー」になる。「生きる雑巾」が略され、更に転じた結果の命名だった。

黒板の日直欄には卒業するまで本名が書かれる事はなく、学校の中に彼を人として扱い、話をしようとする者は（教員も含めて）ほとんど居なくなった。

「それでも授業中や登下校は別に良いんだよ。問題はクラス中が和気藹々《わきあいあい》とする、昼飯と掃除の時間だった」

サッカーボールがわりに蹴られる弁当箱、握りつぶされて原型を失った購買部のパン。たまに中身が無事だと安堵したのもつかの間、牛乳や唾、時には掃除バケツの底に残った汚水を白米に注がれる。

昼飯がまともに食べられたのは、片手で数えるほどしかなかった。

掃除ともなれば「イクゾー」の本領発揮である。教室の床はもちろん、廊下、ロッカー、ベランダと、目に移る場所すべてが彼の「清掃区域」に指定された。

女子便所へ蹴り飛ばされて便器を舐めさせられそうになった時はさすがに抵抗したが、「喋る雑巾は邪魔だから口を縫え」と唇を画鋲で刺され、数日はまともにものが食べられなくなった。

「何で闘わないのかって、話を聞いた奴から何度か言われたよ。あのな、世界がそこしか無い中坊にとって重要なのは、争って未来を掴む事じゃなく今を生き延びる事なんだよ」

何とか日々を「生き延びていた」Jさんだったが、そんな最中に事件は起こる。

クラスメートの財布が盗まれたのである。

「当然、俺が疑われた。片親で、おふくろは新聞配達とスーパーのレジ、スナックを掛け持ちしていたからな。家が貧しい者は心も貧しいってのが、あいつらの理屈だったよ」

しかし、当然ながらJさんは無実だった。

何度詰問《きつもん》されても知らないものは答えようがない。沈黙を守っていると、クラスメートの一人が「拷問」で自白させようと言い出した。

手にしたのは、教室の備品であるステンレス製の物差し。

片方を強く握り、もう片方を手で大きく反り返らせると、Jさんへ向けて一気に離す。しなる鞭のように音を立てながら、物差しは彼の身体を打つ。

背中や腕は、たちまち内出血で斑《まだら》になった。

それでも、Jさんは頑《かたく》なに罪を認めなかった。もとより潔白であるのはもちろん、自分ではなく母親までも見下されたのが許せなかったのだという。

「普段はニヤついて床をべろべろ舐めてる雑巾が牙を剥いたのが面白くなかったんだろう。

それまでは目立たないところを狙っていたのが、顔面に標的を変更してきやがった」

両腕を掴まれ、磔《はりつけ》のような格好をさせられたJさんの前に、物差しが迫る。弧を描いて反り返った先は、眼球を狙っていた。

周囲から「やめろって」「ヤバいよ」と声がかかったが、当のいじめグループも、既にあとには引けない雰囲気になっていた。

「たぶん、あいつらも本気でやろうとは思ってなかった気がする。泣き顔を見たら終わるつもりだったはずだ。ところが」

脅し文句を言っている最中、物差しを持っていた生徒の手が滑った。風船を割った時に似た小気味よい音が教室に響き、続けざまに取り囲んでいた女子から悲鳴があがった。

「狙いがずれて、物差しの角が眼球をざっくりイキやがった。初めは〝あれ、この物差し、ライターか何かで炙《あぶ》ってたっけ？〟と思った。痛いというより熱いって感覚だった」

すぐにJさんは病院に搬送されたが、ひどく損傷した彼の左目は極端に視力が落ちた。

肝心の女性教諭は、Jさんの母親にも「ふざけていた際の事故だから喧嘩両成敗だ」と伝え、廊下ですれ違った彼には「問題起こすなら卒業してからにしろ」と小声で囁《ささや》いた。

誰も、何の責任も負わないまま彼は卒業を迎え、成人になる前に左目は視力を失った。

「それでも俺は誰も責めなかった。ガキのした事だと思っていたし、自分がそこまで堕ちるのも厭だった。だから……あの日までは復讐なんて考えた事もなかった」


今から十年ほど前、二十二歳の時だったという。

彼は高校を卒業し、清掃業を営む地元の会社に就職していた。清掃業といっても掃除やビルのメンテナンスではなく、担当になったのは「おしぼりの配送」。

水商売の店や大衆食堂、漫画喫茶などに毎日おしぼりを箱に詰めて納め、翌朝に店先へ出された使用済みのおしぼりを回収するのが仕事だった。

ある日、彼はお得意先のホテルへおしぼりを納めに赴く。普段は裏口から入るのだが、その日は道路工事で通行止めになっていたため、やむなく正面から入ったのだという。

箱を抱え玄関をくぐった彼は、団体名が記された「歓迎」の看板を何気なく眺めた。

中学時代のクラス会の名前が吊るされていた。

「呼ばれなかった事は構わないんだ。俺みたいな奴を呼び忘れたとしても、仕方がないと思っていた。ただ、皆が今どうしているのかは、同級生としてやっぱり気になったんだよ」

帽子を目深に被り会場まで近づくと、見知った顔が灰皿を取り囲んで談笑している姿が視界に飛びこんできた。すでに皆、かなり酒が入っているのか顔が一様に赤い。自然と大きくなった声は、輪からはなれているJさんの耳にも届いた。

ふと、自分の名前が会話の中に聞こえて、思わずJさんは身を屈めた。

「お前、マジでイクゾーのハガキ破いたのかよ、ひでえなあ」

「実家のポストまで行って奪ってくるって、それはかなり悪質だよね」

「だって、アイツ呼んでも意味ねえじゃん。目ん玉取れてたら俺、キモくて吐いちゃうよ」

「お前ってば本当ひでえなあ、最低だな、人間のクズだな」

会話自体は悪さをした同級生を責めていたが、口調は裏腹に、勇者を讃えるかのような明るいニュアンスを孕《はら》んでいた。

「復讐しようと決めたのはその瞬間。よし、踏みにじられた人生を取り戻さなくちゃって霧が晴れるように思えたんだ」

——話を聞きながら、私は内心うんざりしていた。

確かに彼の受けたいじめは壮絶だ。筆舌に尽くしがたいほど、悪質で卑劣きわまりない。今からでも当事者には罪を償ってもらうべきだと、心から思う。

しかし、今回取材したいのは怪談実話、人外のモノがおよぼす怖い話なのである。幾ら陰惨であっても、それが「今でも奴らを怨んでいる」といった類の告発めいた話では、採用のしようがない。

そんな私の不安と不満を表情から読み取ったのだろう。Jさんは口の端を歪めて笑うと、「大丈夫だよ、呪いってのはおたくの取材対象なんだろう」と凄んできた。

「呪いって……藁《わら》人形で丑《うし》の刻参りでもしたんですか」

半ば興味を失った口調の私に向かって、彼がぐっと顔を近づける。

殴られるのかと身をすくめた私の前で、Jさんは自分の指を左目へ伸ばすと、瞼《まぶた》の脇を思い切り抓《つね》った。

縒《よ》れた目頭の脇から、乳白色の脂のようなものがにゅるにゅると迫り出てくる。容器を割って中身を絞り出す給食のマーガリンを思い出した。

「膿だよ。物差しでヤラれてから溜まるようになったんだが、こいつと血を混ぜ合わせて溶いたものを、絵の具に混ぜて絵を描いたのさ。文献で見た呪詛《じゅそ》の方法を真似したんだ」

あまりの展開に黙ったままの私に構わず、Jさんは話を続ける。

「このたび絵画で賞を戴きました、これも皆様のお陰です、なんて嘘八百の葉書を添えて額装した小ぶりの抽象画をクラスメートに送りつけた。もちろん、描かれている絵は膿と血を混ぜこんである代物だ。量が取れねえから、送りつける事が出来たのはクラスの三分の二程度だけれど、成果は上々だったよ」

せいかは、じょうじょう。

言葉の真意を判じかね、惚《ほう》けたように繰り返す私を見て、ティッシュで膿を拭きながら彼が笑った。

「貰った奴は必ず、自分か家族が失明するんだよ。教員のババアは緑内障《りょくないしょう》で目を患《わずら》って、階段から転げて骨折った挙句に寝たきりになっちまうし、いじめの筆頭だった野球部員はキャッチボールの最中に自分の投げた球で子供の目が潰れたそうだ。ほかにも国内では珍しい雑菌に感染して片目だけ腐った女とか、仕事中にレバーの操作をミスって溶けた鉛で眼球を焼き焦がしちまった男とか、送る先からヤラれていくんだもの。堪《たま》らないよ」

話を聞きつつ、私は証言を疑っていた。これはもしや、彼の被害妄想なのではないか。被虐の傷に心が壊れてしまい、自分の中だけで復讐を果たしているのではないか。

どうやって、この話を終わらせるべきだろうか。

私はずいぶんと長い間考えこんでいたらしい。痺《しび》れを切らしたJさんがテーブルを拳で叩いた。苛立つ彼に詫びると「信用してねえか、ま、そりゃそうだよな」と言いながら、彼は一枚の大きな色紙と、L判と呼ばれる大きめの写真を取り出した

「一年前にあったクラス会だ。その時に、俺がしてきた事を暴露したら、皆が寄せ書きと記念写真をくれたんだよ。優しいだろう」

おどけた調子で手渡された寄せ書きには、真ん中に記されたJさんの名前を囲むように「ごめんなさい」「許して下さい」「もうしません」などと謝罪を述べる言葉が並んでいる。

写真に目を移せば、ホテルの広間らしき一室で、男女が並んで全員土下座をしていた。

唖然とする私に見えない目でウインクすると、Jさんはにこやかに笑った。

「な、面白《おもしれ》えだろ。いじめてた奴は信じねえだろうけどな、こういう事ってあるんだよ」


別れ際、私は彼に最初の言葉の真意を問い質《ただ》した。どうして私が「被害者でもあり加害者でもある」と思ったのか。寄せ書きの色紙と写真を鞄にしまいながら、彼が答える。

「だってアンタ、最初にイジメの話をした時〝酷いですね、辛かったでしょう〟って言っただろ。イジめてた奴ってのは俺の話を聞くと〝壮絶ですね〟〝酷いですね〟って言うんだ。車道で轢き潰された猫を歩道から見ているような口調。傍観者の視点のまんまなんだよ。かたやイジめられていた奴は〝辛かったでしょう〟とか〝大変でしたねえ〟なんて台詞《せりふ》が口をつく。自分の体験と重ねちまうんだろうな」

まあ、どっちもビョーキだ、全員ビョーキ。

そう呟くとJさんは、鞄を肩にかけて再び軽くウインクを私に送ってから、取材場所の喫茶店をあとにした。

その後ろ姿があまりに軽やかで、私はとうとう、彼の私に対する見立てが当たっていたと言いそびれてしまった。

理由

この原稿を執筆する数日前、知人の紹介で拝《おが》み屋の女性とお会いした。

もっともこちらが勝手に「拝み屋」と名づけただけで、ご本人はその名を標榜しているわけでも特定の宗教を信仰しているわけでもない。本人によれば「視《み》えるので、何となく対処しているうちに仕事になってしまった」のだそうだ。

色々と興味深い話を拝聴するなか、私は予《かね》てより抱いていた疑問を彼女にぶつける。

「怪異に続けて襲われる人間には、何かしら共通項があるのか」

ちょうど、本書におさめられている幾つかの続報を拝聴した時期であった。これほどまでに後日譚が届くいっぽう、一度きり、もしくは一度も怪異と遭遇しない人間も存在する。ならば、その差はいったい何処《どこ》から来るのか。

否、それ以前にそのような性質の人間、怪異につきまとわれる種の人間は存在するのか。

そして、そこにはなにか理由はあるのか。そんなことを問うてみたわけだが。


「理由、ありますよ」

あっけらかんと彼女は言った。

「風邪を引きやすい人だって、虚弱であったり防寒対策が甘かったり、理由があるでしょ。それと一緒。怪異を誘発する人にも、ちゃんと原因が存在するんです」

その原因とは何なのか。私は訊ねる。

「雑に話すからですよ」

やや憤《いきどお》ったような口調に、若干《じゃっかん》ひるんだ。

「あなたや話者の方みたいに怖い話を好きな人って、細部を忘れたまま適当に語ったり、不要だと思って端折《はしょ》ったり、または面白くしようと作ったり盛ったりとかするでしょう。それって〝相手〟にしてみれば、納得のいかない場合もあるんですよ」

あいて。思わず繰り返した台詞《せりふ》に、彼女が頷いた。

「あと、事実を話してるつもりでも、そこには主観や独自の解釈が必ず混ざるでしょう。それだって不満の種ですよ。勝手にべらべらある事ない事喋りやがって、って思うんです」

なるほど、理屈はなんとなく納得できたものの、うかつには同意しかねる意見だった。

もし彼女の言っている内容が本当だとすれば、私はどうなるのか。

聞いた話に脚色を加え、物語として不要と感じた部分を削り、人名地名を伏せて詳細を隠す。それが私の怪談実話の書き方である。ならば、話者の体験談でさえ〝彼ら〟が憤るのだとすれば、私の文章など言語道断ではないのか。

「はい、言語道断でしょうね」

おそるおそる訊ねる私へ、簡潔かつ無慈悲な言葉がかえってきた。

「でも、それはもうあなたも覚悟の上でしょ。こんなお仕事をなさっているのならば しあわせになれるとおもうなよ。

一瞬、重い口調と同時に、彼女の顔が背後から手で挟まれたように、ぐにりと歪んだ。

三秒あるかないかの出来事であったが、気圧《けお》された私は反射的に「すいません」と零《こぼ》していた。

「あら……今、私何か言ったんでしょ」

再び満面の笑みを浮かべて、彼女がこちらを覗きこむ。

答える気力もなく唖然としている私へ、彼女が「それとね」と、告げた。

「書いてるあなたもそうだけど、読んでる読者の人にも〝気をつけて〟って伝えておいて。お墓参りに行った前後の何日間とか、風邪でもないのに頭や首が妙に痛い時期とか。あといつも美味《おい》しく食べていたものが妙に味気なく感じた日や、普段と歩いた距離はたいして変わらないはずなのに、足が変に浮腫《むく》むような日。そういう時はね」

いるから。
ぜひ言伝《つたえ》てほしいという彼女の願いにもとづき、ここに記す次第である。

海老

前述した拝み屋の女性との、続きである。

明朗な答えに私が頷いていると、ふいに彼女が妙な事を言いだした。

「あなたのところに体験を話しにいらっしゃる方、共通して食べるものがあるでしょう」

彼女の笑顔と裏腹に、私は背筋が冷えていた。

あるのだ。

話者の多くは、どういうわけだか「海老《えび》ドリア」を注文するのだ。

もちろん、それは私が取材場所として大手チェーンのイタリアンレストランを頻繁に使用しているのが主たる理由である。値段が安くて、それなりに味が確かで、深夜まで営業している店となれば、私の暮らす地域では著しく限定されてしまう。その条件に見合う数少ない店舗のひとつがくだんのイタリアンであり、そこの人気メニューが海老ドリアなのである。

「あの……海老ドリアと怪談って何か繋がりが」

「あるの」

戯《ざ》れ言《ごと》を止めるように、私の口元へ彼女が手をかざした。

「怪談ってのは……まあ、私はこの言い方があまり好きではないけれど、便宜上ね。そう、怪談って死とか闇とか夜とか、そういう負の要素が中心のお話でしょ」

そういうものばかりでは無いですが、という台詞《せりふ》は、ぐっと飲みこんだ。

「そうするとね、人間って自然と生に繋がるイメージを摂取したがるの。生きる力、命のシンボル、そういうものを食べて身体に取りこみ、潜在的に足し算をするのよ」

キナ臭い話になってきたな。

やっぱりこの女もアブねえ人なのかな。急用を告げて帰ろうかな。

内心でそんな事を思いつつ、作り笑顔を消さぬよう努めながら話をうかがっていた矢先、テーブルへ当の海老ドリアが運ばれてきた。

「こっち」と女性が手を挙げる。いつの間に注文したのか。

驚く私に構う素振りも見せず、女性はフォークでドリアの表面をつついた。

湯気があがる。ホワイトソースがどろりと流れる中に、ぷりぷりと海老が踊っている。

「問題、じゃあどうして海老ドリアが生命の証なんでしょうか」

突然のクエスチョンに戸惑いながら、私は悩んだ。

「……イタリア人は陽気、だから？」

指でバツを作って、女性が笑う。

「じゃあ、白い清廉な色の料理だから。あ、じゃなきゃ熱いから。熱を帯びているから」

懸命に考えたものの、解答はことごとく外れていたらしい。女性は相変わらずニコニコ微笑《ほほえ》みながら、美味しそうにドリアを頬張《ほおば》っている。

「……降参です」

その後も十二、三ほど答えを提示しただろうか。何も思いつかなくなった私がバンザイをすると、彼女はおもむろにフォークで一匹の海老を突き刺した。

ぷつ、と身の弾ける音がして、ソースが細かくテーブルに散る。

「正解は、似ているからでした。命の源であるものに、海老が似ているからでした」

意味が解らず、「はあ」と惚《ほう》ける私を見ながら、再び笑うと、彼女はテーブルの上に広げた紙ナプキンへ一匹の小海老を落として、静かに言った。

「胎児よ」

異人

「人ならざるモノ」が引き起こす怪異譚を、高い頻度で拝聴する。

俗に幽霊と称される「かつて人であったモノ」、もしくは妖怪変化や神仏の類とおぼしき「はじめから人でなかったモノ」。そのどちらかが出現する逸話は多い。

もちろん予言にまつわる体験談や、祟りや呪いといった「思念」に関連する出来事など例外もないわけではないが、全体的な比率で見るならば先述のいずれかが関与する怪異は圧倒的な数を誇る。

死者に対する情念や妄念《もうねん》、自然や神仏に対する畏怖《いふ》。やはり生者の心のうちから怪異は生まれるのだろうか。などと、やや叙情的な感想を持つ機会も少なくない。

しかし、そんな仮説を嘲笑《あざわら》うかのごとき奇態な話に、時おり遭遇する。ヒトの形はしているものの正体が窺い知れない、そんなモノたちの跋扈《ばっこ》する体験にしばしば出遭う。

これからお話する幾つかの怪異譚、そこに登場するモノたちは果たして何なのか。もし読者諸兄で心あたりのある方は、是非ともご教示いただきたい。

Tさんが、第一子を身籠《みごも》って間もない頃の出来事。

ある夏の昼下がり。産婦人科の検診を終え、バス停へと向かう坂をゆるゆる下っていた彼女は、彼方に真黒な塊《かたまり》を見つける。電柱の陰へ隠れるように佇《たたず》む塊は腰丈ほどの高さをしており、眩しいばかりの陽射しにも拘《かか》わらず影をまとったように冥《くら》いのが印象的だった。

もしかして、病院へ行く途中で具合が悪くなった妊婦さんかしら。

何故そのような予感に見舞われたのかは解らない。ただ、その時は唐突にそんな確信を持ったのだという。

転ばぬように気をつけながら、彼女は早足で塊へ近づいた。生暖かい風が髪を揺らす。汗が目に入って視界が霞《かす》む。急《せ》かすように、蟬《せみ》の声がいっそう喧《かまびす》しくなった。

あと十数歩で塊へ手が届く距離まで迫ったところで、彼女はそれが何であるかを知り、足を止める。

乳母車だった。

「それが……昔の映画で見るような、やけに古めかしい造りなんです」

レース部分がぼろぼろにほつれた陽射しよけ。高級ホテルの壁紙を思わせる時代めいた模様の布。大ぶりの車輪は金属部分が錆《さ》びており、押すための取っ手部分は塗装が剝げてまだらに汚れていた。

坂道の所為《せい》なのか風のいたずらか、乳母車は車輪を軋《きし》ませながらわずかに前後へ揺れている。こちらへ背を向けているため、乗っている赤児の姿は窺《うかが》えない。日傘を差したかのように、乳母車の周囲だけが翳《かげ》っていた。

思わず路《みち》の反対側へ渡る。先ほどまでの、何であれ誰であれ助けなければという思いはとっくに失せていた。

「でも、その乳母車の横を通らなければバス停には行けないんですよ。困っちゃって」

呼吸を整えてから、Tさんは再び早足で歩きはじめる。

見るな見るな見るな、己に言い聞かせながら自分の爪先へ視線を落として足を進めた。靴が鳴る。車輪の軋みが大きくなる。いつの間にか蟬の声は止んでいた。

やがて、視界のはじに黒い塊が、ちら、と映った瞬間、「うあ」という赤ん坊の呻《うめ》く声が耳に届き、彼女は歩みとどまってしまう。

もしや本当に、赤ちゃんが乗っているのか。

ならばこの暑さで衰弱していてもおかしくない。親が不測の事態で居ないのだとしたら、助けられるのは自分しかいないではないか。

装いが不気味なだけで乳母車を毛嫌いしたりして、私は何をしているんだ。

逡巡《しゅんじゅん》したあげく、Tさんは意を決して頭をあげ、乳母車へとまなざしを向ける。

「見た瞬間に後悔しました」

乗っていたのは、人ではなかった。

布の端切れや皺くちゃの紙をでたらめに縫い合わせた「雑な人間の輪郭」をした塊が、乳母車のなかに転がっていた。折れた割り箸でこしらえた鼻、ジッパーを張りつけた唇。丸めた新聞紙で作られた頭部に突き刺さった画鋲は、眼球のつもりなのだろうか。

小学生の工作より粗っぽい造りにも拘《かかわ》らず、「人の塊」は不思議な生々しさに満ちていた。

息を呑むTさんの目の前で、乳母車が揺れる。振動にあわせて「人の塊」の頭部が傾ぐ。

摺《す》り足で後ずさった彼女の耳もとで「うあ」と声が聞こえた。

「逃げました。お腹の赤ちゃんにごめんね、辛抱してねって呼びかけながら走りました」

彼女はかかりつけの産婦人科を変えた。

「あの路を通るのがもう厭だったんです……もっとも、手遅れだったみたいですけれど」

わたしの赤ちゃん、もういないんで。

詳細は窺ったものの、身元や地名を特定される可能性を有しているため、彼女が愛息を失った理由は伏せる。

「おまえの赤ちゃんこうなるよ、って知らせだった気がします」という彼女の台詞《せりふ》だけをご紹介させていただく旨を、なにとぞお許しいただきたい。


K君には、小学校時代の不思議な思い出がある。

「と言っても、僕自身が何か体験したわけではなくて。担任の話なんですけれど」

彼のクラスを受け持っていたのは四十代の男性教員、B先生だった。生徒思いで評判の優しい先生だったが、生徒の間ではひそかに「心霊」というあだ名で呼ばれていた。

B先生の撮る写真には、悉《ことごと》く不可解なものが写りこむと評判だったのである。

例えば、遠足。ピースサインを向けながらカメラへ群がる同級生たちをとらえた一枚。その輪の中に、全身真っ赤なヒトガタが立っている。

「古いカメラだと、逆光で写真の端っこが赤くなっちゃったりするでしょ。あんな色です」

ヒトガタは輪郭がのっぺりとしており、目鼻や指など細かいパーツは明瞭《はっき》りとしない。さながら、油粘土を適当にこねて作ったようなフォルムであったそうだ。

先生は「日光がレンズに入りこんで、たまたま人間の姿によく似た反射を起こしたんだ」と説明していたが、やがて生徒たちはその言葉が誤りであったと知る。

あらゆる写真に「赤いヒトガタ」が出現したからである。

修学旅行では八つ橋を手に微笑《ほほえ》む子供らの後ろを横切る姿が撮影され、学芸会の芝居を記録したひとコマには、舞台袖で狂ったように手足を動かす様子がありありと写っている。

カメラを変えようが場所が何処《どこ》であろうが、結果は同じ。共通しているのは、撮影者がB先生であるという一点のみだった。当の先生にも何度か原因を訊ねたものの、決まって「単なる偶然だよ」と返されるのが常だったそうだ。

「女子の中には怖がってる人もいましたけれど、ウチら男子はむしろ面白がってました。霊感や超能力に興味津々の年頃でしたから。今回は何処に写るかなあ、なんてイベントのたびに囁きあってましたよ」

やがて時は過ぎ、K君たちは卒業を迎える。

式典を恙《つつが》なく終え、別れの挨拶を教室で交わしていたときだった。

突然、B先生が「ごめんな」と生徒たちに向かって頭を下げた。

「皆の思い出の写真、何枚も駄目にしちゃってホントに申し訳ない。先生、昔から写真を撮るとな、写っちゃうんだよ」

あれ、先生のご先祖さまなんだ。

それだけ告げるとB先生は戸惑う生徒たちをよそに、再び別れの訓示を語りはじめた。

「何が何だか。全員、反応に困ったまま教室をあとにしたんですが……」

後日、中学校で野球部に入ったK君は、顧問がB先生と大学の同期であったことを偶然知った。面白い先生でしたよと告げるK君に向かい、顧問は「学生時代からカジバは変なヤツだったからな」と目を細めて笑った。

「カジバ？」

聞き慣れない言葉に戸惑っている彼を見て、顧問が「あ、知らないのか」と口を開いた。

「あいつの実家、かならず何年に一回か火事に見舞われるんだよ。俺が大学で一緒だった間も二回くらい出火してたな。本人は〝火が出るうちは安泰なんだ〟なんて飄々《ひょうひょう》と話していたっけ。だから、ついた渾名が火事場なのさ」

奇妙な話だが、火難に襲われる理由と赤いヒトガタの関係を知るすべはもうない。

K君たちが二十歳になった年、B先生は浴槽で溺死してしまったのだという。


幼い頃に聞いた母の言葉を、H氏は今でもよく憶えている。

母ひとり子ひとり。トタンを葺《ふ》いた文化住宅での、慎ましやかな日々。贅沢とは縁遠い暮らしであったけれど、そのぶん母は手製の菓子や自作の絵本などで生活を豊かに保った。母自身は、そういった暮らしの彩りを「えがおのたね」と呼んでいた。

そんな「えがおのたね」のひとつに、寝しなに語る昔話や童謡があった。と言っても、ありきたりの寝物語や子守唄ではない。よく知られたそれらを、母は気ままに改編した。先の読めぬ童話や節回しをおどけたものへ転じた唱歌。笑い転げながら、それらを布団のなかで聞くのは楽しかった。この世にひとつきり、母と自分しか知らないものが在るのが嬉しかった。

その晩も、桃太郎であったか浦島太郎であったか、ともかく本来の筋立てからは大きく逸れた物語に、母子は腹を抱えていた。

と、話が中盤へさしかかった頃、天井から何か硬いものをぶつような、かん、かん、という音が連続して落ちてきた。何かがトタン屋根を鳴らしている。投石の類にしては軽く、雨垂れよりは重い音だった。

思わず布団のはじを摑んで身を寄せる彼の髪を撫ぜながら、母が笑う。

「あれはな、からすのかんかんよ。烏《からす》が屋根の上で跳ねる音が鳴っとるだけよ」

うちらがあんまり笑うから、おれも混ぜてと言っとるの。

からすがお屋根を踏んどるの。かんかんかんかん、踏んどるのよ。

弾んだリズムで歌さながらに話す母があまりに楽しそうで、口に含んだ砂糖のように、今しがたまで胸の底にあった怖気がほろほろ消えていく。その夜は微睡《まどろ》むまで「からすのかんかん」を題にとった即興の物語に耳を傾けていたという。

その後も、彼は「からすのかんかん」を何度となく耳にする。弁当工場で働く母を待つひとりきりの夜。過労で倒れた母を見舞い、帰ってきた我が家で淋しい夕食を食べている最中。折にふれて屋根は鳴り、そのたびにH氏は幼い日の出来事を思い出した。

最後に聞いたのは二十一歳のとき。母の葬儀を終えた深夜だった。

その日にかぎって、「からすのかんかん」は止まる気配を見せなかった。はじめのうちは懐かしんでいたH氏だったが、あまりの騒々しさに、だんだん腹が立ってきたのだという。

もう良いよ。寂しくなるばかりだからもう止めてくれよ。

酒を煽《あお》っていた所為《せい》もあったのだろう、彼は撃退用の帚《ほうき》を手にすると、勢いにまかせて外壁へ脚立をかけて屋根へとのぼった。

暗闇を見渡したものの、鳥の姿は何処にもみとめられない。念のため、キーホルダーに括《くく》りつけていたペンライトで周囲を照らす。

「えっ」

屋根いっぱいに、人の足形がびっしりと残されていた。

知らぬ間に不審者でも登っていたのかと考えたが、それにしては室内に響いていた音が軽すぎる。安普請《やすぶしん》のトタン屋根であるから、人が歩いたならべこべこと鳴るはずである。

何だこれ。

ぞっとして脚立を下りはじめた彼の口から、再び声が漏れる。

目の前の雨樋《あまどい》に、びっしりと黒い塊が詰まっていた。

人の髪だった。毛先が、炙《あぶ》ったようにじりじりと焦げ縮れていた。

「……その後、すぐに引っ越したのであれが何だったのかは今でも不明なんです。母かとも考えたんですが、どうにも辻褄があわないんですよね」

H氏は後年になって、両親の離婚理由が母の信仰していた宗教によるものだと知った。

あの音との関連は、未だに何ひとつ解らないままである。

ただ、その日、以来、彼は鳥がめっきり苦手になってしまったそうだ。

椿庭

主婦のRさんが住む家では、時おり不思議なことが起きる。

薄紅色をした椿の花が、玄関先にたびたび落ちているのだという。

落ちている日時や季節には、まるで一貫性がない。共通しているのは、いつの間にか玄関先に落ちていること。そして、発見した夜は決まって体調が優れなくなること。その二点のみだった。

夫と二人で暮らしている部屋はマンションの七階、外から風で飛ばされてくるとは考えにくい。夫は自動車通勤であるから、歩いている最中に鞄やポケットに紛《まぎ》れこむとも思えない。

誰かがドアポストから投げ入れている可能性も探ったが（椿と同等の大きさに新聞紙を丸め、何度も投函してみたのだという）距離的に不可能だと判明した。

普通なら気持ち悪さに転居を考えてもおかしくはないと思うのだが、生来がのんびり屋であるRさん、さして気にとめぬまま日々を過ごしていたそうだ。

「だって、それほど実害があるわけじゃないですからね。具合が悪くなるのも、何かの偶然だろうなと楽観視していました」

ただ、神経質な夫には要らぬ心配をかけまいと、何も話さずにおいた。

ある年の初秋。彼女は高校時代の同級生と会うために隣県の小さな町を訪ねる。

その町には夫の実家があり、連れ合いを早くに亡くした義父が独りで暮らしていた。

ふと、忙しさにかまけて最近は顔を見せていなかったのを思い出したRさんは、挨拶だけでもしておこうかと、気まぐれに夫の実家へと足を向けた。

いざ辿り着いてチャイムを何度か鳴らしたが、反応はない。

留守かな。急に訪ねたのは間違いだったかな。

夜にでも電話しようと心に決め、踵《きびす》をかえした彼女の耳に妙な物音が届いた。熱い食べ物を口に含んだ際によく聞く、はうはふと息が漏れる音だった。

もしかして、体調を悪くしたお義父さんがどこかで倒れているのではないか。

焦りながら、音の所在を探して家の外周を回る。

「それで、裏手に回って庭先をのぞいたら……そこに、義父が居たんです」

義父はこちらに背を向けて下着姿のままで庭の隅に立ち尽くしている。彼の目の前には人の背丈よりもわずかに高い樹木があり、義父はその木に向かって手を伸ばしている最中だった。

「……椿でした。我が家に落ちているのと、同じ色の花が咲いていました」

声をかけそびれているRさんに気づく風もなく、義父は葉をまさぐり、花を撫で回している。やがて彼は花のひとつへ手をかけるとおもむろに毟《むし》りとって、その花を口に運んだ。

咀嚼《そしゃく》するびちゃびちゃという音と、鼻にかかった喘ぎ声が庭に響いている。

ふと、視線を下に移したRさんは、義父の片手が下着の中へ滑りこみ、せわしなく動いているのに気がついた。

「喘ぎ声に混じって、義父が私の名前を口にしたところで耐えられなくなって。気づかれないように、震える膝を押さえながらそろそろと逃げました」

家へ帰ると、玄関先に椿の花がひとつ、べちゃりと落ちていた。

「でも、私自身もうまく説明がつかないし、言ったところで立証もできないですから。なので、夫にはいまだに何も話せないままでいます」

ぽつりと呟いて、Rさんは顔を曇らせて俯《うつむ》いた。

現在も彼女は同じマンションに暮らしている。

今でも一ケ月に一度の割合で、椿の花を見つけるという。

敷居

私がデビューするきっかけとなった、「しにますよ」という作品がある。

住んでいたアパートが原因不明の火事に遭い、焼け残った品のなかに鼻の溶けた能面があった。それを新居に持ち帰ったところ妙な出来事が起こって……という、私の実体験をもとにした怪談である。

物語が散らかるのを憂慮し、作中では能面にまつわる怪異のみを描写していたのだが、実は火事と前後して、不思議な出来事が私の周辺で起こっていたのである。

そのうち幾つかはとあるメールマガジンにて発表しているものの、書籍で公《おおやけ》にするのは今回が初めてである。この機会に改めて書き記し、すべての事象を詳《つまび》らかにしたい。


思えば、はじめから妙なアパートだった。

駅から徒歩でおよそ三分。六畳一間にユニットバスとキッチン、砂利敷の駐車場つきで、家賃は二万五千円。これは、私の暮らす東北の地方都市でも格段に安い。

それほど安価で、かつ交通の便が良いとあれば即満室になると誰しもが思うだろう。

ならなかったのだ。

引っ越してから火事が起こるまでの五年間、六つあった部屋が満室になることは一度もなかった。私を含め、三部屋に入居していたのが最多と記憶している。

無論、ゆうに築二十年は経っているだとか、もとはなにかの工場であったらしく階段が異常なほど縦長であったとか頻繁に野良猫が死んでいたとか廊下に包丁が落ちていたとか毎日午後七時になると階下に住む女がきっちり一時間笑い続けるとか奇異に思うところはあった。しかし、それらを考慮しても家賃の安さは魅力的だったのである。

間違いだったのかもしれない。


最初に「ここ、ヤバいかも」と感じたのは、引っ越しの翌週。当時交際していた女性を部屋に招き入れたときのことだった。

「どう、狭いけどなかなか良いでしょ」

自慢げに部屋を見せる私へにこりともせず、彼女は部屋と廊下の境にあたる襖《ふすま》の敷居へ立って、ぽつりと呟いた。

「ここ、やわらかい」

意味が解らなかった。

確かに、畳は前住人が使っていたままの黄色く変色したものであったし、廊下の床板も年月を経ているためか、やや浮いている。しかし、そのとき彼女が立っていたのは襖戸を滑らせる敷居の上なのである。木製の敷居が柔らかいはずもないだろう。

そんな疑問を率直に述べると、彼女は無言で首を振り、敷居をまっすぐに指さしてから「人の頭を踏んでいるみたいな感触がするんだけど」と、こちらを見つめた。

予想外の答えに驚きつつ、彼女の視線へ気圧《けお》されるように敷居へ歩みを進める。しかし、おそるおそる乗せた足の裏には、固く冷たい木の感触しか伝わってこなかった。

いったい、何の冗談なんだ。

たぶん、あからさまに不快な表情を浮かべていたのだろう。こちらをちらちらと見遣《みや》り、彼女は何度も躊躇《ちゅうちょ》してから、やがて、ぼそり、と言葉を続けた。

「たぶん……たぶんなんだけど。これから住むのに、こんな話って、厭だろうけど」

「くどいな、はっきり言えよ」

苛立《いらだ》ちにまかせて思わず声を荒げた。途端、彼女が向き直る。

「この真下で、人が首吊ってると思う。旅館でよく見るような欄間《らんま》があって、そこに紐を引っかけたんじゃないかな」

そう告げた顔は笑っていない。よく見ると、首筋に鳥肌が立っている。

本気で、言っているのか。

だが、ぞっとはしたものの、その時点では彼女の話を信じていなかった。二階にある私の部屋には、天井と鴨居の間に設える開口部「欄間」など存在しなかったからだ。

通常、アパートというのは一階だろうが二階だろうが、部屋はおおよそが同じ間取りになっている。特殊な構造ならいざ知らず、一見するかぎりアパートは普通の間取りである。私の部屋にない欄間が、真下の部屋についているとは考え難い。

そもそも、欄間というのは上品な和室などに設えるものだろう。安普請《やすぶしん》のアパートに、そのような細工が必要だとは思えない。つまり、彼女の予想はもとから成り立たないのだ。

だが、私はそれを口にしなかった。これ以上疑いの目を向ければ機嫌を損ねるのは確実であるし、下手をすれば別れ話に発展しないとも限らない。

その場をなんとか取りなし、私は会話を有耶無耶《うやむや》にした。だが、その後も彼女は部屋へ寄りつこうとせず、（それが原因というわけでもないのだが）結局別れてしまった。

関係を解消する頃には、すっかりあの言葉を忘れていた。否、失恋の痛手にそれどころではなかったというのが、正直なところだろうか。

思い出したのは数年後。あの、火事の日だった。

火事の詳細は別な作品に記したので、ここでは割愛する。

とにかく私は「家が燃えている、火元は私の部屋である」との報せを受け、勤め先から我が家へ向かった。

到着した時には火災はあらかた鎮《しず》まっていたが、それで安心できるはずもない。自室の被害もさる事ながら、近隣の部屋が気になったのである。

怪我人や煙を吸って体調を崩した人間がいないとも限らないし、延焼していれば別室に火種が残っている可能性も捨てきれない。加えて、アパートが放水で水浸しなのも不安を加速させた。消火に用いられる放水には、水だけでなく消化剤も含まれている。延焼の場合はよほどの過失でないかぎり賠償の責任を問われないが、水浸しで使えなくなった家財などの補償は火元の人間が負う。つまり、私に多額の賠償がふりかかるのである。

見れば、消防署の職員が大家と共に、それぞれの部屋をノックしている。慌ててあとを追いかけ、消防士の背中ごしに各部屋の様子を確かめた。

呆然としている一階の住人に頭を下げて延焼の有無を確認し、続いて隣室を合鍵で開け、浸水していない様子に安堵する。その繰り返しだった。

幸い他の部屋に被害は見られず、やがて私たちは最後の部屋へとたどり着く。

あの、真下の部屋だった。

「床は焼け落ちていませんから、たぶん大丈夫だと思いますがね」

消防士の言葉に頷きながら合鍵でドアを開けるなり、私は息を呑んだ。

欄間。

精巧な鶴と雲が彫られている木製の欄間が、襖の真上に設えてあったのである。

灯りをとるためなのか、欄間の真ん中には小さな穴が開けられていた。その穴の周辺が、やけに黒ずんで汚れている。

まるで、縄か紐でも穴に通して、思いきり擦《こす》ったような汚れだった。


のちに大家へ確認したところによれば、あのアパートは予想どおり元工場であったのだという。正確には小規模の木材加工工場で、数名の工員が日夜働いていたらしい。

そして、あの部屋はちょうど工員が寝泊まりをする和室だったのだそうだ。

「アパートに改装するとき、あの部屋はほとんど手をつけなかったんですよ」

まあ、色々とあって。

火事見舞いの菓子折りを手にたたずむ私に、大家がぽつりと呟く。

その部屋で誰か死んだのでは、などと訊ける雰囲気ではなかった。

　その後、アパートはすっかりと解体されて更地になった。土地ごと売り払ったものか、現在は小洒落《こじゃれ》た二階建ての住宅が建っている。

　その前を通り過ぎるたび、私は家主へ訊ねたい衝動にかられてしまう。

　二階のどこかに、柔らかい場所はありませんか、と。

挨拶

火事に遭った数日後。

私は両手で抱えるほどの大きな菓子折を手に、アパートに隣接する材木店を訪れていた。

その時点では、そこが本当に材木店であるのかは解らなかった。

工房めいた建物の脇に十メートルはあろうかという木材が何十本と立てかけられていたため、私は前からそこを「材木店」と呼んでいたのである。

いつもなら機械音や人の声が絶え間なく響く敷地内は、その日に限って閑散としていた。ふいに今日が日曜日であったのを思いだし、自分の迂闊《うかつ》さに歯噛みする。否、ひとまずは叱られずに済んで安堵した、というのが正直なところだろうか。

あれだけの火事が、木材を扱っている隣で発生したのだ。これだけの数が揃っているのだから、被害が皆無だったなどとは考えられない。とあれば、「出火原因が不明であろうが、火元であるなら弁償しろ」と怒鳴《どな》られる可能性は否めなかった。

こういう木材ってのは、一本がどのくらいの値段なんだろうな。

散財を想像して冷や汗をにじませながら、私は工房のドアをノックする。

どうか不在であってくれ。

そんな願いを笑うかのように、奥から「はい」と声が聞こえた。


おそるおそる中を覗《のぞ》くと、室内はがらんとしていた。

作業机には図面らしき大きな紙が広がっており、部屋の片隅では木片が山を作っている。床の上に散ったおがくずが、陽光に照らされて黄金《こがね》色に見えた。

時間が止まったように穏やかな空間をぼんやり眺めていると、部屋の奥で椅子に座っている男性が腰を浮かせた。まだらな白髪と皺《しわ》深い顔立ちが印象的な、六十半ばとおぼしき男性は、先ほど聞いたのと同じ声で「どちらさま」と、こちらへ問いかけてきた。

慌てて着慣れぬスーツの襟《えり》を正し、挨拶をする。続けて、隣のアパートの住人である旨、数日前の火事の出火元である旨などを上ずった声で告げた。

しかし、男性は特に驚くでも怒るでもなく、時おり「はあ」や「ほおお」と声を漏らすばかりで、反応の乏しい事このうえない。

その様子を見ながら、私は別な不安を抱きはじめていた。

もしや彼は単に留守を任されているだけなのではないか。従業員でも下《した》っ端《ぱ》の部類で、裁量権がないために曖昧《あいまい》な返事をしているのではないか。そう考えたのである。

だとすれば、社長だの取締役だの部長だの工場長だの、とにかく判断のつく人間がいる日時に改めて訪問しなければいけないかもしれない。

とんだ二度手間だな。

内心で溜息をつきながら、私は主旨説明から質問へと話題を切り替えた。

「あの……それで、こちらはどのくらい被害がございましたか。焼けたとか、焦げたとか」

いかに惚《ほう》けた調子の男性であっても、自社の被《こうむ》った損失はさすがに把握しているだろう。そんな予想のもとに訊ねた言葉は、意外な返事に打ち消される。

「被害なんざ、なんもねえよ」

愛想笑いを浮かべる私を一瞥《いちべつ》してから、初老の従業員はぶっきらぼうに告げた。

そんなはずがない。質問の趣旨が解りづらかったのだろうかと再び説明をはじめた途端、男性はやや憤《いきどお》りながら「被害はねえっての」と声を荒げた。

「だって……こちらは材木を扱ってらっしゃるでしょ。すぐ隣で、部屋がまるまるひとつ焼けるような火事が起こって、それで被害が皆無とは考えられないんですが」

男性の怒声へ促《うなが》されるように、私は思わず反論してしまった。彼の一存で「被害なし」と言われても、鵜《う》呑《の》みになどできない。

男性がむっつり黙る。私も言葉が続かない。そのまま三十秒ほど静寂が流れただろうか、男性がおもむろに立ちあがった。

「ちょっと来てみろ」

言うが早いか男性はやおら歩きはじめたかと思うと、工房の奥にある部屋へ姿を消した。わけが解らぬままに彼を追う。駆けだした靴の裏で、おがくずが柔らかい音を立てた。

男性が入った部屋の引き戸には磨りガラスが嵌《は》められており、中の様子はうかがえない。小部屋に連れこまれてリンチ、まではしないだろうけど。

不穏な想像を巡らせてしまった所為《せい》で、把手《とって》にかけた指が離れる。このまま逃げるかという思いが、頭をかすめた。

「入ってこぉ」

こちらの考えを見透かしたように、男性のくぐもった声が急《せ》かす。少しばかり躊躇《ちゅうちょ》してから、意を決して扉を開けた。

「うへっ」

室内へ踏みこむなり、私は間抜けな叫び声をあげる。

鳥居。鳥居。鳥居鳥居鳥居。

部屋いっぱい、大小さまざまの鳥居が並んでいた。まだ白木のものから鮮やかな朱色に塗られた逸品まで、組みあがっていない鳥居を含めればゆうに三十はあるだろうか。

呆然としているこちらへ笑いかけながら、男性が「な」と頷いた。

「ウチは、祖父《じい》さまの代から鳥居こしらえて全国におさめてんだ。だから、ちょっとした火事くらいじゃあビクともしねえわな」

こっちにゃ、神様がついてんだから。

破顔する男性につられて、こちらも笑みがこぼれる。

長く生きていると、ときおり不思議な事に遭遇するものだ。男性と向かい合ってしばらく笑いながら、私はそんな事を考えていた。


さらに、余談である。

辞する際、私は男性に深々と頭を下げてから「社長様にもよろしくお伝えください」と、社交辞令にもほどがある挨拶を述べた。

きょとんとした顔で一拍置いてから、男性が親指を立てて彼自身の顎《あご》に向ける。

「俺だよ」

以来、私は「自分には人を見る目がないのだ」と心に言い聞かせながら生きている。

残存

材木店を訪れてからさらに数日後の、夕方であったと思う。

消防署や警察署の事情聴取に住所変更の手続き諸々、山積した仕事の処理と、謎の怪異。それらに疲労困憊《こんぱい》しつつ、私は「かつての我が家」である焼け跡を訪れていた。アパートを管理する不動産屋から「翌週に残存物を処分するから、必要な物は回収しておいてくれ」と通達されていたのだ。

燻《いぶ》されて黒ずんだドアノブを捻《ひね》って中へ入ると、窓も壁もぽっかりと焼け落ちた室内を、西日がぎらぎら照らしている。火災から一週間近く経過したというのに相変わらず部屋の空気には、煙と消化剤が混じった独特の臭気（使えぬほど焦げてしまった鍋を洗った際に沸きあがるにおい、と説明すれば何となく想像していただけるだろうか）が含まれている。

炭と化した時計を靴先でどかし、溶けて山になった衣服を乗り越える。向かったのは、壁際の書棚だった。私は、一冊の本を探していたのである。

祖母の、自伝。

私の祖母は戦後間もなく満州《まんしゅう》から日本へと引き揚げてきた。その道中、彼女はまだ幼い我が子を二人亡くしている。そんな哀切きわまる逃避行の記録を後世に残すよう、息子である私の父に勧められた祖母は、十数年前にそれらを書籍化していた。あくまでも記録を目的とした自費出版であったが、祖母にとっても家族にとっても思い出深い、かけがえのない本だった。

そのうちの一冊を、私は譲り受けていた。口コミで評判となり、「譲ってくれ」と訪れる方が多数いらしたため、ただでさえ印刷部数の少ない祖母の本はたちまち残りわずかとなり、実家にも二、三冊があるばかりとなっていた。

そんな貴重な本を、祖母は私の進学に際し手渡してくれたのである。

他の本はともかく、あの自伝だけは何とか回収したい。多少焦げていようが読みづらくなっていようが構わない。焼け跡のゴミとして捨てられるのだけは絶対に避けたい。

もしかしたら奇跡的に焼失を免れているのではないか。一縷《いちる》の望みを抱き、書棚を漁《あさ》る。

しかし、本は何処《どこ》にも見あたらなかった。

考えてみれば当たり前である。そもそも書棚自体かろうじて原形をとどめているだけで、火と煙と放水でボロボロなのだ。大半が焼け落ち、辛うじて残った書籍も手にした途端に崩れ落ちる有様なのだ。

この状況じゃあ、奇跡もへったくれもないな。

そうこうしているうちにも夕闇はどんどん濃くなっていく。電気が通っていない部屋はたちまち空と色を同じくして、まもなく足下さえ見えないほどに暗くなった。

ふっ、と息を吐《つ》いた瞬間、やるせなさに思わず私はその場へしゃがみこんでしまう。

何故こんな災難に遭わなければならないのか。怪異を発動させたのは自分であるから、自業自得といわれれば返す言葉もない。だが、部屋を追われ家財を焼かれて思い出を失うほどの悪行を働いたとは思えない。

このあとも、私は不幸と闘い続けるのだろうか。徒労感で身体の力が失せていく。

結局、部屋を出たのは夜の帳《とばり》がすっかり降りてからだった。


駐車場にとめた車へと乗りこむなり、私は尻の下に異物感をおぼえた。

臀部にやわらかく刺さるほどの固さを持った何かが、運転席に置かれている。

いったい何だろう。

腰を浮かせ、手を滑りこませて異物を取りあげた瞬間、私は放心した。

本だった。

先ほどまで必死に探していた、祖母の自伝だった。

どうして、この書籍が車の中にあるのか。車に置いた事など一回もないし、火事場から拾ってきたのなら忘れるはずがない。まるで、わけが解らなかった。

おそるおそる中を確かめる。カバーは多少焼けているものの、ページそのものに大きな損傷はないようだった。

ふいにページがめくれ、あとがきの一文が目に飛びこんでくる。

「いろいろ悲しい事もありましたが、今は四人の孫に恵まれ幸福な時間を過ごしています。これも、生きていればこそです」

なにげなく祖母の書いた言葉を口にした瞬間、憂鬱な気持ちが、風呂釜の栓を抜いたようにどこかへ流れていった。

部屋が何だ。家財がどうしたってんだ。まだ、命があるじゃねえか。

「怪異も不幸もどんどん来てみやがれ。生きる肥《こ》やしにしてやるよ」

私は笑っていた。火事以来、はじめて笑顔を浮かべていた。


そのときの宣言が叶ったというわけでもないのだろうが、それから数年後、私は火事とそれにまつわる怪異を作品にしたためて、デビューを果たす。

あの祖母の本がなければ今の自分も存在していないと思えば、怪異もなかなか捨てたものではないとは、やや楽観的に過ぎるだろうか。

大黒

「理解の範疇《はんちゅう》を超えた、変な会社ってあるもんだと思ったよ」

フリーのウェブデザイナーとして活躍するBさんは、数年前まで広告代理店に勤めていた。

その頃の得意先に、広告デザインの会社があった。

「そこが、とにかく変わっていてね」

従業員三名に社長という極めて小さい会社で、スーパーのチラシやタウン誌の広告を専門に扱っているのだが、社員構成が少しばかり妙だったという。

この業種ならば当然採用しているはずのデザイナーが、社内に居ないのである。

三名の従業員は事務の名目で採用された人間らしく、それも、ほとんど申し訳程度しか業務をおこなっていないように見えた。

四六時中、ネットオークションの画面に見入っている中年女性、小説まがいの文章を原稿用紙に書いている初老の男性。若い受付嬢は、接客以外は絶えず携帯でメールを打ち続けている。

どうやって業務が回っているのか、傍目《はため》にも不思議だった。

「その代わり、って訳じゃないけど社長がやたらパワフルな人でね」

ピンポン玉にサラダ油を塗りたくったような禿頭の社長は、とにかく仕事を強引に取ってくると評判の人物だった。

入札からプレゼンテーションまで方式は問わず、欲しいと思った案件は必ずモノにする。むしろクライアント先から広告依頼に来るのが常という、不況下の昨今では珍しい会社だったという。

「まあ、おかげでコッチも仕事を貰えて助かるんだけれどさ、よくよく聞いたら強いコネやパイプがある訳でもないらしいんだよ」

不思議に思ったBさんは、とある打ち上げの席上で社長に問い質《ただ》したのだという。

「そんなストレートに聞く奴、君が初めてだなあ」

酒で血行が良くなったのか、普段よりもいっそう脂《あぶら》ぎった禿頭をぺちんと叩いて、社長が囁《ささや》いた。

「よし、他の連中には絶対内緒にするならば教えてやろう」

好奇心に任せて何度も頷《うなず》く姿を見ながら、社長が豪快に笑う。

居酒屋を出た二人は、他の面々と別れて会社へと向かった。

無人のオフィス。

壁には「皆がハッピーを共有」「考えるな、実行せよ」など、社長が考案したと思しき薄ら寒いコピーが何枚も貼られている。

それらを眺めながらソファに腰掛けていた彼のもとへ、ようやく社長が戻ってきた。

「すまんすまん、酔っているせいか金庫の番号がなかなか思い出せなくって」

しきりに詫びながら、社長は応接テーブルに大きな風呂敷包みを置いて、結び目をほどいた。

紫色の風呂敷がはだけて、中から黒い塊《かたまり》が姿を現す。

木製の大黒像だった。

手には小槌《こづち》、背中に白い袋。商店の軒先などで恵比寿様と並んでよく見かける、普通の大黒天である。

「ただ……ちょっぴり変わっていたのは……縛られていたんです」

大黒様は、荒縄で何重にも縛られていたのだという。

目を丸くしているBさんに向かって、自慢げな表情で社長が口上を述べる。

「これはな、縛り大黒と言うんだ」

社長によれば、会社設立の際に雇ったコンサルタントの男性から教わったものだという。

「大黒さんって普通は拝むだろ。飾って磨いて手を合わせて、商売繁盛をお願いする」

だが、コイツは逆だ。

不敵な笑みを浮かべた社長が、大黒の頭を、ぽん、と叩いた。

「福が逃げないように縛りあげた大黒に、時々マッチやタバコの火を近づけて脅すのさ。銭を運んでこねえと灰にしちまうぞ、福を授けなかったら炭にしちまうぞ、ってな」

そうすると、ほどなく仕事が勝手に舞いこむのだという。

最初は俺も信じてなかったが、おかげでこの業績だからね。社長が張りのある声で笑った。

「しかし……怒りませんかね、大黒様。まがりなりにも、神様でしょ」

躊躇《とまど》いつつ、Bさんが尋ねる。

「そりゃ怒る。こんな酷《ひど》い扱いうけたら、神様じゃなくても腹を立てるよ」

自分を納得させるように頷きながら、社長は小声で囁いた。

「……時々な、大黒様の顔が微妙に青くなるんだ。怒っているのに真っ赤じゃなくて真っ青。変だよな。でも、そうなったら危ない。放っておくとヤバい」

だから生《い》け贄《にえ》が要るんだよ、生け贄。

聞きなれない単語に戸惑うBさんの表情を見て、社長が愉快そうに、くっくっくと喉を鳴らした。

「ウチの社員な、働かない代わりに、青い顔になったら大黒様を持ち帰らせるんだ。そうすると決まって怪我や病気で、身体《からだ》のどこかを持っていかれる。つまり、八つ当たりの生贄として雇ってるんだよ」

今度ウチに来たら、オフィスをじっくり観察してみな。よく解るから。

そう言って、社長は笑った。

「半信半疑だったけれど、大黒様の表情がやけに生々しくてね。すっかり酔いも醒めて、そのまま家に帰ったよ」

数日後、Bさんはチラシの版下を渡すため、くだんの会社を訪れた。

社長は急な打ち合わせで不在です、受付嬢がぶっきらぼうに告げる。少しだけ待たせてもらいますと言いながら、彼はそっとオフィスを見回した。

ネットオークションに夢中になっている中年女性を観察する。左手の指が、すべて無かった。

原稿用紙に向き合っている男性は、大きな眼帯をつけている。

そういえば、彼は常に眼帯をつけていた事に気がつく。ガーゼの真ん中が、滲《にじ》んだ膿《うみ》の所為《せい》で黄色い日の丸のようになっていた。

すると、こないだの与太話は真実なのか。思わず抱えていた鞄を強くにぎりしめた。

しかし、受付の女性だけは見る限り、何処も悪い箇所はなさそうだ。顔、手、足と身体の各所を眺めたが、怪我や病気の痕は見受けられない。

こりゃ、タヌキ親父に一杯くわされたな。根掘り葉掘り内情を探る若造を、からかったのに違いない。

苦笑する彼の表情を見て、何かを悟った受付嬢がにっこりと微笑《ほほえ》んだ。

「社長から聞いたんでしょ。あの人、誰にも言うなって釘をさす癖に、自分がいちばんお喋りなのよね」

そう言うと、彼女は指で、胴体をぽつ、ぽつ、ぽつ、と指さして再び笑った。

「アタシはね、内臓みっつ持ってかれてるの。ま、いいんだけどね。お給料すごいし」

「この間、街角で受付嬢を見かけたんです。車椅子に乗って進む身体には、両足がありませんでした」
だから、まだあの大黒様、縛られたままなんだと思いますよ。
Bさんは深くため息をついて、理解しがたいと言わんばかりに大きくかぶりを振った。

木槿

東北の小さな歓楽街の傍らに、一軒の小料理屋がある。

十人も座れば満員になるささやかな店だが、日本酒の揃えの良さと素朴で優しい料理、加えて店を切り盛りする若女将、Aさんの人柄に惹かれた常連で店内はいつも賑やかしい。

私も半年ほど前にたまたま暖簾《のれん》をくぐって以来、落ち着いた雰囲気がたいそう気に入り顔を出すようになった。

この店の奥に、一枚の画が飾られている。

薄桃色の大きな花が幾つも描かれた、淡い筆さばきの水彩画。穏やかな店によく似合う、やさしげな絵である。

ある夜、私はこの絵の真下に小皿がひっそりと置かれているのに気がついた。

盛り塩でもしているのかと覗いてみれば、小皿には鮮やかな色の飴玉が二粒乗っている。

初めて見る光景だが、もしかしてこの界隈では良く知られた風習なのだろうか。

興味を抱いた私が酔いにまかせて尋ねると、Aさんは少し困ったような表情を浮かべて
「そういえば以前、怖い話とか書いていらっしゃるって言ってましたよね」と逆に質問を

投げかけてくる。

戸惑《とまど》いつつ頷く私を見つめながら、彼女は口元へ手を添えて、耳の近くで囁いた。

「この絵にまつわる出来事、お話します。店が閉まるまで少しだけ待ってくださいね」


二人連れのサラリーマンを見送ると、Aさんは暖簾《のれん》を抱えて店内へ戻って来た。

「実はこの絵、私が小学校のときに描いたんですよ」

静かな口ぶりで話がはじまった。いつの間にか有線のスイッチは切られており、店内はヤカンの沸く、しゅんしゅんという音だけが響いている。

彼女によれば、この絵に描かれている花は木槿《むくげ》というらしい。亡くなった彼女の祖父が大事に育てていた花なのだという。

ある夏休み、祖父を喜ばせようと宿題代わりに描いて提出したところ、この絵をいたく気に入った担任が絵画コンクールへ出品、結果、見事に入賞を果たしたという代物だった。

「縁起が良いかなと思いましてね、お店をはじめる際に飾ってみたんです」

見立てが功を奏したのか、彼女の店は開店からほどなく盛況に恵まれる。

「しばらくは慣れない客商売で大忙し、絵の事なんてすっかり忘れていたんですが」

店をはじめて二ヶ月ほど経ったころ、開店当初より足繁く通っている客の一人が、妙な事を言い出した。

木槿の絵から、時たま誰かが顔をのぞかせるというのである。

ほろ酔いで杯を空《あ》けていると、何者かに見られているような視線を感じる。不審に思い周囲を見回せば、みっしりと描かれた花の隙間へ、潜るように消えていく顔と目が合った。

その表情が、どうにも人のそれに思えない。

こちらを睨みつける落ちくぼんだ眼球。すぼまった唇から覗く、食いしばった歯。人の顔なのに、鶏《にわとり》を連想させる無表情な面立ちだった。

ぎょっとしたものの、わずかな間の出来事であり、今見たものが本当か彼自身も確証が持てない。お化けを見たなどと騒ぎたて、面倒な酔っぱらいだと敬遠されても困ると思い、その日は何も告げず無言で帰った。

ところが彼はそれ以降も、木槿からのぞく顔を何度か目にする。

見えるのは決まって一瞬、気づいたときには顔は消え、もとどおり木槿の花がたわわに咲く水彩画に戻っていた。

頭か目でもおかしくなったのだろうかと訝《いぶか》しんでいた、ある日。

別な客が「あれ、変だな。あの絵って人の顔も描かれてなかったっけ。何か怖い顔」と呟くのを聞き、本当だったと興奮してAさんへ報せた……というのが事の成り行きだった。

しかし、話を聞いた彼女自身は、すこし困ってしまったという。

「そりゃ余所《よそ》から買ってきた画なら、因縁だの祟りだの言われても解るけど。私が小さい頃に描いたものを気紛《きまぐ》れに飾ってるわけでしょう。しかも縁起物なわけですから」

光の加減で花の一部が妙に見えるのだろうと、お客には適当に相槌を打った。

彼女自身、数日後には忘れていたそうだ。

それからしばらく経った、夕方。

夜に催される宴会のため、Aさんは仕込みに追われていた。

お通しを準備しつつ、カウンターの裏手にしまってある瓶から飴玉を一粒つまんで口に放りこむ。慌ただしさに日が変わるまで何も食べられないのを見越して、いつも準備していたものだった。

頬《ほお》で飴を転がしつつ胡瓜《きゅうり》の麹和《こうじあ》えを小鉢へよそっていると、がさり、という竹帚《たけぼうき》で庭を掃くような音が店の奥から聞こえた。何か落ちたのかしらと、頭をあげる。

顔があった。

小さな女の子が、木槿を掻《か》き分けるようにしてこちらを覗いていた。

こけた頬の、鶏を思わせる丸い目をした幼子だった。

「あめ」

おかっぱに前髪を揃えた女の子は一言だけ呟くと、何かへ足を引き摺られるようにして画の奥へと姿を消した。

「怖いよりも、ああ、本当だったんだって妙にスッキリしました」

こうして図らずも常連の言葉は立証されたわけだが、そのために彼女はかえって不安をおぼえたという。

「だって、他にも目撃するお客さんが居ないとも限らないでしょ。もしもお化けが出る店なんて噂が立ったら大変じゃないですか」

むしろそういう店のほうが好きですけどね、という私の発言を軽く流し、彼女は言葉を続ける。

「悩んでも埒《らち》があかないので行動に移したんです。私、意外と積極的なんですよ」

彼女は原因を突き止めるべく、近くのお店や住民にそれとなく聞き込みをして回ったのだという。

「以前のお店で何かあったのかなと思ったんですけど、私の前に居たのは串揚げ屋さんで、ご主人も普通の方。人気が出たので移転して現在も繁盛しているとの話でした」

ならば建っている土地に因縁でもあるのかと考えたが、聞く人は口を揃え「変な噂など聞いたためしがない」と答えるばかりで、にべもない。

そのうちスナックのママから「あまり根掘り葉掘り聞いてると逆に無用な詮索されるよ、火の無いところに煙が立つから止めな」と諭《さと》された。

「原因究明は、諦めるしかありませんでした」


ほとほと困り果てながら、Aさんはその日も店へ向かっていた。

と、道を塞ぐ数台のトラックや重機が目に入った。ヘルメット姿の作業員が下水工事をおこなっている旨を伝え、仏頂面で迂回路の看板を指さす。

しめされた先は、店の裏へ至る寂《さび》れた小路。これまで何とはなしに避けていた道だった。

仕方なく歩き出すと、示し合わせたように小雨が振り出した。ハンドバッグを服の下へ潜らせ、服を濡らしながら歩くうちに、彼女はひどく寂しい気持ちになったという。

「開店からしばらく経って、客足が落ち着きはじめた事の不安もあったんでしょうね」

開店当時は「週に一度は通うよ」と宣っていた常連もここのところ顔を見せていない。

当初は頻繁に鳴っていた予約の電話も、近頃はとんと静かなままだった。

このまま客がひとり減りふたり減りして、気がつけば自分だけが薄暗い店内にぽつんと残されている、そんな光景が頭をよぎる。

大丈夫かな。

やっていけるのかな。

ため息をこぼし、ふと視線を前に向けた彼女の歩みが、止まる。

細い小路の脇、店の裏手にあたる場所に、ちいさな墓地があった。

寺町と隣接した歓楽街であるから、それ自体は不思議ではない。おおかた、近くの寺で所有している墓所の飛び地なのだろう。

「思いがけないご近所さんに驚いて、しばらくお墓を眺めていたんですが」

ふと、ひとつの墓石に視線が映った瞬間、彼女は「あ、そうか」と声をあげる。

角が欠けて丸くなった、大人の膝丈ほどの墓石が置かれている。石の表面はすっかりと苔むしていたが、かろうじて「童女」という一文字が読み取れた。

傍らでは、よれよれの風車が力なく回っている。菓子の包みと思しき小さなビニールが蝋燭《ろうそく》立ての突起に絡まっていた。

墓は、あの画がかけられている壁のちょうど真裏にあった。

「この子だ」

彼女はすぐさま隣接する店へ飛びこむと、墓所の所有者である寺を聞き出し、そこへと向かう。

突然の来訪に住職はいたく驚いていたが、事情を聞いて、ぽつぽつと話しはじめた。

「ご住職によれば、あそこは無縁墓や身寄りの無い方を弔《とむら》っている場所なんだそうです」

かつては石畳の敷かれた参道で境内と繋がっていたものの、戦後まもなく土地の権利で色々と揉め、結果あの墓所だけが残されてしまったのだと住職は語った。

「仰るとおり、あの墓に眠っているのは女の子です。何でも商家の娘さんで、流行《はや》り病に罹《かか》って親族にも見放されて死んだのを哀れんで、先々代の住職が供養したと聞いてます」


早足で店へ向かう。

扉を開けるなり奥へ進み、木槿の下へ小皿を置いて飴玉をふたつ転がすと、屈んだまま画に向かって目を瞑《つむ》り、手を合わせ続けた。

賑やかだったから、気になって覗きに来たんだよね。

飴玉、食べてみたかったんだよね。

おばちゃんも寂しくなる時があるけどさ、頑張るから、またおいで。

一分ほどもそうしていただろうか。ふいに頭上で草を掻く音がしたかと思うと、彼女の頭が、ちょん、と誰かに小突《こづ》かれた。

思わず目を開けると、木槿の葉の間に、小さな指が消えてく最中だった。

「さよなら」を告げるようにわきわきと動く可愛らしい仕草が、印象に残ったという。

「じゃあ……成仏っていうべきなのかな、女の子は出現しなくなったんですね」

注いでくれたお茶を啜《すす》りつつ尋ねる私へ、悪戯《いたずら》っぽい微笑を返すと、Aさんはゆっくり首を横に振った。

「絵なのか店なのか、それとも飴ほしさなのか、とにかく気に入られちゃったみたいで。それ以来、女の子を見るお客さんが増えちゃったんですよ」

思わず湯呑みをおろし、今も飾られている木槿の画をまじまじと見つめる。そのさまがよほど滑稽に見えたのだろう、声を立てて笑いながら、彼女は「でもね」と言葉を続けた。

「今までと違うのは、私に報せてくれるお客さんが皆、こう言うようになったんですよ」


木槿の花から、女の子が嬉しそうに笑ってこちらを見ていたよ、って。


その日以降、私は「木槿の子」に逢おうと、相変わらず繁盛しているAさんの店へ通い続けている。しかし残念な事に、いまだ遭遇はかなっていない。

現在も木槿の画の下には、飴を乗せた小皿が置かれている。

Aさんいわく、開店前には必ず二粒供えるのに、いつの間にか一粒に減っているそうだ。

視線

「嫁入り前の、挨拶のつもりでした」

A子さんは十年ほど前、当時交際していた男性の実家を訪問した経験がある。

彼の故郷は西日本の山麓にほど近い集落で、家はコメ農家を営んでいた。

「私は横浜生まれの団地っ子だったもので、家屋の大きさにただただ驚くばかりでした。都会なら二階建てや三階建てにするところを、ででん、と巨大な平屋ですもの。やっぱり土地に対する感覚が違うんだなあと、妙に感心していましたね」

予想に反し、彼の両親はどちらも気さくな人物だった。息子が女性を連れてきた事実にたいそう喜び、気を使いながらもあれやこれやを訊ねては、A子さんが答えるたびに笑い、驚き、盛りあがってくれた。

農家の嫁って大変そうだけど、こんな素敵なご家族であれば仲良くやっていけるかな。

優しい家族に安堵しつつ素朴な味わいの手料理をご馳走になっていた矢先、ふと尿意を催した彼女は、お手洗いを借りようと立ちあがった。

「え」

起立した視線の先に、襖《ふすま》が見えた。いま家族が集《つど》っている茶の間から別な部屋へ通じているとおぼしき襖。そこがわずかに開いており、その隙間から。

いくつもの目が覗いていた。

「あの、他にどなたかいらっしゃるんですか」

驚くままに訊ねたものの、彼の両親は「誰もおらんよ」と相変わらずにこにこしている。

「でも、いま、そこに……あれ」

いつのまにか、目の群れは消えていた。襖もぴったりと閉じている。

「そのときは、錯覚かなと思ったんですけれども」

用を足して再び席に着くと、やはり襖がほんのすこしだけ開いており、そこから無数の眼球がこちらを見つめている。どの目も、どこか感情の失せたまなざしをしていたという。

なんなの、この人たち。

彼に知らせるべきか悩んだが、結局A子さんはなにも言わなかった。

これが、この家のしきたりなのかもしれない。そう思ったのだそうだ。

たぶんあの襖の向こうには彼の親族や、もしかしたら近所の住人までもが集まっており、都会からやってきた自分の所作をそっと観察しているのではないか。この家の、ひいてはこの村の一員としてやっていけるかどうかをうかがっているのだろう。

そう考えたのである。

「正直、値踏みされているみたいで気分は良くありませんでしたが、ここで私が騒いだら彼やご両親の面子《めんつ》を潰してしまう気がして。それに〝やっぱ都会の娘は駄目だな〟なんて落第点つけられるの、ムカつくじゃないですか」

上等じゃない。満場一致で認めさせてやるんだから。

酒が入っていたことも手伝って、彼女は奮起した。両親と四方山《よもやま》話に花を咲かせ、語り、笑いあった。最後は気分を良くした彼の父が、十八番の演歌を披露するまでに打ち解けた。目の群れは、最初に目撃したときと同様いつのまにやら居なくなっていたという。

これでどうだ。文句ないでしょ。

内心で満足しながら、その日は床に就いた。

「問題は、翌日でした」


次の日の朝。

やや遅めの朝食をご馳走になっていると、母親が彼へ「帰る前に、お仏壇を拝んでってちょうだいや、祖父《じい》ちゃんも祖母《ばあ》ちゃんも喜ぶけん」と促した。

「おう」と答えて彼氏が立ちあがる。その場の雰囲気に流されて、A子さんも彼のあとを追った。と、彼は両親の座る座卓の脇をすり抜けて、くだんの襖へ手をかけたのである。

えっ、ちょっと待って、その部屋って親戚の人たちが。

彼女が口にする間もなく、彼氏が襖をがらりと開ける。

「あッ」

襖の向こうには六畳ほどの和室が広がっていた。壁際に置かれた大ぶりの仏壇を見るに、どうやら仏間であるらしい。もっとも、普段は物置代わりに使われているようで、仏壇の手前にはプラスチック製の衣装ケースやら、ぶら下がり健康器やらが雑然と置かれている。それらの荷物を器用に掻きわけ、彼氏は仏壇の前に座った。

あれだけの人数が立つスペースなんて、ないよね。

ひそかに首を傾げながらおずおずと彼の背後に正座し、部屋を見わたす。

あ。

仏間の上に、額装された写真が横一列びっしりと並んでいた。

すべて白黒、いずれの写真も着物姿の人物が無表情でこちらを見つめている。

これ、遺影か。

じゃあ、昨日のあれは。

身体《からだ》がすうっと冷えるのを感じながら、A子さんはある事実に気がついた。

昨夜見た目の群れは、襖のわずかな隙間から自分たちを睨んでいた。しかしよく考えてみれば、あれだけ多くの人間が縦一列にびっしり並べるはずがないではないか。

帰りの道中、青い顔でしじゅう無言の彼女を、彼はひどく心配したそうだ。


結局、結婚話は流れた。

「彼やご両親には申し訳ないと思ったんですが……嫁いだら、ずっとあの《目の群れ》に見られると考えたら、さすがに無理でしたね」

うなだれる彼女に、意地悪な私は質問をぶつけた。

「けれど、その目ってあなたを《審査》してたんでしょ。嫁に入っちゃえば《合格》なんだから、もう見られる心配はないいんじゃないの」

A子さんは、《謎の目》を理由に破談の言い訳をしているのではないか。

そんな私の邪推《じゃすい》は、彼女が漏らした言葉によって一瞬で打ち砕かれた。

「いまにして思えば、あの目って値踏みとか監視をしていたわけではない気がするんです。興味……純粋に、自分たちの領域を訪れた人間を興味本位で眺めていたように思うんです。いわば、人ではなく、獣のまなざしです」

あなた、見知らぬ獣がひそんでいる家で暮らし続けられますか。

逆に問われ、私は言葉に詰まってしまった。その様子を見たA子さんが黙って頷《うなず》く。
取材は、そこで終わりとなった。

臼石

N子さんは十五年ほど前、南関東にある賃貸マンションで暮らしていた。

「安さにつられて借りたんですが……失敗でしたね」

建物はかなりの年数が経っており、いたるところが破損していた。水が滴《したた》っている配管、垢《あか》で汚れたエントランスの大窓。廊下の蛍光灯はいつも弱々しく、五本に一本はかならず切れていた。

「なかでも、いちばん気味悪いのはエレベーターでした。昇降がやけに遅いし、おまけにボタンを押していない階にしょっちゅう停まるんです」

建物が不気味だと、住人も不穏に思えてくる。家賃の安さ故か、マンションには高齢の住人が多く住んでいた。みな、一様に暗い顔をしていたとN子さんは言う。

「半年に一度は駐車場に霊柩車が停まっていました。目にすると、なんだか落ち着かなくなるんですよね。〝住人も建物も死にかけなんだな〟って、気が滅入《めい》ったものです」

そんな、ある夜。

残業を終えたN子さんが団地へ戻ると、エレベーターにお婆さんが乗ってきた。何度か見かけた憶えのある、同じ階の住人だった。

くたびれて喋るのも億劫《おっくう》だったが、「無愛想な女だ」と妙な噂でも流されては堪《たま》らない。彼女は、努めて朗らかな調子でお婆さんに話しかけた。

「こんばんは、お散歩ですか」

お婆さんはN子さんへ顔を向けると、にかっ、と笑ってから、

「臼石とは困るねえ」

と、告げた。

「うす……いし、ですか」

返事に窮《きゅう》しているうちにエレベーターは目的の階へ到着し、お婆さんは呆気にとられた彼女を残し、廊下をすたすた去っていった。

ちょっとボケちゃってるのかしら。

やっぱり、このマンションって変な人が多いな。

そんな感想を抱きながら、部屋へ消えていくお婆さんの背中を見送った。

もう会うことはないだろう。そう思っていた。

「ところが、翌日から仕事がトラブっちゃって残業続きになったんですよ。で、毎晩」

お婆さんと鉢合わせるようになったのだという。

「どうやら、ちょうど私が帰宅する時間帯にマンション付近をうろついていたようです」

彼女が何度挨拶をしても、お婆さんはきまって「臼石とかねえ」と繰りかえすばかりで、まるでコミュニケーションにならない。

「そのうち、〝これ、もしかしたら深夜徘徊なんじゃないの〟って心配になっちゃって。近所をうろつくだけなら良いけど、まんがいち事故にでも遭ったら大変でしょ」

ご家族がいるなら、報告しといたほうが賢明かな。

残業が続いて数日目の夜。いつものようにお婆さんと遭遇したN子さんは、意を決して語りかけた。

「お婆ちゃん、おうちに他の人っているのかな」

「そりゃ、臼石とよお」

「ええとね、臼石じゃなくて家族、旦那さんか子供さんはご在宅ですか」

「臼石とかいるよォ」

こりゃ、埒《らち》があかないわ。

業を煮やした彼女は、エレベーターが開くなりお婆さんの手を握って廊下を歩きだした。

記憶をたよりにお婆さんの部屋の前へ立つ。チャイムを何度か押したが、反応はなかった。

「ひとり暮らしなのかしら」

背後にぼんやり立つお婆さんに問いかけたものの、返事はない。

ためしにノブを捻《ひね》ると、ドアがゆっくりと開いた。視線の向こうには自分の部屋と同じ作りの廊下がリビングへ延びている。玄関に、靴の類は見あたらなかった。

やっぱりひとり暮らしなんじゃない。鍵もかけないで不用心よ。

憤慨した彼女はお婆さんのほうへ向き直るや、若干きつめの口調で素行を嗜《たしな》めた。

「あのね、お婆ちゃん。外出するときはせめて鍵を……」

言いかけた唇が、固まった。

お婆さんのまなざしが自分の後ろ、部屋の奥へと注がれている。

え、なに。

ゆるゆると振り返った先に、半透明の人影があった。

パラフィン紙を思わせる質感の顔には、落書きじみた目鼻がついている。

思わず一歩下がった彼女を見て、影がげろげろと嗤《わら》う。震える身体の向こうに、電灯の傘が透けていた。

あ、そうか。

臼石じゃなくて、薄い人なのね。

納得しつつ、腰を抜かしたまま這いずって自室へ逃げ帰った。

「その翌週、あのお婆さんの部屋に《忌中》の紙が貼られているのを見たんです。もしもアレが次に自分のところへ来たら……そう思うと耐えられなくて」

有給をすべて使い、引っ越したそうである。

偽者

　昨秋、滝口という男に呼び出され、某繁華街のおでん屋へ足を運んだ。何でもたいそう怖い体験をしているらしく、それを聞きつけた知人が私を紹介したのである。

　指定されたおでん屋は裸電球がふたつきりの薄暗い店で、無口な老婆が一人で切り盛りしていた。切り盛りと云っても私と滝口氏のほかに客はおらず、当の滝口氏もぼそぼそと喋る陰気な男だったので、店内は落ち着かない静けさであったのを憶えている。

「うそつきって、いるでしょう」

　煮崩れて溶けた竹輪麩《ちくわぶ》を箸の先でこねくりながら滝口氏が漏らす。はあ、と曖昧《あいまい》に返す私を睨《ね》めつけ「あれはよくない」と呟いてから、滝口は再び要領を得ぬ話を続けた。

　きれぎれの言葉を纏《まと》めると、どうやら彼の職場には虚言癖のある男性社員がおり、話の輪に混ざっては妄想めいた自慢を喋り倒すらしい。例えば政治家の汚職について語っていると「前総理の息子と親友だった」と嘯《うそぶ》き、女優の結婚で盛りあがっていた際には「あの娘と婚約していたんだ」と、こともなげに宣う。はじめは同僚たちも関心を持って聞いていたが、ほどなく荒唐無稽《こうとうむけい》な話に呆れはじめ、時を置かずして耳を傾ける者は誰もいなくなってしまったのだという。

「ね。よくないでしょう」

そこまで話してから、彼は私の顔を覗《のぞ》きこんだ。返答に窮《きゅう》して、厨房へと視線を移す。救いを求めて話しかけようとした老婆は、厨房の奥で丸椅子に腰掛けて船を漕いでいた。諦めて、私は滝口氏へ向き直る。

「ところがね」

語気が強まる。呼応するように小ぶりの蛾が電球へぶつかり、乾いた音が鳴る。

「妙なことになりまして」

二ヶ月ほど前、男に横領の嫌疑がかけられた。彼が管理する部署内の雑費が大幅に足りなくなっているのが判明したのである。滝口氏ほか同僚に詰問された男は「自分の名前を騙《かた》った偽物の男が金を盗んだのだ」と弁明した。

無論そのような人物など何処《どこ》にもいない。この期に及んでまだ嘘を重ねるのかと、場は一触即発の気配に包まれたそうだ。

と、ふいに社員の一人が引き攣《つ》った悲鳴をあげ、それが引き金となって、その場にいる全員がただならぬ男の様子に気づいた。

淀みなく偽者の詳細を語り続ける声が、経文を思わせる奇妙な節回しに変わっている。男はすでに目の焦点が合っておらず、喋り続ける唇の端には泡立った唾が溜まっていた。皆が絶句するなか、男は経を唱えながら顔色がどんどん白くなったかと思うとその場に昏倒した。結局彼は病院へ搬送され、二日ほど入院する羽目となった。

横領は有耶無耶《うやむや》になったものの、疑いが晴れたわけではない。やはり居辛くなったのか、男は退院後間もなく「他社から引き抜かれて」と周囲に吹聴し、逃げるように退職した。

その後の行方は、杳《よう》として知れない。

「……でも、あの偽者《にせもの》の話だけは何か取り憑いたかのように鬼気迫るものがありました。実は本当にもう一人の彼がいたんじゃないか。今でも時おり、そんなことを考えるんです」

滝口氏の強い断定に頷きつつ、私は心ひそかに落胆していた。

これの何処が怖い話なのか。単なる虚言癖の妄想に怯えただけではないのか。

まあ、本人にとっては十二分に不可思議で奇妙な体験であったのだろう。

適当な相槌で話を終えると、汁を吸いすぎた雁《がん》もどきと黄身の崩れた茹で卵を食べて、私は店をあとにする。

正直、今回の取材は失敗だと思っていた。

ところが翌日、くだんの知人が寄越した電話に、私は言葉を失うことになる。昨夜、滝口氏はおでん屋へ向かう道すがら、ひったくりに遭って鞄を奪われてしまったのだと云うではないか。

「事情聴取が長引いて、おでん屋に行くのはとうてい無理。ところが携帯電話も盗られた鞄に入っていたので、俺にも君にも連絡ができなかったらしい。本人は今夜にでも改めて詫びがてらに会いたいと云っているけれど、予定はどうだね」

意味が解らない。では、昨夜の人物はいったい誰なのか。

混乱しつつ、私は申し出を受けた。

その夜おでん屋にやって来たのは、昨日の滝口氏とは似ても似つかぬ容貌の男だった。男はひったくりと互角に渡りあったと吹聴し、ひと月ほど前に大手企業から引き抜きの誘いを受けて転職したと自慢げに話している。

こちらにお構いなしで喋り続ける男のまなざしは、何処を視ているものか明瞭《はっき》りしない。視線を合わせるのが恐ろしく、私は顔を伏せて男の言葉を聞き続けた。

店は相変わらず重苦しく静かで、老婆は影のようにおぼろげだった。昨夜の蛾は、床で冷たくなっていた。

何を聞いたのかはあまり憶えていない。そのときのメモ帳は、今も確かめられずにいる。

邂逅

「幼児期に妙なモノを目撃した」という体験談はことのほか多い。人によっては、それがその後の人生を左右する場合もあるようだ。

例えば、Aさんという男性は七歳のときにこんな体験をしている。

ある、夏の夜。川の字で両親と寝ていた彼は、尿意で目を覚ましたのだという。

用を足すには階段を下りて、一階のトイレへ赴かなくてはならない。両親のいずれかに付き添ってもらおうかと思ったものの、かたわらの布団を見れば父も母も鼾《いびき》をかいている。無理に起こせば叱られるか、「七つにもなってまだ独りでトイレに行けないのか」と数日に渡ってからかわれるのは明白だった。

意を決し、暗い廊下へ足を踏みだす。いつもは静かな木板が、ぎしぃ、と軋《きし》む。

大丈夫、何もない。怖いことなんか、何もない。

口からこぼれる言葉と裏腹に、脳裏には先週見た心霊番組や、学校の図書館で数頁だけ読んで断念した怖い本のイラストが浮かんでは消えていく。

自然と早足で階段を駆け下り、トイレへ飛びこんだ。

と、ズボンを下ろして用を足し、ほっと息をついたその矢先、ドアを隔てた廊下の奥で、ぱたん、と冷蔵庫の扉を閉める音が聞こえた。

お父さんが起きてくれたのかな。それとも、お母さんかな。

安堵しながらドアを開けた直後、階段を下りる足音がしなかったことに気づく。

手遅れだった。

「あ」

台所の手前に〈水蒸気〉が浮かんでいる。

水蒸気には目鼻があった。

無精髭と乱れた髪、欠けた前歯や弛《ゆる》んだ顎《あご》肉があった。

驚く彼の目の前で白煙はゆっくりと輪郭を整え、やがて見知らぬ男性の姿になった。

生気のないまなざし。だらしなく開いた口。赤いペンで突いたようにまだらの血が滲《にじ》む、吹き出物だらけの頬《ほお》。弛緩した表情はなにかを訴えているようでもあり、すべてを諦めているようでもあった。

と、呆気にとられているAさんの前で、不意に影が声を漏らした。

「ああ、そうか」

意味が解らず戸惑う彼を置き去りにしたまま、白い影は次第に薄くなり、三十秒ほどですっかり消えてしまったのである。

さて、その翌朝。

彼は興奮しながら昨夜の体験を両親に告げた。家か、もしくは家族の誰かに謂《いわ》れのある「幽霊」だと思ったのだそうだ。

しかし、反応は決して芳《かんば》しいものではなかったという。

「そんな男の人、家族にも親戚にも居ないからなあ。幽霊ってことはないだろう」

「夢でも見たんじゃないの。毎晩遅くまでテレビ見てるからよ」

けんもほろろにあしらう両親をAさんは恨んだ。なんとかして昨日の夜の尋常ならざる出来事を伝えたいと、信じさせたいと思った。

考え抜いたすえ、彼はある手段を選択する。

記録に残す……つまり、文字にしたためたのである。

幸か不幸か、時期は夏休みの最中。学校からは、算数のドリルや図画工作に混じって、「夏休みの出来事」というテーマの作文が宿題として課せられていた。

彼は書いた。夜中のにおい、尿意に焦れる心模様、そして、闇に浮かぶ白い影の仔細を丁寧に書き綴った。思いだしつつ、震えながら鉛筆をひたすら走らせた。

「ぼくのゆうれい」という題名がつけられた原稿用紙八枚あまりの作文は、夏休み明けの授業の時間に発表するなり、称賛を浴びることとなった。

「ちょっと怖いけれど、細かい描写やそのときの気持ちが、とてもよく書けていますね」

担任の女性教諭はそう言いながら、彼の頭を撫でてくれたのだという。

「その掌《てのひら》の感触が嬉しくてねえ。花マルがついた原稿用紙を見て、両親も〝すごいなあ〟と感心していました。あの体験がきっかけで、私は〝文章で人を喜ばせる職に就こう〟と決めたんですよ」

以来、彼は小説家を志すようになり、現在も作品を書き続けている。

「あの夜は本当に恐ろしかったですけどね。いや、人生ってのは何が幸福で何が不幸か、本当に解らないもんですよ」


それから、三十年以上の月日が経った。

Aさんは、現在四十六歳。いまも幼少時に「幽霊」を目撃した実家で暮らしている。

職はない。高校卒業後、公立大の文学部を受験したが落第。三浪したのちに進学を諦め、父の知人が経営する電器店に勤めたものの、同僚との折り合いが悪く一ヶ月で退職した。その後もアルバイトや派遣業務をいずれも数日で辞め、三十歳を前にして「俺は芥川賞を獲る」と両親へ宣言し、自室に篭《こも》るようになった。

自称「作家活動」は、今年で十六年目を迎える。もっとも、二年半がかりで書きあげた作品が一次審査で落ちて以降、文学賞には投稿していない。現在は昼過ぎに起き、両親が買い与えてくれた古いパソコンの前に座り、明け方までインターネットを閲覧する生活が続いている。

数年前までは大型掲示板や小説家志望者を募ったブログでご意見番を気取っていたが、あるきっかけで自分が受賞歴ゼロの無職と露見してからは他者との交流を絶ち、ときたま人気作家のホームページに罵詈《ばり》雑言《ぞうごん》を書きこんだり、書評サイトに辛辣《しんらつ》な感想を投稿するほかは、好きなアイドルの動画を鑑賞して一日の大半を終えるようになった。

食事は母親がドアの前に置いてくれたものを、真夜中に食べる。以前は手作りの料理に就職を促す手紙が添えられていたが、母が六十五を過ぎてからは台所に立つのが辛いのか、菓子パンやカップ麺が多くなった。そんな食生活が影響してか、ここ半年で顔や下腹部に湿疹がめだつようになり、それを無意識に掻くものだから絶えず何処《どこ》かが出血している。髪もやたらと抜け、下痢も続いているものの、病院に行く経済的余裕も精神的余裕もない。

七年前、定年退職を目前に父が亡くなったことで生活が一変したのだ、とAさんは語る。父の貯金と母の年金を食いつぶしながら日々を過ごしているが、その蓄えもいよいよ底をつきかけているらしい。母はパート清掃員として働いているものの、年齢もあって仕事を休みがちになり、そろそろ更新を切られそうだと日々こぼしている。

母の未来、自分の将来……不安がまるでないといえば嘘になる。けれど、いまさら何をどうすれば良いのかも解らない。自殺しようか悩んだ時期もあったが、最近はそれすらも面倒くさく、何も考えないよう努めている。最近は眠りに就く間際、涙が止まらなくなる。わけもなくすべてが悲しくなる。

そんな暮らしを送っていた、ある夏の夜のこと。

空腹に耐えかねたAさんはそろそろと階下へ降り、台所で冷蔵庫のなかを漁っていた。その日は母が体調を崩して寝こんでおり、夕食が用意されていなかったのだそうだ。

素麺の薬味とおぼしき細切れのハムや、数日前の日付が貼られたスーパーの惣菜を手づかみで口へ運ぶ。喉を詰まらせ、慌ててポットから直に飲んだ麦茶はカビ臭い味がした。

ようやく胃が落ち着いて冷蔵庫を閉める。と、Aさんは閉めたばかりの冷蔵庫のドアに、マグネットで留められている一枚のハガキを発見したのだという。

中学校から届いた、同窓会の案内ハガキだった。日付はとうに過ぎていた。

満腹感と入れ替わるように、虚《むな》しさが胸を満たしていく。自分は何処で道を誤ったのか、なにを間違ったのか。

叫びたい衝動をこらえ、代わりに息を吐いてから自室へ戻ろうと歩きだす。

と、Ｔシャツの襟で涙を拭き終えた直後、彼はあるものに気づいて足を止めた。

真っ暗な廊下の途中、ちょうどトイレの手前あたりに〈水蒸気〉が浮かんでいる。

水蒸気には目鼻があった。

艶々とした肌、綺麗に切り揃えられた前髪、乳歯が抜けて隙間だらけになった口。

幼い頃の自分にそっくりな人影が、瞳を大きく見開いてこちらを凝視していた。

「ああ、そうか」

思わず口からこぼれた台詞《せりふ》に、はっとする。

その直後に白い影は消えた。跡形もなく、逃げるように消えてしまった。


「あれは……幽霊なんでしょうか」

クリスマスの迫った十二月半ば、自立支援センターに勤務する知人の紹介で彼のもとを訪れた私へ、Aさんは先述の出来事をひとくさり話してから、そんな言葉をつぶやいた。

四十代とは思えぬほどに老けこんだ人物だった。胡麻塩《ごましお》の髪は脂《あぶら》とフケで非道《ひど》く汚れており、眼は鼻水のように黄色い。と、樹皮を思わせる水気の失せた肌を、彼が唐突に掻きはじめた。みるみる頬が赤く滲み、伸びた爪のすきまが剥がれた皮膚と血で汚れていく。出血もおかまいなしに顔面を掻き続ける姿に戸惑いつつ、なんとかこの場をおさめようと私は口を開いた。

「ええと、幽霊というのは一般的には死んだ人間とされていますね。けれども、Aさんが幼少時に見たのは〝未来の自分〟で、ここ最近目撃なさっているのは〝幼いころの自分〟なんですよね。だとすれば……」

言葉に詰まる。巧く説明ができない。と、そんな私の台詞を引き継ぐかのように、彼が「だとすれば」と、静かにつぶやく。

「だとすれば、いまの私はもうすでに〝人としては終わって〟いるということでしょうか。だから、その、つまり」

僕は……もう、幽霊みたいなモノなんでしょうか。

私は問いに答えられず、カップのなかで微かに揺れるコーヒーを見つめている。ふと、Aさんが笑った。泣いているのかもしれなかった。

「未来の自分を目撃して、それがきっかけで小説家をめざし、結局挫折して、人生を棒に振り……その姿を過去の幼い自分に責められる。誰が悪いんですか。小説家を夢見た昔の私ですか。夢をかなえられなかった、いまの私ですか」

それきり、彼は俯いてしまった。肩が震えている。顔をあげる気配はない。

無言で見つめ合う私たちを笑うように、表の路地からジングルベルが流れている。

解説　わかっている者

平山夢明

『あ、こいつはわかっているな』と直感することがある。映像でも文章でも『わかっている』と相手にわからせるのは『才能がある』からである。

逆に、これがないといつまで経っても『わからない』ものしか仕上がってこない。またそういう奴に限って馬糞のように量産できる。『わかっていない』ので数打ちゃ当たる式に作る。しかし、それらは単なるデブの腹塞ぎと同じで、埋め草記事にはなるけれども永遠に芯を打ってくることはない。何故か？『わかっていない』からである。

怪談で人の興趣を惹こうというのは、かなりな高等技術が要る。そしてこの技術は筆によって鍛錬されるものではなく、机の他で作られる場合が実に多い。単純に怪談本を目が乾くまで読み耽ったから書けるというものではない。文芸＝小説というジャンルが芸術より学問に近しいと考えられているように、そこの一端に引っかかるであろう怪談というジャンルも読んでいるだけで、また芯の構造を解き明かそうとする学究的な姿勢を抜きにしては『わかる』はずは永遠にない。

怪談は、特に実話怪談はフィールドワークを基本として我々が恐怖する実存の有無を読者に対して提示する。電子顕微鏡のない時代にウィルスの存在を忖度したかのように霊の存在を突き止める機器のない現在だからこそ、我々の仕事は意味があるのかもしれない。

そもそも霊や恐怖の探求は人生や命に対し、裏から光を当てる作業である。この点に対する嗅覚がしっかりしていない者が書いた怪談は『上っ滑り』した『言い訳がましい』ものになる。そして読者の期待に頭から応える気もなく、念仏のように『事実だ事実だ』と唱えて楽に堕す。

それはそれで、責めるつもりはないのだ。仕方がないのだ。なぜなら其奴らは『わかっていない』のだから。謂わば、一度も見たことがない『富士』を描いて『これが本当だ』と叫んでいるのである。憐れではあるが、仕方のないことだ。

そうしたなかで『わかっている』と感じる人間が、たまにポツリと現れることがある。

黒木がそうだった。

彼らはその人生と生き様の中で『生きること』を問うてきたのだと思う。それも有象無象の学識者のようなつまらないアプローチではなく、直に走り回り、手で掴み、齧り取ることでのみで養える『怪談の知』を培ってきたのである。

そもそもベスト集というのは、本人がベストの状態を保てなくなってきたから出すのが通例であるから、いまの黒木がベストかどうかは神の味噌汁であるが、少なくともこの本に集成された作品群たちは、紛れもない黒木のベストである。

黒木が応募してきた『ささやき』という作品はたった数行でしかなかった。審査員の反応は薄かったように思う。なかには『これは挑戦的すぎるなあ』と、あからさまに内容以外の姿勢に問題があると鼻白む者もいた。しかし、俺はたった五、六行の文章のなかに『わかっている』ものを感じた。更に『わかっている奴』がギリギリまで削ぎ落として完成させようとした結果がコレなんだなと思った。それは挑戦的な意味合いも含まれていただろうが、多分に『これが美しい』と感じたからだろう。

実話怪談には実話怪談の美がある。畑から引き抜いた泥まみれの大根を囓れと云われ、銭を出す莫迦は少ない。洗って皮を剥き、心づくしの出汁で炊き、美しい器で提供するから人は『よかった』と思って払うのである。しかも我々の商売は、前金商売である。客は終わってから払うのではない。払ってから読む。故につまらないものを提供されたときの落胆は大きい。単につまらなかったというだけではなく、それを選択した己をも憎くなるからだ。博打とまではいわないが、『しくじった』とする心性には通底するものがあるのではなかろうか。

本人は千話を書いて何が怖くなったのかわからなくなってきたというが、当たり前である。それが千話を越えた人間が直面するものなのだ。銀行家が札束を芋のように扱い、医者が知り合いが死んでも一見、無頓着に見えたりするのと同じことなのだ。重要なことは、その場所に立った者だけが見ることのできる『恐怖』とは何かということを、また探ることだ。

怪談が文学というジャンルの端に引っかかっているのであれば、まだまだ多くの知見は君に発見されることを待っている。自らを振り返り、好奇心をバージョンアップさせろ。数年前と同じ価値観や古い頭の中の機械なんか、ぶっ壊してしまえ。

四十を前にした君ではあるが、まるで今さっき産まれた子供のような目で、耳でいれば発見はまだまだ無限にあるはずだろう。


更なる克己を祈る。

初出

監死　書き下ろし
外壁　書き下ろし
網目　書き下ろし
主張　書き下ろし
砂利　書き下ろし
遺影　怪談実話　震
物音　怪談実話　震
耳鳴　怪談実話　震
形見　怪談実話　震
黒看　怪談実話　震
御縁　怪談実話　震
救援　怪談実話　震
青痣　怪談実話　震
寝言　怪談実話　震
幸子　怪談実話　震
山盗　FKB　饗宴2
墨女　怪談実話　叫
鬼頭　怪談実話　痕
味神　怪談実話　痕
音声　怪談実話　痕
不祓　怪談実話　畏
鼻血　怪談実話　累

刺青　ふたり怪談
脂身　ふたり怪談
誤解　ふたり怪談
延長　ふたり怪談
天狗　怪談実話　叫
濡衣　怪談実話　叫
連葬　怪談実話　叫
身代　怪談実話　叫
黒狐　怪談実話　叫
毛布　怪談実話　叫
道連　怪談実話　叫
渦家　怪談実話　叫
写殺　ふたり怪談　弐（「写」改題）
引退　ふたり怪談　弐
傘女　ふたり怪談　弐（「梅雨に嗤う」改題）
木麗　ふたり怪談　弐（「楓と白木蓮」改題）
異論　FKB　饗宴3
障子　FKB　饗宴3
異獣　FKB　饗宴5
指摘　怪談実話　畏
十円　怪談実話　畏
ポコ　怪談実話　畏

リサ　怪談実話　畏
捨島　怪談実話　畏
箪笥　ふたり怪談　弐（「箪笥のある家」改題）
神隠　ふたり怪談　伍
鬼靴　ふたり怪談　伍
塩彼　ふたり怪談　伍
狐火　FKB　饗宴3
虐目　FKB　饗宴4
理由　怪談実話　累
海老　怪談実話　累
異人　FKB　饗宴5
椿庭　FKB　饗宴3
敷居　怪談実話　累
挨拶　怪談実話　累
残存　怪談実話　累
大黒　FKB　饗宴1
木櫂　FKB　饗宴4
視線　怪談実話　屍
臼石　怪談実話　屍
偽者　ふたり怪談　弐（「にせもの」改題）
邂逅　書き下ろし

心霊怪談番組「怪談図書館's黄泉がたりDX」

*怪談朗読などの心霊怪談動画番組が無料で楽しめます!

*5月発売のホラー文庫3冊(「「忌」怖い話」「恐怖怪談 呪ノ宴」「怪談実話傑作編 弔」)をお買い上げいただくと番組「怪談図書館'S黄泉がたりDX-16」「怪談図書館'S黄泉がたりDX-17」「怪談図書館'S黄泉がたりDX-18」全てご覧いただけます。

*本書からは「怪談図書館's黄泉がたりDX-18」のみご覧いただけます。

*番組は期間限定で更新する予定です。

*携帯端末(携帯電話・スマートフォン・タブレット端末など)からの動画視聴には、パケット通信料が発生します。

パスワード
y2b8l7m8

QRコードをスマホ、タブレットで読み込む方法

■上にあるQRコードを読み込むには、専用のアプリが必要です。機種によっては最初からインストールされているものもありますから、確認してみてください。

■お手持ちのスマホ、タブレットにQRコード読み取りアプリがなければ、i-Phone,i-Padは「App Store」から、Androidのスマホ、タブレットは「Google play」からインストールしてください。「QRコード」や「バーコード」などと検索すると多くの無料アプリが見つかります。アプリによってはQRコードの読み取りが上手くいかない場合がありますので、その場合はいくつか選んでインストールしてください。

■アプリを起動した際でも、カメラの撮影モードにならない機種がありますが、その場合は別に、QRコードを読み込むメニューがありますので、そちらをご利用ください。

■次に、画面内に大きな四角の枠が表示されます。その枠内に収まるようにQRコードを写してください。上手に読み込むコツは、枠内に大きめに収めることと、被写体QRコードとの距離を調整してピントを合わせることです。

■読み取れない場合は、QRコードが四角い枠からはみ出さないように、かつ大きめに、ピントを合わせて写してください。それと手ぶれも読み取りにくくなる原因ですので、なるべくスマホを動かさないようにしてください。

怪談実話傑作選 弔

2016年6月4日　初版第1刷発行
2022年6月25日　初版第2刷発行

著者　黒木あるじ
デザイン　橋元浩明(sowhat.Inc.)
企画・編集　中西如(Studio DARA)
発行人　後藤明信
発行所　株式会社 竹書房
〒102-0075　東京都千代田区三番町8-1
三番町東急ビル6F
email: info@takeshobo.co.jp
http://www.takeshobo.co.jp
印刷所　中央精版印刷株式会社

定価はカバーに表示しています。
落丁・乱丁があった場合はfuryo@takeshobo.co.jpまでメールにてお問い合わせください。

ISBN978-4-8019-0734-8 C0176

Take-Shobo Publishing Co.,Ltd.